KB240307

서로의 마음이 닿는
거리이 당신에게 생기를
　　　　　- 디에이치

Love Algorithm

연애는 일종의 알고리즘을 가지고 있습니다. 놀이터에서 시소를 타는 아이들을 관찰해 봅니다. 적절한 위치와 적절한 무게로 박자를 맞춘다면 즐거운 시소놀이를 하겠지만, 한쪽이 너무 세게 구르거나 서로 박자를 맞추지 못하면 재미없거나 위험해지죠. 양쪽의 균형을 잘 맞춰야 합니다. 연애는 마치 시소와 같아서 어느 한쪽에 따라서 다른 한쪽의 반응이 결정됩니다. 중심을 잡지 못하면 시소가 한쪽으로 기울어지듯, 연애에서도 균형을 잡지 않으면 관계가 기울어질 수 있습니다. 좋은 연애는 서로가 긍정적인 에너지를 주고받으며 즐거움을 느끼는 것입니다. 연애는 서로의 일부가 합쳐져 더 큰 어떤 것이 되기 때문에, 혼자일 때보다 균형을 잡기가 어렵습니다.

연애에는 치트키가 없습니다. 단번에 여자의 호감을 사는 방법이나, 말 몇 마디로 남자가 깊이 사랑하게 만드는 방법 같은 것은 존재하지 않습니다. 중요한 것은 내 매력에 호감을 느끼는 상대를 만나는 것이고, 그 이후에는 이해와 배려, 이별이 있을 뿐입니다.

이 책은 만남을 시작하기 위해 필요한 것들, 관계를 유지하는 데 필요한 것들, 그리고 현명한 이별을 하는 방법까지 안내합니다. 연애의 알고리즘을 파악하고 균형 잡힌 연애를 원하는 분들, 연애를 삶의 전부로 받아들여 힘든 분들을 위한 가이드입니다.

이 책은 연애라는 관계의 시스템을 이해하고, 각 단계에서 발생할 수 있는 오류를 줄이며, 최적화된 관계를 유지하는 방법을 다룹니다. 이 책을 통해 연애의 각 단계에서 필요한 알고리즘을 배우고, 그 과정을 통해 더 나은 연애를 할 수 있을 것입니다.

**사랑은 당신을
기다리고 있다**

　본격적인 연애의 알고리즘을 탐구하기 전, 지금 이 지면에는 큰 틀에서 연애를 잘하기 위해 꼭 알아야 하는 것들을 담았습니다. 이 짧은 글을 통해 가볍게 감만 잡으시더라도 보다 나은 연애를 하실 수 있으리라 확신합니다.

　첫째, 자신이 강점을 발휘할 수 있는 링을 잘 아는 게 중요합니다. 삶을 살아가는 데도 그렇지만 '연애'에 있어서는 더욱 자신의 강점을 아는 것이 중요합니다. 연애를 잘한다고 결혼에 성공하는 건 아니지만, 그건 이후 결혼 생활을 잘해 나가는 데에도 영향을 미칩니다. 모든 관계의 출발점으로 본인의 캐릭터를 아는 게 중요합니다. 저를 예로 들겠습니다. 저는 진지하고 차분하며 점잖은 이미지입니다. 이런 제가 주어진 캐릭터를 벗어나 밝고 외향적이며 힙한 분위기로 보이려면 매우 많은 시간과 에너지를 써야 합니다. 그리고 완벽히 변화한다는 보장도 없으니 굳이 그럴 필요도 없습니다. 물론 자신이 그것을 원할 수도 있습니다. 하지만 바라는 모습도 내가 가진 것, 나에게 주어진 것에서 확장 가능한 범위 안에 있을 때 빛을 발하기 마련입니다. 나와 딴판이고 어울리지 않는 모습을 목표로 하면 이도 저도 아니게 됩니다.

그것보다는 자신이 가진 개성과 매력을 강화하는 편이 낫습니다. 저는 이걸 스무 살 때 느꼈기에 저에게 주어진 부분을 강화했고 그 매력에 끌리는 이성들을 만났습니다. 더 와닿게 표현하면 저는 유흥, 즉흥적, 일시적 등 이런 느낌의 단어들과는 거리가 멀기 때문에 만날 수 있는 여자의 스타일 역시도 정해져 있습니다. 유흥을 즐기고 기분파이며 활발한 성향의 여자와는 맞지 않죠. 그래서 만난 사람들 역시 공무원, 교사, 기자, 회사원, 의사와 같은 직업을 가지고 있었습니다. 보수적이고 정적인 성향이 더욱 강하게 띠는 직업군들일 수밖에 없습니다. 저는 예체능

계열 쪽의 댄서나 인플루언서, 술집을 운영하는 자영업자 등과는 성향이 맞지 않을 가능성이 있습니다.

이 말은 더 나아가, 모든 사람이 같은 방식으로 이성을 사귈 수 없다는 뜻이기도 합니다. 각자의 강점과 약점이 다르기 때문이죠. 본인의 강점을 키워 약점을 희석한 후 그 강점을 매력으로 느낄 상대를 택하는 전략이 있어야 합니다. 그러기 위해서는 우선 내가 나를 잘 알아야 내 강점을 키우고, 그것을 바탕으로 내게 어울리는 이성을 만날 수가 있겠습니다.

둘째는 '체화'입니다. 연애를 잘하기 위해서 심리학을 공부하든 연애 관련 서적을 읽든 관련 부문에서 내가 숙지하는 것들은 당연히 도움이 될 수 있습니다. 하지만 연애는 학문이 아니기에 내가 앉아서 뭘 보고 읽고 외운다고 늘지는 않습니다. 물론 본능적으로 이성과 관계를 맺는 데 조금 더 수월해지기 위해 참고하는 건 분명 도움이 되겠지만, 가장 중요한 건 '이성'을 이성으로 대하되 '그냥 사람'으로 대하게 되기까지의 경험입니다.

이 경험이 부족하면 내가 좋아하는 상대에게 가치 부여를 많이 하게 됩니다. 그렇게 되면 당연히 내 말과 행동, 사고가 부자연스러워지기 때문에 상대가 나에게 매력을 느낄 가능성은 더 적어지게 됩니다. 그런데 경험해 보면 상대도 그냥 사람일 뿐입니다. 단지 성별의 차이와 연애에서 보이는 경향 같은 부분에서 양상이 다를 뿐이고, 그 부분을 알면 연애가 조금 더 수월해질 뿐입니다.

마지막으로, 내가 어떤 캐릭터인지 알고 경험으로 체화했음에도 '안 될 인연은 안 된다.'라는 것입니다. 내가 아무리 애를 써도 상대가 내 마음 같지 않거나 상황에 따른 예기치 못한 이유로 어쩔 수 없이 멀어지는 인연인 거죠. 내가 할 수 있는 데까지 해 보고, 안 되면 인연을 끝내는 게 서로를 위한 겁니다. 좋든 아니든 상대가 아니라고 하는데 계속하는 건 사랑이 아닌 아집이자 이기적인 욕심일 뿐입니다.

그리고 애초에 날 이성으로 생각하지 않는 경우도 많습니다. 생각해 보세요. 연애에 관해 많이 알고, 자신 있다고 생각해 관련 이야기를 하는 사람이라고 해서 모든 이성에게 어필될 수 있을까요? 절대 그렇지 않습니다. 이런 말을 하는 사람들 역시도 사귈 수 없는 상대가 존재합니다. 저역시도 마찬가지입니다. 제가 아무리 날고 긴다 한들, 안될 인연은 안 됩니다. 쉽게 말해 내가 날고 기어서 7점이 됐다 해도, 9점과 10점은 7점에 매력을 느낄 수 없습니다.

그러나 안 될 인연은 안 되듯이 될 인연은 또 된다는 게 재밌는 점이기도 합니다. 이 말은 내가 똑같이 애쓴다고 하더라도 경우에 따라 다른 결과가 나온다는 뜻이고, 거기에는 사실 '운'이 정말 크게 작용합니다. 내가 아무리 많은 걸 갖춘 잘난 사람이라고 하더라도 운까지 따라 줘야 나와 합이 맞는 좋은 상대를 만날 수 있습니다.

연애 역시도 운이 무조건 작용하고 따라 줘야 합니다. 그렇지 않으면 순간의 '시절 인연'에 그치게 됩니다. 이 책은 그 운이 조금이라도 자신에게 오도록 만드는 내용이라 보시면 되겠습니다. 그럼 '이게 다 무슨 소용이냐?' 싶으실 수도 있겠습니다만, 프리미어리그든 메이저리그든 날고 기는 선수들도 코치와 트레이너가 있습니다. 그런 것처럼 이는 메신저들보다 매력이 많음에도 불구하고 경험 부족, 두려움, 상황, 고집 때문에 날개를 펼치지 못하는 이들을 위한 트레이닝이라고 할 수 있습니다.

원석에 가까운, 또는 아직 세공이 세련되지 못한 당신에게 내재된 '연애적인' 부분들이 잘 다듬어지길 바라는 마음입니다. 그래서 보다 많은 사람이 삶에 있어 최고의 가치로 여기는 '사랑'으로, 원하는 연애와 결혼까지 이루길 기대하는 마음으로 써 내려간 생각들입니다.

Contents

Part I 만남을 위한 알고리즘

Part Ⅱ 애정을 더하는 알고리즘

Part Ⅲ 갈등을 줄이는 알고리즘

Part IV 이별과 성장의 알고리즘

Part I

만남을 위한
알고리즘

연애는 내가 모르는 나를
알게 해 주는 것

　연애는 삶의 일부입니다. 그 삶의 일부가 인생 전반에 영향을 미칠 수도 있고, 남은 인생을 다른 관점에서 바라보게 하며 노력하게 만들기도 합니다. 따라서 연애는 땅에 씨앗을 심고 나무를 길러 내는 '과정'과 같습니다. 좋은 땅을 고르는 안목도 필요하고, 작은 씨앗에서 큰 결실을 맺기 위해 많은 노력도 기울여야 합니다. 마음에 드는 상대를 만나 관계 발전을 위해 노력하는 것처럼요. 발품 팔아 비옥한 토양을 찾고 씨앗에서 첫 싹이 움텄을 때의 환희. 어떤 환경에서 잘 피어나는지, 혹은 어디에 취약한지, 적정량의 물과 볕은 얼마인지 고민하고, 시의적절하게 영양분을 공급해 주며 애정을 쏟는 일. 그 과정이 지나 열매가 열린다면 그 뿌듯함은 이루 말할 수 없을 것입니다.

　연애는 꼭 필요한 것은 아니지만, 밀접한 관계를 위해 노력하는 과정에서만 느낄 수 있는 감정과 깨달음을 통해 본래의 '나'라는 결실을 마주하게 됩니다. 또 그것은 한편으로는 좋은 모습일 수도 있지만, 동시에 외면하고 싶은 모습일 수도 있지요. 연애를 통해 마주하는 '나'는 혼자일 때는 결코 보지 못했던 모습을 드러냅니다. "저 사람은 왜 저렇게 연애할까? 나는 연애하면 저러지 말아야지."라고 말하던 사람도 막상 본인의 상황에서는 다짐대로 움직이지 않음을 알게 됩니다.

상대를 만나 인연을 맺고, 관계를 이어 가며 이별하는 길에 마주한 내 민낯을 통해 내가 몰랐던 나를 알게끔 해 줍니다. 물론 그 과정에서 한결같이 꾸준한 애정을 쏟는 건 여간 어려운 게 아닙니다. 씨앗을 심을 땐 즐거웠지만, 어느새 돌보기 귀찮거나 더디게 자라는 모습에 조급해지는 순간도 올 겁니다. 들떴던 초반과 달리 무심해지는 스스로에게 당황스럽기도 하겠죠. 그럼에도 우리는 끈질기게 그 과정을 겪어 내야 합니다. 나의 전부가 될 수도 있는 내 삶의 일부가 빛나는 모습으로 당신을 기다리고 있기 때문입니다.

날 위해 주는 사람이 있으니

연애할 필요가 없다는 사람도 늘어 가고, 대다수가 연애의 종착이라 생각하는 결혼 역시 할 필요성을 못 느끼는 사람들이 급증한 현실입니다. '혼자 사는 게 아무 문제가 없다.'라는 인식이 나타나기 시작한 건 근래의 일입니다. 그리고 불과 몇 년 사이에 그런 인식을 가진 사람들이 급격히 늘었기 때문에 사회로 떠오른 것이겠고 이대로라면 둘보다 혼자 편한 것이 낫다고 생각하는 사람이 주류가 될 수도 있겠습니다.

1인 가구를 위한 주거 공간과 사회 서비스, 배달 서비스 같은 식문화 등 혼자 살아감에 있어 필요한 재화와 서비스가 갖춰진 지는 오래입니다. 더 이상 혼자라서 못하는 건 없다고 봐도 무방할 정도지요. 그리고 정서적인 부분도 얼마든지 충족할 수 있습니다. 취향과 가치관이 맞는 각종 온·오프라인 모임을 통해 같은 취미를 즐기거나 정서적

위안을 얻을 수도 있습니다. 그러나 이는 만남의 수단과 형태만 세분화되었을 뿐, 외로움을 덜어 줄 누군가를 만나고 싶다는 욕망과 '나'를 알아주길 바라는 본질은 변하지 않는다는 걸 뒷받침해 주는 듯합니다. 그렇기에 연애를 오로지 인풋 대비 아웃풋의 '가성비'로 따지거나, 타인에게 쏟을 에너지가 부족함을 '혼자가 낫다.'라고 위로하는 경우가 아니라면 연애가 더 나은 선택이 될 때가 많습니다.

태어나서 날 위해 주고 사랑해 주는 사람이 있다는 건 별거 아닌 듯 보이지만, 파고들면 위대하고 기적인 일입니다. 각자의 세상이 만나 하나의 세상이 되어 가는 과정, 그게 연애니까요.

어떤 세상이 당신을 기다리고, 그 세상과 당신의 세상이 만나 또 하나가 될지는 아무도 모르는 일이지만, 그런 만남은 반드시 있다고 믿습니다. 저와 다른 분들도 그러했고, 제가 상담했던 분들 중에서도 많이 느끼셨다고 하니까요. 그러기 위해서는 상대를 알아보겠다는 조금의 용기와 이해하려는 열린 마음, 타인을 받아들이겠다는 포용력을 가지면 됩니다. 그러니 용기를 내어 보세요.

♥ ♡ ♥

단번에 인연을 만나 결실을 보는 경우도 더러 있겠으나, 제 주변과 4년간 상담하면서 보았던 사례를 포함해도 그런 일은 극히 소수일 뿐이라 쉬운 일은 아니겠습니다. 몇 번의 실패 끝에 좋은 인연을 만나는 사람도 분명 있겠지요. 하지만 멀쩡하고 아무런 문제가 없는 사람이 계속 좋지 않은 인연을 맺어 힘들어하기도 합니다. 이렇게 개인의 됨됨이와는 별개로, 운이라는 건 연애에도 적용됩니다.

'운에 달렸다.'라는 말을 하기에 앞서 '좋은 사람'과 '그렇지 않은 사람'을 제 나름대로 정의하고 가겠습니다. 내 세상과 상대 세상이 만나는 연애에서는 충돌할 수밖에 없는 부분이 있습니다. 바로 '인내', '이해', '배려'라는 요소인데, 저는 이 세 가지를 지닌 사람이 좋은 사람이라고 생각합니다. 좋은 사람은 보통 용모가 뛰어나고, 직업과 집안 배경이 좋고, 다정다감하며 유순하고 착한 성격 등의 좋은 평가를 받아야 보편적으로 좋은 사람이라고 칭할 수 있겠습니다. 하지만 연애는 상대적이기에 이런 사람이라고 해서 모두에게 좋은 사람일 수는 없습니다. 결국 실제 연애를 하는 당사자 사이에서 좋은 사람으로 느껴지는가 아닌가의 차이겠지요.

연인으로서 좋은 사람과 인간으로서 좋은 사람이 늘 일치하는 건 아닙니다. 친구들 사이에서는 의리가 있고 정이 많은 사람이 정작 연인이나 배우자에게는 소홀할 수도 있고, 상대방의 의견을 항상 존중하는 태도가 누군가에게는 줏대 없는 '우유부단함'으로 느껴질 수도 있는 것처럼요. 이처럼 상대적이고 상호 보완적인 부분이 중요한 게 연애이니 인내와 이해, 배려가 필요합니다.

하지만 이런 인내, 이해, 배려를 가진 좋은 사람이라 하더라도 운이 없으면 나쁜 사람을 만나 상처받아 마음의 문을 닫기도 합니다. 그런 경험이 반복되면 '사람을 보는 눈', 즉 안목과 혜안이 생깁니다. 만약 누군가가 이러한 경험을 반복했음에도 사람 보는 눈이 없다고 한다면, 사실 그건 안목이 없는 게 아니라 상대를 제대로 보지 않았던 건 아닐까 싶습니다. 혹은 겉으로 보이는 외모나 조건으로 본질을 가린 채 외면하려 했거나, 아닌 것을 느끼면서도 이별이란 더 큰 상처를 받을까 싶어 덮고 가는 경우일 것입니다.

'사람을 본다는 것'은 시각적인 부분과 더불어 마음의 눈으로 보는 내적인 부분까지 포함한다는 것을 잊어서는 안 됩니다. 문제를 풀다가 틀렸다면 오답 노트를 만들어서 복기하면 됩니다. 그러면 언젠가는 그와 같거나 비슷한 문제를 만나더라도 더 이상 틀리지 않는 순간이 옵니다. 그러나 계속 틀리면서 '왜 나는 항상 나쁜 사람만 만날까?', '내가 그렇지, 뭐.'라는 자기 연민에 그친다면 오답을 반복할 뿐입니다.

연애에서 많은 부분이 운에 달렸다고 했지만, 깊게 들어가 보면 그 운은 '만남'의 단계에서 가장 크게 작용합니다. 그 뒤의 단계인 관계 유지와 결실에서는 내가 그 만남을 어떻게 대하고 이어 가는가에 달려 있습니다. 운이 좋아 훌륭한 사람을 만났을지언정 내가 옳고 그른 답을 분별할 혜안이 없다면, 나에게 닿은 운을 내 발로 걷어찰 수밖에 없습니다.

따라서 만남의 단계에서는 괜찮았는데 과정 또는 결실에서 서로에게 상처를 주며 헤어졌다면 잠시 멈추는 것도 좋습니다. 빠르게 다음 연애로 넘어가기 전, 지난 과정에서 내가 표현했던 인내, 이해, 배려의 방식에 잘못된 부분이 있지는 않았는가 돌아보시길 바랍니다. 나에게 닿은 운을 증폭하는 것도, 꺼뜨리는 것도 결국 내 손에 달렸으니까요.

과정을 볼 줄 아는
혜안을 지닌 사람

어떤 사람이 내가 만날 수 있는 사람인가? 이것을 알기 위해서는 나를 제대로 알고자 하는 '사색'이 선행되어야 합니다. 이것이 바로 타인과 관계를 맺는 연애의 선행 단계입니다. 나를 모르는 상태로 다음을 먼저 맞이하게 되면 관계로부터 오는 문제에 직면했을 때 어떻게 대처해야 할지 모르기 때문입니다. 그렇기에 저는 최고의 연인 중 하나를 '과정을 볼 줄 아는 혜안'을 지닌 사람이라 생각합니다.

우리의 작은 일상과 큰 삶에는 과정과 결과가 공존하고 있습니다. 그리고 결과가 하나라면, 그 결과에 이르는 과정은 최소 하나 이상일 수밖에 없는 게 우리 삶입니다. 이런 일상이든 삶이든 그 안의 결과가 좋고 원하던 것일 때도 있지만, 그렇지 않은 경우도 많습니다.

일상의 사소한 예로는 연인과의 약속을 들 수 있겠습니다. 연인 사이에는 만나자고 약속하거나, 저녁에 통화를 하기로 하는 경우가 있지요. 그러나 일이 많고 바빠 약속을 지키지 못했거나 통화를 간단하게 끝내야 하는 상황이 간혹 생기곤 합니다. 이를 기다린 상대는 서운하고 화가 날 수도 있겠지만, 상대방이 왜 그럴 수밖에 없었는지 이야기를 듣고 판단하는 태도 또한 과정을 보려는 자세입니다. 더 큰 예로는 상대가 지금 이런 모습이고 왜 이런 생각을 하는지 그 마음을 이해하려는 태도 역시 과정을 볼 줄 아는 혜안입니다. 상대방 인생의 과정을 이해하는 것이니까요. 현재 그 사람의 모습은 과거의 결과이고, 미래는 현재의 모습이 될 테니 상대의 결과가 어떻든 과정이 옳은 방향이라면 그 가치를 알아봐 줄 수 있게 됩니다.

이런 과정을 볼 줄 아는 혜안을 지닌 사람이 되려면 '이타심', '공감 능력', '다양한 경험'이 필요합니다. 이기적이면 상대를 이해하려는 시도조차 할 수 없고, 공감 능력이 떨어지면 상대의 행동을 납득하기 어렵겠지요. 경험이 부족하면 상대를 이해하기도 힘듭니다. 또 무언가를 성취해 본 사람들은 그 안에서 과정을 경험합니다. 그래서 많은 인내가 필요하다는 걸 알기에 다른 이들보다 조금 더 나은 연애를 하게 됩니다.

이런 혜안을 지닌 사람이 반드시 하는 행위가 바로 '사색' 입니다. 사색을 통해 스스로를 돌아보고, 그 과정에서 더 나은 자신을 다짐하게 되겠죠. 이렇게 자신을 알아 가는 과정을 거치는 사람은 상대적으로 연애를 더 잘할 수밖에 없습니다. 그러니 당신이 만나거나 만나고픈 이성이 '과정' 을 볼 줄 아는 사람이라면, 부디 놓치지 않기를 바랍니다.

시작부터 연애가
힘들어지지 않기 위해

'사상누각^{沙上樓閣}'이라는 말이 있습니다. 모래 위에 세운 누각이라는 뜻이죠. 그러니 당연히 오래 견디기 어렵습니다. 시작부터 연애가 힘들어지는 경우도 이와 다를 바 없습니다. 연애의 처음부터 관계가 부실하니 좋은 길로 가기는 힘들겠죠. 이는 두 사람이 잘 맞느냐 안 맞느냐의 문제가 아니라 내 수준에 맞지 않는 사람을 고르는 데에서 비롯됩니다. 그리고 내 수준에 맞지 않다는 건 상대의 조건만을 말하는 게 아니라, 내가 '감당할 수 있는 사람인지 아닌지'를 판단하는 영역입니다.

그러기 위해서는 역시 내가 나를 잘 알아야 하고, 자기 객관화도 필요하겠습니다. 예를 들어 내가 특정 음식에 알레르기가 있다면 그 음식은 자연스레 피하게 될 것입니다. 만약 자신이 어떤 음식에 알레르기 반응이 있는지 모른다면 그 음식을 먹는 즉시 탈이 날 수밖에 없습니다. 마찬가지로 시작부터 연애가 힘들어지는 분들은 자신이 어떤 부분을 감당할 수 있고 어떤 부분은 감당할 수 없는지를 파악하지 못한 상태에서 감당할 수 없는 상대를 타기팅targeting했기 때문입니다.

연애에 있어서, 여자가 남자와 가장 큰 차이를 보이는 지점은 시작 단계인 '만남'입니다. 대다수의 연애는 남자가 먼저 다가와 호감을 표현하고 고백하면서 시작됩니다. 이렇다 보니 연애를 많이 시작하는 나이대인 20대 초중반 여성의 경우, 자기에게 관심을 보였거나 사귀었던 남자들이 어느새 기준이 됩니다. 그래서 나이가 들수록 그 기준보다 더 나은 남자를 만나고 싶어지게 되지요. 그런데 어느 순간 자기 객관화가 되지 않으면 연애는 힘들어지게 됩니다. 20대 초중반에 나에게 다가왔던 남자가 기준이 되었지만, 그 수준의 남자는 이제 내가 여자라는 이유만으로는 더 이상 다가오지를 않으니까요. 남자가 기준인데 나이가 들수록 그 수준의 남자는 내가 여자기만 해서는 더 이상 다가오지를 않으니끼요.

앞서 말한 '맞지 않는 사람'이란 외모, 경제력, 집안과 같은 조건이 맞지 않는다는 의미가 아니라, 스스로가 감당하지 못하는 사람을 말합니다. 예를 들어 '나는 외모를 보고 만나야겠다.'라는 사람이라면 상대의 얼굴값을 감당할 각오가 필요합니다. '인기 많은 사람을 만나면 좋겠다.'라고 생각했다면 그 인기에 따르는 대가를 치러야 하고, '돈 많은 상대를 만나겠다.', '집안 좋은 상대를 만나겠다.'라는 마음이 있다면 그에 따른 희생을 감수해야 합니다. 그러나 애초에 내가 감당하지 못할 조건의 사람을 바라보거나 붙들고 있으니 연애가 힘든 것입니다.

사람은 자기 분수를 알아야 합니다. 그런데 이 분수라는 것은 혼자 머릿속으로만 판단할 수 있는 게 아닙니다. 내가 어느 정도를 감당할 수 있는지는 직접 경험해 봐야만 알 수 있습니다. 그리고 이 부분은 연애의 시작 단계인 '만남'에서 적극적으로 움직이는 남자보다는 여자에게 더 취약합니다. 태생적으로 선택해야 하는 상황이 남자보다 훨씬 많기에 본인이 어느 정도까지 감당할 수 있는지 모르는 경우가 더 많습니다.

위태로운 모래 위에 관계를 아무리 예쁘게 쌓아 올려 봤자 금세 무너지게 마련입니다. 튼튼한 건물을 지을 때 땅을 잘 골라야 하듯, 관계에서의 기본은 내 분수를 잘 아는 것입니다. 어떤 상대를 만났는데 계속 힘이 든다면, 나를 제대로 파악하지 못해 처음부터 잘못된 선택을 한 건 아닐 지 다시 한번 돌아보시길 바랍니다.

갈수록 연애가 안 되는 이유

나이가 들어갈수록 연애가 잘 안돼 답답해지는 건 현실과 이상 사이의 괴리가 점점 커지기 때문입니다. 20대 초중반, 또 많게는 30대 초중반까지도 꾸준히 관심을 표현해 주는 사람이 있다면 특히나 이 괴리를 알아차리는 데 둔해집니다. '내가 괜찮은 사람이라서 다가오는 거겠지?' 하며, 이상에 비해 현실도 여전히 괜찮다고 여기게 되니까요.

그러나 그럼에도 자신이 원하는 결과대로 맺어진 결실이 없다면 달리 생각해 볼 필요가 있습니다. 왜 다가오는 사람은 있는데 머무는 사람은 없는지. 왜 내가 관심 없는 사람은 나를 좋아하고, 내가 좋아하는 사람은 나를 좋아하지 않는지.

이런 상황이 펼쳐지는 데에는 내가 연애에서 무의식적으로 외적인 매력에만 의지해 왔을 가능성도 있습니다. 겉모습이라는 하드웨어를 뒷받침해 줄 소프트웨어, 즉 사고방식이나 관계를 대하는 태도, 성격 같은 내적인 부분이 충분히 드러나지 않으면 사람들이 다가오기는 쉬워도 오래 머물지는 않는 거죠. 물론 뛰어난 하드웨어를 가진 것은 분명 연애의 시작에서 큰 이점이 됩니다. 시작이 수월하고, 많은 이의 관심을 받을 가능성도 높아지니까요.

그렇다면 이럴 때 보완해야 할 것은 하드웨어일까요? 소프트웨어일까요? 당연히 후자일 것입니다. 대체로 나이가 들수록 외모보다는 내면을 더 보려는 경향이 있으니까요.

또 갈수록 연애가 안 된다고 답답해하시는 분들 중에는 "만날 사람이 없어요."라고 말하는 경우가 많습니다. 그런데 깊게 들여다보면, 이는 정말로 만날 사람이 없는 게 아니라 '내가 만나고 싶은 사람은 나를 만나 주지 않고, 나 좋다는 사람은 내 성에 차지 않는' 상황인 경우가 더 많습니다. 현실보다 욕심이 과한 거죠. 과거의 내가 기준이 되면 현재의 내가 더 힘들어지기도 합니다. 지금의 내가 예전보다 나아진 상황인지 잘 살펴볼 필요가 있습니다.

그리고 또 하나는 가만히 아무것도 하지 않은 채 있다는 것입니다. 연애를 주제로 유튜브 채널을 운영하고 여러 상담을 해 오면서 확인한 바로는, 생각보다 훨씬 수동적이고 적극적이지 못한 분들이 많았습니다.

남자든 여자든 모두 본인이 사귀고 싶은 상대방을 만나길 원합니다. 이성을 만나기 수월한 조건이든 그렇지 않든, 사람은 결국 마음에 둔 이와 연애하고 싶어 하죠. 모두가 같은 마음이라면, 그중에서도 특별히 좋은 조건을 갖추었거나 그 목표를 위해 꾸준히 노력하는 사람만이 그 바람을 이룰 수 있겠죠. 그런데 "갈수록 연애가 안 돼요."라고 말하는 분들을 보면 굉장히 수동적이었습니다. 자기 나름대로는 노력했다고 했겠지만, 객관적으로 보면 무언가를 했다고 말하기 어려울 만큼 미약한 시도에 그친 경우가 많았죠. 반대로 생각해 보세요. 노력조차 하지 않으면서 어디 한번 열심히 다가와 보라는 사람과 본인도 함께 발맞춰 걸어가려는 사람 중 누구에게 더 마음이 갈까요? 제아무리 잘난 사람이라도, 원하는 상대와 함께하려면 가만히 있기만 해서는 안 됩니다. 그러니 조금 더 진취적이고 적극적인 마음으로 다가가 보시길 바랍니다.

당신을 이성으로 볼 때 상대가 하는 5가지

상대의 말과 행동이 나에 대한 호감인지, 단순한 호의인지 헷갈릴 때가 있습니다. 그렇다고 상대에게 대놓고 "나한테 관심 있어?"라고 묻기도 쉽지 않으니 드러나는 모습으로 추측할 수밖에 없죠. 그렇다면 상대가 당신을 이성으로 볼 때는 어떤 행동을 할까요? 대표적으로 다음의 다섯 가지 행동을 보이게 됩니다.

① 최대치로 다정해지기

우리는 누군가를 좋아하면 최대한 다정하고 친절하게 행동합니다. 좋아하는 상대와 만나고 싶으니 자연스레 내가 가진 최대치의 다정함이 나올 수밖에요. 평소 무뚝뚝하고 말수가 적은 사람이라도 관심 있는 이성에게는 다정으로 호감을 얻으려 합니다. 이를테면 말과 행동을 최대한 가려서 하고, 표현도 부드럽고 온화하게 하지요. 만나고 싶은 사람 앞에서는 누구든 말과 행동을 신경 쓰게 됩니다.

좋은 사람으로 보이고 싶은 마음이 있으니 당연한 일입니다.

② 관심을 드러내기

성격에 따라 정도의 차이만 있을 뿐, 이 역시도 나타납니다. 우리가 관심 있는 사람이든 물건이든 마음이 생기면 그를 찾아보고 알아보게 되지요. 그래서 이성으로 생각하는 상대를 한 번이라도 더 쳐다보고, 한 번이라도 더 질문하려고 애쓰게 됩니다. 호기심이 생길 수밖에 없으니까요. 한 번이라도 더 봐야 물을 것이 생기고, 한 번이라도 더 물어야 대화할 구실이 생기며, 한마디라도 더 해야 약속을 잡을 명분이 생기기 때문입니다.

③ 잦은 만남 끌어내기

자주 만나는 일이 별거 아니라고 생각할 수도 있습니다. 요즘에는 "남사친, 여사친끼리도 자주 만나서 밥 먹고 놀고, 그럴 수 있는 거 아니야?"라고 말하는 사람들이 많으니까요. 하지만 이성끼리 자주 만난다면 그 관계는 친구 이상으로 발전할 가능성이 큽니다. 만남이 잦아지면 그중 한 명은 어느 시점에서든 상대를 이성으로 보게 될 테니까요. 어쩌면 처음부터 마음이 있어 남사친 또는 여사친의 탈을 쓰고 있는 것일 수도 있습니다. 우선 단순하게 생각해 보세요. 내 시간과 에너지, 비용을 자주 쓰게 만드는 사람이라면, 왜일까요? 이유 없이 자주 보고 싶은 사람은 없습니다.

④ 칭찬과 격려를 아끼지 않기

칭찬을 많이 하는 것을 넘어, 만날 때마다 끊임없이 칭찬을 던집니다. 듣는 사람조차 '좀 과한데?' 싶을 만큼 좋은 말을 잔뜩 하는 겁니다. 사소한 부분도 알아차리고, 별일 아닌 일도 괜찮게 봐 주며 나를 격려합니다. 상대 눈에 콩깍지가 씌었으니 내 좋은 점은 더 좋게, 더 크게 보일 테지요. 아마 단점마저도 귀엽게 느껴지지 않을까 싶습니다. 확실히 칭찬을 많이 하지만, 모든 진실은 상대의 눈과 입이 더 잘 알려 줍니다.

관심 있던 상대가
갑자기 식은 것 같을 때

연애는 시작 단계에서뿐만 아니라, 관계를 이어 가는 과정에서도 여러 가지 문제들이 발생합니다. 그중 나에게 관심을 보이던 상대가 갑자기 식은 듯한 느낌을 받을 때만큼 찜찜하고 초조한 순간도 없지요. 적극적으로 나오던 상대의 열정이 식었거나 호감을 주고받으며 순조롭게 이어지던 중 상대가 갑자기 변심한 것처럼 보이는 상황, 혹은 사귀다가 갑자기 마음이 식어 버린 것 같은 순간이라면 이런 경우에 해당될 수도 있으니 참고해 보시길 바랍니다. 이 내용은 남녀 모두에게 적용됩니다. 대체로 크게 나누면 세 가지 경우로 분류할 수 있습니다.

첫 번째는 스킨십이 맞지 않는 경우입니다. 이 상황은 당사자에게 직접 말하기는 어렵지만, 어떤 지점에서든 실망하는 마음이 생긴 것입니다. 외적인 부분에서 비롯된 실망일 수도 있고, 스킨십 과정에서 지나치게 수동적인 태도 때문일 수도 있습니다. 이렇게 되면 관계가 즐거움보다는 노동처럼 느껴질 수 있습니다.

예를 들어 여자가 스킨십에 적극적인 듯한 말과 행동으로 남자에게 기대를 심어 주었는데, 막상 때가 되니 본인 이미지를 가볍게 볼까 염려해 방어적으로 나오는 상황도 있겠지요. 스킨십 후 태도가 돌변하면 상대에게 쓰레기라 낙인찍힐 수 있으니 서서히 멀어지게 됩니다. 특히 소개를 받은 경우라면 주선자를 생각해서라도 서서히 연착륙하듯 거리를 두게 됩니다. 또한 문신 같은 외적인 요소가 좋지 않은 인식을 줄 때도 있습니다. 과거보다는 많이 나아졌다고는 하지만 아직 꺼리는 사람들이 꽤 있기에, 상대에게 실망을 안겨 주는 지점이 되기도 합니다.

이 밖에도 개인에 따라 다양한 이유가 있겠지만, 정확히는 알 수 없을 때도 있습니다. 상대도 모든 것을 솔직하게 이야기할 수만은 없으니까요. 그래서 스킨십했을 때 외적으로나 태도적으로 괴리감이 크다면, 이런저런 말 대신 관계에 거리감을 두기도 합니다.

두 번째는 연애 초기의 감정이 점차 사그라지며 이성적인 판단 끝에 '이 관계를 오래 지속하기는 어렵겠다.'라는 결론에 도달한 경우입니다.

물리적 거리, 나이 차이, 건강 문제, 경제적인 문제, 취업, 이직 등 각자 처한 상황이 연애에 있어 순탄하지 않은 요건이 있을 때를 말합니다. 방해가 될 만한 요소를 양쪽이나 둘 중 한 명이 가지고 있는 거죠. 상대가 너무 좋더라도 왕복 500~600km에 4~6시간을 써야 한다면 시간이 지날수록 지치기 마련입니다. 그리고 그 지침은 관계를 다시 생각해 보는 계기가 되곤 하지요. 연애 초반에는 감정이 앞서 이런 부분들을 충분히 고려하지 못할 때도 있습니다.

그렇지만 사람은 이성적이고 합리적이기 때문에 감정만 앞세우는 연애에 한계가 생깁니다. "그래도 괜찮아!"라고 했지만, 생각하면 할수록 괜찮지 않은 겁니다. 이런 요소들이 뜨겁던 감정을 가라앉히고 사람을 이성적인 상태로 만듭니다. 그러다 보니 더 정들기 전에 관계를 끊는 게 낫겠다 싶어지는 거죠. 흔히 이렇게들 말합니다. "많이 좋아하면 그럼에도 불구하고 만나지 않나요?"라고요. 맞습니다. 많이 좋아하면 그럼에도 불구하고 이어 가게 됩니다. 다만 그 사람이 평생 만난 사람 중 최고일 때만 발현된다는 점이 문제입니다.

이성적으로 판단하게 되는 계기가 꼭 현실적인 상황이나 조건에서만 비롯되는 것은 아닙니다. 상대의 행동에 실망하거나 정이 떨어지는 순간, 성격적인 부분 때문에 이 사람과는 깊은 관계를 맺기 어렵겠다고 느끼기도 합니다.

'말을 왜 이렇게 하지?', '사고방식이 왜 이렇지?', '그간 데이트하면서 이 사람이 한 게 뭐지?' 같은 생각이 드는 겁니다. 자신이 이런 경우에 해당하는지 아닌지는 당사자가 가장 잘 알 것입니다. 데이트하는 동안 한쪽이 일방적으로 시간이나 장소를 맞춰 주었다거나 비용을 부담했다거나, 다투는 과정에서 상대의 취약한 부분을 의도적으로 건드렸다거나 하는 부분이 어디에 있었는지는 연락하고 만나 온 본인이 가장 잘 알 테니, 앞으로 어떻게 하면 이런 상황을 되풀이하지 않을 수 있을지 잘 생각해 보시기 바랍니다.

세 번째는 다른 이성이 생겼거나 지나간 이성과 연락이 닿았을 때입니다. 수많은 분의 사연을 접하다 보면 환승 연애를 하거나 한 번에 여러 이성을 만나는 경우가 적지 않습니다. 20대 후반에서 30대 초반의 여성은 결혼에 대한 생각이 강하게 자리 잡는 시기라 여러 남자와의 접점을 열어 두기도 하고, 30대 초반에서 중반의 남성은 그동안 밀려 있던 연애를 처리하려는 듯 다양한 여성과 접점을 만들려는 경향을 보입니다.

나이로만 보더라도 20대 후반에서 30대 초반의 여성과 30대 초반에서 중반의 남성이 대부분 연애를 더 많이, 활발히, 폭넓게 할 수 있으며 결혼에도 적극적입니다. 그래서 연애 중이면서도 소개팅을 하거나 다른 사람을 만나기도 합니다. 소개팅, 데이팅 앱, 결혼 정보 회사 등을 통해 동시다발적으로 여러 사람을 알아 가는 거죠. 이런 행태는 생각보다 흔합니다. 다만 본인의 이미지가 망가질까 봐 말하지 않을 뿐입니다. 혹시 이런 상황에 해당하는 것은 아닌지 한번 잘 생각해 보시기 바랍니다.

호감을 보이던 상대의 관심이 식어 가는 게 눈에 보이면 마음이 아플 수밖에 없겠지요. 이런저런 생각에 사로잡히기도 할 테고요. 하지만 어쩔 수 없습니다. 냉정하게 말하면, 얼마나 빨리 받아들이고 정리한 뒤 다음을 준비하느냐의 차이일 뿐입니다.

이런 상황이라면, 나를 사랑해 줄 수 있는 상대를 찾아
가는 편이 더 현명하겠습니다. 사람이 사람에게 갖는 관심
은 내가 무엇을 해서 생기기보다, 상대가 자연스럽게 갖게
되는 경우가 더 많습니다. 그렇기에 상대가 거둬들인 관심
은 내가 만든 관심이 아니며, 내가 사라지게 한 것도 아닙
니다. 그 사람이 나에게 관심을 가졌던 것뿐이니, 관심을
거두는 것도 그 사람이어야 합니다.

연애를 오래 하지 않았을 때
고려할 것들

모태 솔로이거나, 연애하고 싶은 마음이 없어서 혼자 지낸 지 오래되었다거나, 완전히 내 성에 차는 상대를 만나겠다는 생각으로 연애의 시작이 늦춰지고 있는 경우라면 이런 부분을 고려해야 합니다. 지금 내가 가진 생각이 시간이 지나도 변함없을 것이라는 보장이 있는지를요.

지금은 "연애하지 않겠어." 또는 "연애하지 않아도 상관없어."라고 생각하더라도, 시간이 지나면 하고 싶어질 수도 있지 않겠습니까? 예를 들어 배가 부르면 음식을 가려 먹지만 며칠 굶으면 반찬 타령을 하지 않듯이요. 연애 역시도 그렇습니다.

여자는 보통 이런 남자를 이상형으로 꼽을 때가 많습니다. "남자답고 다정다감하며 대화 잘 통하고 본인 일 열심히 하는, 어느 정도 꾸미기도 하는 남자요." 말 그대로 이상형에 그친다면 괜찮습니다. 그런데 이 모든 것 또는 여기에

♥ ♥ ♥

조금이라도 해당하는 남자는 현실에 생각보다 많지 않습니다. '여성스럽고 섬세하며 대화 잘 통하고 본인 일 열심히 하면서 자기 관리도 열심히 하는, 가정적인 여자'를 바라는 남자가 있다면 여자 만나는 게 어디 쉬울까요?

그리고 연애를 오래 하지 않았다고 해서 보는 눈이 내려가는 것도 아닙니다. 스무 살이든 서른 살이든 마흔 살이든, 나이가 든다고 해서 눈이 낮아지지는 않습니다. 오히려더 따지게 됩니다. 보상 심리가 발동하기 때문이지요. '내가 이런 사람을 만나려고 그동안 연애를 안 한 줄 알아?' 하는 마음입니다.

또한 실제 연애는 상상했던 것과 다를 수 있습니다. 연애를 하나의 게임에 비유하자면, 나는 그 게임 속의 캐릭터입니다. 어떤 사람이 플레이하는 캐릭터를 보면 그 게임과 캐릭터가 쉽고 좋아 보이지만, 직접 했을 때는 아닐 수도 있습니다. 또 게임에서 캐릭터들은 서로 다른 역할을 하고 각기 다른 기능을 가지고 있습니다. 따라서 그 게임이 재미있는지, 쉬운지, 어려운지, 그리고 그 속의 캐릭터가 어떤지는 내가 직접 플레이해 봐야 알 수 있는 부분이죠.

♥ ♥ ♥

연애를 오래 쉰다는 건 '내가 어떤 사람인지를 혼자 생각할 시간이 충분하다.'라는 점에서는 좋습니다. 하지만 누군가와 함께했을 때의 나를 모르고, 하지 않아서 생긴 두려움과 가리는 것들도 많아집니다. 감각이 떨어지는 것 역시 큰 핸디캡으로 작동하지요.

연애는 내 생각과 상상만으로 되지 않습니다. 성별과 상관없이 경험은 가장 중요한 부분을 차지하기에, 해 봐야만 아는 구석이 반드시 존재합니다. '연애력'이라는 말이 있습니다. 연애를 잘할 수 있는 능력, 힘을 뜻하지요. 이 연애력은 연애 횟수에 절대적으로 비례하는 것은 아니지만, 일정 수준까지는 경험과 횟수와 비례하는 경향이 있습니다. 내가 연애를 오래 쉰다면 나보다 연애력이 높은 상대를 만날 일이 다분하다는 점에서 부담으로 작용하게 됩니다. 이때 생길 수 있는 문제는, 바로 연애력이 낮아 먹잇감으로 노출될 수 있다는 것입니다.

연애 시장은 정글입니다. 숲을 멀리서 보면 푸르고 웅장하며 경이롭지만, 가까이 들여다보면 썩은 나무와 벌레도 많고 더럽습니다. 연애도 마찬가지입니다. 좋은 사람도 많으나 별로인 사람은 더 많고, 멀리서 볼 때는 좋은가 싶어도 가까이서는 영 아닌 상황도 있습니다. 이건 일정 수준 이상의 경험이 있으면 자연스레 느낄 수 있고 대처법도 있지만, 경험이 상대적으로 적거나 연애를 오래 쉰 분들에게는 걱정할 만한 부분이기도 합니다. 그러니 그런 분들은 '나 같은 사람'이 많은 곳으로 환경을 제한해 만나는 게 최선입니다.

예를 들어 내가 권투, 주짓수, 검도, 수영까지 할 줄 아는 사람이라면 링에서도, 바닥에서도, 막대기를 들거나 바다에 빠져도 살아남겠지요. 하지만 내가 할 수 있는 게 권투뿐이라면 링 안에서만 싸우는 일이 유리하고 안전할 것입니다. 즉, 이런 정글 같은 연애 시장에서 경험이 상대적으로 적은 분들은 환경 자체를 내가 감당할 수 있는 곳으로 한정 지어 그 안에 있는 사람 중에 만나시라는 겁니다.

내 체력, 성격, 성향, 취향, 일상 루틴 등을 고려하세요. 그렇게 내가 불편함을 덜 느끼는 장소에서 노력하시는 게 좋습니다. 또한 연애 경험이 적다고 해서 무조건 그렇다고 단정할 수는 없지만, 대개는 지금까지 연애에 흥미를 느끼지 못했거나 다른 일에 신경을 쓰며 살아왔을 가능성이 클 테죠. 그 시간이 안정적인 직업을 찾기 위한 것이었든,

나에게 맞는 사람을 탐구하기 위한 것이었든, 자신을 좀 더 안정적인 반열에 올려놓을 기반을 마련했을 가능성이 있으니 그것을 잘 이용해 보시길 바랍니다.

어디에서 어떤 모습으로 내 인연이 다가올지는 아무도 모릅니다. 그러니 "연애 안 해!"보다는 "언젠가 하게 될 텐데, 그때 잘해야지."라는 마음을 가져 보는 건 어떨까요?

짝사랑의 성공과 실패를
가르는 것

"나는 왜 매번 짝사랑에만 그치고 있을까?" 그 이유가 궁금하신가요? 나는 그 사람이 좋지만 그 사람이 나를 좋아하지 않을 수도 있고, 내가 그 사람의 취향이 아닐 수도 있으며, 먼저 다가갈 용기가 부족해 짝사랑만 하고 있을 수도 있습니다. 짝사랑에는 다양한 상황이 존재할 것입니다. 어쨌거나 핵심은 '내 매력이 상대에게 어필되지 않았다는 점'이 되겠습니다. 그리고 많은 분이 짝사랑에서 그치기를 원하시지는 않을 거라 생각합니다. 그런 분들은 아래 내용을 잘 생각해 보시기 바랍니다.

연애를 시장에 비유하자면, 기업이 물건을 만들어 판매하는 것과 유사합니다. 시장에서 선호하는 물건이 잘 팔리듯, 시장의 수요와 원하는 콘셉트가 무엇인지 파악하는 게 중요합니다. 마찬가지로 내가 짝사랑하는 중이고 그것을 성공으로 이끌고 싶다면, 반드시 콘셉트를 잘 잡아야 합니다. 이때 콘셉트는 무조건 '본인에게 어울리는 것'을

♥ ♥ ♥

1순위로 해야 합니다.

　1차로는 자신의 외모와 어울려야 합니다. 내가 귀여운 외모인지, 차가운 외모인지 등을 파악해 내 외형과 어울리면서 그 장점을 극대화하는 쪽으로 가야 합니다. 가령 내가 인상이 차갑다면 겉으로 풍기는 분위기를 더 드러내는 겁니다. 그럼 상대방은 나를 차가운 사람으로 인식하겠지요. 이후에는 '상반된 요소'를 가미하는 일이 필요합니다. 차가운 사람으로 인식했는데 다정한 면이 있다거나 잘 웃는 모습을 보이는 겁니다. '귀엽기만 한 줄 알았는데 진지한 면도 있네.'라는 반응도 같은 맥락입니다. 나와 어울리는 것에 반전 요소를 더하세요.

　2차로는 자신의 상황과 어울려야 합니다. 예를 들어 내가 붕어빵을 만드는 사람이라면 상대는 나로부터 붕어빵을 기대할 것입니다. 그런데 내가 호떡을 주려 한다면 상대에게 어필되기 어렵겠지요. 가령 내가 좋아하는 여자가 남자다운 성격을 좋아한다고 칩시다. 그러나 나는 전혀 남자답지 않고, 내가 여자를 이끌 만큼의 상황이 아니면서 남성적인 면을 어필하려 애쓴다면 상대에게는 아빠 옷을 입은 아이처럼 보이겠지요.

♥ ♥ ♥

연애에서 가장 중요한 건 매력입니다. 이 두 가지를 해낸 다면 적어도 상대에게 매력 없는 사람으로 보이지는 않을 것입니다. 매력이 없는 건 문제가 됩니다. 왜냐하면 상대의 기억에 남을 수 없으니까요. 무매력은 머릿속에 아무것도 떠오르지 않게 합니다. 나와 상대는 함께 보내는 시간보다 떨어져 지내는 시간이 더 길기 마련입니다. 이럴 때 그 사람 머릿속에서 내가 열심히 뛰어다녀야 하는데, 매력이 없다면 그 사람은 나를 생각하지 않겠죠.

연애를 잘하는 이들은 자기가 어떤 사람인지를 충분히 아는 사람입니다. 그리고 본인에게 어울리는 콘셉트를 잘 알기도 하고요. 자신에게 맞는 옷을 입으면 성공 가능성 은 자연스레 올라갑니다. 상대방이 당신을 싫어하는 게 아 니라면, 그때부터는 콘셉트를 어떻게 잡느냐가 관건인 셈 이지요. 사람은 저마다의 분위기가 있습니다. 분위기는 풍 기는 것이고, 자신에게 어울리는 걸 알고 잘 꾸미는 게 중 요합니다. 이런 맥락에서는 자기 계발의 연장으로도 볼 수 있겠습니다. 상대방에게 그냥 지나가는 행인 1로 보이면 절대 어필되지 않으니, 당신에게 맞는 콘셉트를 잘 찾아보 시길 바랍니다.

연애를 잘하는 사람과
그렇지 못한 사람의 결정적 차이

연애는 서로 좋아한다 하더라도 더 마음 쓰는 사람이 있고, 서로 좋아하지 않는다 하더라도 덜 마음 쓰는 쪽이 존재합니다. 이럴 때는 남자든 여자든 더 좋아하는 쪽에서 '예전 같지 않은데?', '내가 더 좋아하나?', '혹시 내가 을의 연애를?!' 같은 생각을 하며 불안해하지요. 주변에 물어보기도 하고, 유튜브를 찾아보기도 하면서 말입니다. 만약 자꾸 마음이 쓰인다면 이렇게 해 보시길 바랍니다.

관계가 어디로, 어떻게 가는 중인지를 다시 보는 겁니다. 예를 들어 내비게이션에 목적지를 찍고 가다 보면 길을 이탈하거나 경로를 잘못 들어 새로운 길 안내를 받는 경우가 생깁니다. 이처럼 연인 사이도 시작 목적은 같았을지라도 지나며 다른 목적지나 새 경로로 가는 상황을 겪습니다. 그런 순간에는 내가 지금 멈출지, 새로운 목적지를 찍을지, 다른 경로를 탐색해 기존 목적지로 향할지를 선택해야

♥ ♥ ♥

합니다. 연인 사이의 관계는 직선으로 이어져 있지 않습니다. 많이 구불구불한 관계, 조금 덜 구불구불한 관계의 차이는 있을 수 있지만, 모든 연인은 어느 정도의 구불구불함을 가지고 있습니다. 그만큼 문제없는 연인은 드물다는 이야기입니다. 다르게 말하자면, 아직 문제가 오지 않았다는 뜻이기도 하지요.

또 구불구불하기에 장애물을 뚫고 직진하는 게 더 빠를 수도, 복잡한 길을 따라가는 게 더 빠를 수도 있습니다. 즉, 융통성이 필요하다는 것입니다.

그래서 연애를 잘하는 사람과 그렇지 못한 사람의 결정적인 차이는 문제가 발생했을 때 드러납니다. 문제가 생겼을 때 잠시 멈추어 현재 상황을 객관적으로 분석하고 어떻게 해결할지를 차분하게 고민한 후, '길을 잃지는 않을까?', '헤어지지는 않을까?' 등의 두려움 앞에서 멈추느냐 멈추지 않느냐의 차이입니다. 내가 할 만큼 했는데 아니다 싶으면 담대하게 이별을 선택할 용기도 필요합니다. 여기까지 잘 왔고, 열심히 나아가고 있는데도 목적지가 나오지 않는다면 어쩔 수 없는 거죠. 연애는 목적지로 향하는 과정이고, 상대방은 내비게이션이라는 걸 명심하세요.

♥ ♥ ♥

이런 마음으로 시작하는 건
다시 생각해 보세요

모든 연인은 출발의 모양이 다 다릅니다. 둘 다 좋은 감정으로 시작하거나 관심 없다가 좋아지기도 하듯, 상대에 대한 첫 마음은 저마다 다르겠습니다. 그런데 만약 상대와 시작하는 단계에서 '연민'이 든다면 본격적으로 들어가기에 앞서 잘 생각해야 합니다. 사람이 관심 있는 이에게 연민을 느끼면 동정심을 가지게 됩니다. 그러면 관계를 만들고 유지하며 내가 배려하는 일이 잦아지죠. 그리고 이런 배려가 늘어나면 희생과 헌신으로 바뀌기도 합니다.

그러면 사람은 지칠 수밖에 없습니다. '우리 둘 사이에서 나는 이런 것들을 했는데 이 사람은 나한테 뭘 해 줬지?', '나는 언제까지 배려해 줘야 하지?', '내 마음이 왜 이럴까? 이제 이 사람을 사랑하지 않는 건가?' 등등 잡념이 자라나지요. 그러면서 나와 우리의 관계를 돌아보기에 이릅니다. 내가 배려한 것에 비해 내게 주어진 것은 적거나 없다고 느껴지며, 관계에 회의를 품고 상대에게 보상을 기대하게 됩니다. 마음은 갑자기 움직이지 않습니다. 이유는 사람의 이기심 때문이죠. '자신'만 생각하니 마음을 가만두지 못하는 겁니다. 상대를 배려하겠다고 시작한 일도 결국은 내 이기심입니다. 그 마음이 다시 나에게로 돌아오면 초반의 기대를 바라지 않던 심리가 서운함으로 이어집니다. 어떻게 보면 이런 감정 문제는 필수적이기에 관계 악화에 영향을 미칩니다.

남성분이든 여성분이든, 개인 상담에서 이런 감정으로 시작된 사정들이 꽤 있었습니다. 상대방이 지금까지 살아온 과정이 힘들었거나, 현재 금전적·육체적으로 어려운 상황이거나, 또는 가족 문제나 직장 문제처럼 힘든 일을 겪는 시기에 곁을 주니 마음이 가는 상태인 거죠.

만일 이런 감정을 느끼는 분들, 혹은 마음이 약해 정을 많이 주는 분들이라면 잘 생각해 보시기 바랍니다. 당신의 처지가 연민을 감당할 정도로 좋은 형편인지를 말이죠. 매번 배려하는 것은 굉장한 여유가 필요한 일입니다. 여유롭지 못하다면 그 배려의 유효 기간은 그리 길지 않습니다. 제 살 깎아 먹어 가며 남을 보살피는 사람은 드물 테니까요.

♥ ♥ ♥

앱^{App}으로 만나도 괜찮을까?

요즘은 사람 만날 곳이 없거나 누구라도 더 편하게 만나고 싶을 때 많이들 앱을 사용합니다. 개인 상담을 하다 보면 상대를 만나게 된 경로를 물어보기도 하는데, 앱을 통해 만났다고 답하시는 분들이 늘어나는 걸 보면 어쩔 수 없는 시대 흐름인가 싶기도 합니다.

남녀 모두 일정한 나이가 되면 자연스러운 만남을 갖기가 어려워집니다. 직업상 이성과의 교류가 가능하거나, 외부 활동을 활발히 하거나, 혹은 소개팅을 자주 할 수 있는 여건이 된다면 앱을 사용할 필요는 없을 것입니다. 그러나 대다수는 어느 순간부터 이성과의 교류가 끊기기 시작합니다. 대학 이후 서서히 감소하고, 20대 중후반부터는 급격히 떨어지며, 30대부터는 이를 확실히 체감하게 되지요. 자연스럽게 이성을 만날 곳이 사라지면 스스로를 이성이 있는 곳에 노출하지 않고서는 스치는 만남조차 불가능해집니다.

♥ ♥ ♥

그래서 만남 앱을 사용하게 되지만, 여기서 드리고 싶은 말은 기대하지 마시라는 겁니다. 기대치를 낮추라는 것도 아닙니다. 그냥 아예 기대를 마세요.

만남 앱은 정글과도 같습니다. 정글에는 사자도, 코끼리도, 사슴도 삽니다. 내가 사자이거나 코끼리라면 '심심한데 그냥 앱이나 깔아서 남자/여자랑 놀아야지.' 같은 마음을 갖기 쉽습니다. 그러나 내가 만일 사슴이라면 '앱이나 깔아서 놀까?' 하는 순간 곧바로 잡아먹히고 맙니다. 여기는 사슴이 사슴을 만나는 곳이 아닙니다. 나보다 더 약체를 노리는 하이에나 같은 존재가 훨씬 많죠. 그러니 기대를 마세요. '내가 여기서 인연을 만날 수 있지 않을까?' 따위의 희망을 말입니다.

또 고려할 부분은 만남 앱이 '사람 귀한 줄 모르게 한다.'라는 점입니다. 자원이 많으면 없을 때보다 당연히 귀한 줄 모릅니다. 내가 터치만 하면, 약간의 비용만 지불하면 얼마든지 상대에게 접근하여 갈아 치울 수 있으니까요. 그 과정에서 자연스럽게 눈이 높아지고, 재미의 기대로 가득했던 마음에는 어느 순간 허무감만 맴돕니다. 결국 '여기서도 똑같네.'라는 생각에 앱을 삭제하는 이들도 있지만, 편해서 좋다는 이유로 짧은 만남을 지속하는 사람도 생깁니다.

　마지막으로 고려할 점은, 그곳에서 만난 상대방이 여전히 앱을 사용할 것이라는 사실입니다. 앱의 종류가 워낙 다양하다 보니, 나와 만났던 앱을 탈퇴하더라도 다른 앱으로 옮겨 가는 경우가 빈번합니다. 내가 사자나 코끼리쯤 된다면 앱을 이용하는 건 별문제가 되지 않습니다. 그냥 하나의 놀이터일 뿐이니까요. 그러나 내가 사슴이라면 상처받을 확률이 높습니다. 그곳에서 같은 사슴을 만나는 일은 말 그대로 천운이 따라야 합니다. 그러니 사람을 쉽게 믿고 겁이 많은 분이라면 신중하게 생각해 보세요. 앱들의 스타일만 다를 뿐, 본질적인 만남의 방식에서는 큰 차이가 없습니다.

　그럼 앱을 통해 만난 상대방과 좋은 인연으로 발전할 방법은 없는 걸까요? 물론 있습니다. 본질적으로 '가벼움'과 '빠름'이 깔린 만남 앱의 특성을 보완하려면, 그 위에 '무게'와 '시간'이라는 요소를 더해야 합니다. 그러기 위해 여자는 '나와 육체적 관계만 맺으려는 거 아니야?'라는 의심을 거두어야 하고, 남자는 '진실된 인연을 찾으러 왔어요!'라는 걸 증명해야 합니다. 서로의 진심을 보여 주는 차원에서도 앱의 속성과 반대되는 측면을 고려하는 게 좋습니다.

이런 생각으로는
진짜 애인 못 만납니다

요즘에는 세상이 좋아져서 염치없는 소리, 무식한 소리, 본인 스스로 부끄러워해야 할 소리도 '다양성 존중' 혹은 "그런 사람도 많은데, 뭐 어때?"라는 이유로 용인되는 경우가 많습니다. 비정상적이고 몰상식한 것도 개성으로 포장되는 세상이죠. 개방을 넘어 천박하고 더 자극적인 방향으로만 나아가는 중일지도 모릅니다. 만남과 관계에서도 이런 논리가 적용되는 대표 사례가 있는데, 바로 "상대가 무엇을 하든 난 상관하지 않아. 우리 관계는 쿨해."라고 말하는 소위 '쿨병'입니다.

쿨병에 걸렸다는 건 책임감이 없다는 뜻입니다. 책임감은 인내를 필요로 하는데, 인내심이 부족하니 관계의 깊이가 얕고 대부분 충동적으로 관계를 맺게 됩니다. 쿨병에 걸린 사람들이 취하는 태도 중 하나가 바로 '아니면 말고.'입니다. 인내와 책임을 다해 더 이상 상대에게 해 줄 게 없을 때의 '아니면 말고.'가 아니라, 그저 자신의 기분에 따른 '아니면 말고.'인 거죠.

쿨병이 심해 자유롭게 사는 사람일수록 외로움과 한 몸이 됩니다. 사람들은 저마다의 쿨함이 있습니다. 그러나 연인이 다른 사람에게만 쿨한 걸 좋아하지, 자신에게까지 쿨한 건 싫어하는 게 당연합니다.

가령 연인이 과거에 어떤 인연을 맺었든, 어떤 이력이 있든, 어떤 과오가 있든 현재의 일이 아니니 상관없다는 이들이 있습니다. 이런 경우는 크게 두 가지입니다. 하나는 본인 또한 그러한 '과거'를 가지고 있는 경우입니다. 자신 역시 상대에게 드러났을 때 그다지 좋지 않은 이력이 있으므로, 애초에 과거는 어떻게 되었든 상관하지 않겠다고 생각하며 모든 것을 다 지나간 일로 덮어 두려는 것입니다.

다른 하나는 상대의 가치가 자신보다 높다고 느끼는 경우입니다. 그 과거를 인정하지 않으면 그 사람을 만나지 못할 상황이니, 어쩔 수 없이 과거까지 품고 가는 것이죠. '진지하게 만날 상대도 아니고 나와는 스쳐 갈 인연일 뿐이겠지. 어차피 깊은 관계로 발전하지 않을 테니까.'라는 마음일 수도 있습니다. 나조차 언젠가 지나갈 인연인데 뭐 하러 과거까지 신경 쓰냐는 느낌입니다.

행동이 가벼운 사람들이 자기 위안으로 삼는 게 만남과 헤어짐에 쿨한 태도입니다. 나이가 어릴 때 쿨병에 걸리면 습관이 되어 그것이 옳다고 믿게 됩니다. 만남과 헤어짐을 자주 반복해서 좋을 것은 하나도 없습니다. 만약 그게 좋은 것이라면 남녀 모두가 상대를 만날 때 본인이 몇 명 정도 만났는지를 솔직하게 말할 것입니다. 특히 결혼 전에 더욱 어필하겠지요. 그러나 현실은 전혀 그렇지 않습니다.

쓸데없을 뿐 아니라 되레 자신에게도 좋지 않습니다. 별생각 없이 누군가를 잔뜩 만나서 남는 게 있을까요? 결단코 없습니다. 아무 생각 없이 문제만 풀어서는 성적이 오르지 않는 것과 마찬가지죠. 만남과 이별을 되풀이하는 과정에서 좋은 남자, 좋은 여자를 만날 시간을 허비할 뿐입니다.

인생은 길지만 젊음은 짧습니다. 연애할 수 있는 기간은 그리 길지 않습니다. 그럼에도 많이 만나겠다면 깊은 관계는 포기해야 합니다. 연애는 만남 자체의 횟수가 중요한 게 아니라, 관계를 얼마나 깊게 끌어 봤느냐가 중요합니다.

♥ ♥ ♥

백 원짜리, 오백 원짜리를 열심히 줍는 것보다 한 번에 오만 원짜리를 줍는 편이 더 낫듯이 말입니다.

연애는 정상적인 사람 둘이 만나 서로를 빛내 주고자 마음을 나누는 것입니다. 자신을 사랑해야 상대를 사랑할 수 있습니다. 스스로를 인정해야 상대를 인정할 수 있고요. 내가 부족한 걸 알아야 상대의 부족함도 이해할 수 있습니다. 하지만 쿨병에 걸리면 이런 생각을 하지 못합니다.

기회가 있고 유혹이 있음에도 거기에 넘어가지 않을수록 가치가 높다 여깁니다. 연애하지 않는 사람에게는 쉽게 연애를 하지 않았다는 사실이 매력으로 떠오를 수 있습니다. 기회가 있음에도 하지 않은 것이니까요. 반대로 쿨병에 걸려 쉬운 만남을 반복하면 본인의 가치를 스스로 떨어뜨리게 됩니다. '가벼운 사람이구나.', '왜 이렇게 정상 범주를 벗어나 많은 사람을 만났을까? 편력이 있나?', '진지한 관계를 맺지 못하는 이유가 뭘까?' 같은 생각만 들게 하죠.

현명한 사람은 무거워 봤기에 그럴 필요가 없는 상황을 빨리 가려냅니다. 에너지를 아낄 줄 아는 것이죠. '올바른 쿨함'은 한때 굉장히 뜨거웠으니 차게 식은 상태일 것입니다.

♥ ♥ ♥

제대로 달궈지지 못한 채 처음부터 쭉 차가운 상태를 유지하는 게 아닙니다. 그릇된 가치에 사로잡혀 짧은 젊음을 낭비하지 마시길 바랍니다.

이성의 철벽 신호 구분하기

옛날에는 열 번 찍으면 넘어오지 않는 나무가 없다 했지만, 요즘은 찍히는 나무의 입장도 생각해 줘야 하는 세상입니다. 두어 번 찍어 보고 아니다 싶으면 그만두는 게 좋습니다. 자칫 스토커가 될 수도 있으니까요. 상대방이 철벽을 은근하게, 부드럽게 치는 경우도 많아 그게 철벽인지조차 모르는 때도 있습니다. 그래서 이번에는 상대의 철벽 신호를 알아볼까 합니다.

참고로 이성에 대한 허들이 낮거나 혼자서 못 지내는 분들에게는 덜 해당하는 이야기입니다. 이런 분들은 그냥 '이성'이기만 하면 좋다고 하니까요.

① 부탁하는데 웃기만 하며 들어주지 않는 경우

여자가 부탁했는데 허허 웃기만 하는 남자거나, 남자가 부탁했는데 시간이 안 된다는 말만 하는 여자라면 그만두세요. 여자의 부탁은 남자에게 대화의 기회이자 자기 장점을 드러낼 순간입니다. 그런 찬스를 마다하는 셈이죠. 반대도 마찬가지입니다. 남자가 부탁해 함께 시간을 보낼 수 있는 상황인데 여자가 거절한다는 건, 결국 같이 시간을 보내기 싫다는 뜻이 됩니다.

② 약속 제안을 거절하는 경우

남녀 사이의 약속은 둘이 시간을 보내기 위한 구실이자 명분일 때가 많습니다. 인간 대 인간으로서의 약속 역시 둘 중 한 사람이 어떤 마음과 태도를 보이느냐에 따라 달라질 수 있습니다. 내가 상대에게 약속을 제안했는데 그 제안을 거절한다? 내 매력이 그 사람의 시간 가치보다 못하다는 뜻이지요.

③ 함께 시간을 보내지 않으려는 경우

여자가 "같이 있으니까 좋네요. 함께 시간을 더 보내고 싶어요."라고 용기 내어 말했는데, 남자가 "집에 가야죠. 늦었네요."라는 식으로 반응한다면 그만두시길 바랍니다. 이런 표현을 여자가 했다는 건 그만큼 상대가 마음에 든다는 의미입니다. 여자가 매우 적극적으로 표현할 정도로 남자가 마음에 들었지만, 아쉽게도 혼자만 마음에 든 경우겠네요. 상대는 그 시간까지 함께 있었던 것만으로도 애쓴 겁니다. 빨리 집으로 갑시다.

④ 성의 없는 대답과 질문을 하지 않는 경우

"전 뭐 딱히요", "다 그냥 그래요." 당신의 질문에 이런 식으로 답한다면 상대방은 관심이 없어 철벽을 치고 있다는 신호라 보셔도 됩니다. 대화할 의지가 없는 거죠. 보통은 "난 이런 걸 좋아하는데, 당신은 어때요?"처럼 질문으로 이어지는 방식이 호감의 증거입니다. 이러한 대화의 흐름을 깨뜨려 서로를 알아 갈 기회를 걷어찬다는 것은 관심이 없다는 뜻입니다.

⑤ 취미를 물었는데 맥 빠지게 대답하는 경우

"취미가 뭐예요?"라고 물었을 때 "딱히 없는데. 굳이 말하면… 유튜브 보는 거?" 같은 뉘앙스라면 그만합시다. 당신과 엮이기 싫다는 의미입니다. 행여라도 같이 취미 생활하자고 할까 봐, 그냥 취미 없이 집에만 있다고 대답하는 거니까요. 이런 경우라면 좀 더 확실히 확인하기 위해 SNS 사진이나 게시물을 살펴보세요. 사진이 자주 바뀌고 게시물이 올라오는데, 핫플레이스나 교외 카페에서 찍은 사진이라면 원래는 그런 곳에 가는 걸 좋아하지만 당신에게 알리지 않은 채 혼자 알아서 놀겠다는 뜻이니까요.

⑥ 확연한 외모 변화를 알아차리지 못하는 경우

관심이 있으면 상대의 작은 변화도 알아차리거나 뭔가 바뀐 듯하다는 정도의 반응을 보입니다. 그런데 확연하게 바뀐 외모 변화를 알아차리지 못한다면 당신에게 관심이 없다고 보는 게 맞습니다. 아마 눈에 보여도 아는 척을 하지 않는 것일 테니까요.

⑦ 접촉에 아무런 반응이 없는 경우

자존심이 박살 나 우는 한이 있더라도 용기 내서 상대에게 조금 다가가 접촉을 시도해 보는 겁니다. 그런 스침을 허용하지 않는다면 역시 그만합시다. 팔짱 끼기나 어깨 붙이기, 손잡기 정도를 가볍게 시도했음에도 별 반응이 없다면 관심이 전혀 없거나 아직 덜 가까워진 상태일 수 있습니다.

⑧ 메시지 답장이 함흥차사인 경우

주말에는 문자가 없고 답이 엄청 느립니다. 평일에도 묻는 말에 답만 하는데, 그것마저 매우 느리다면 그것은 그냥 철벽이 아닙니다. 불타는 철벽이니 가까이 가면 데일 것은 불 보듯 뻔합니다.

요즘엔 남자들도 적극적인 여자를 좋아하더라는 말이 '나'라서 해당하지 않을 때도 분명 있습니다. 오히려 내가 적극적이라 싫어하고 관계가 풀리지 않았던 것입니다. 내가 상대를 내 마음대로 좋아하듯, 상대는 상대의 마음대로 날 좋아하지 않을 수도 있는 거죠. 이런 경우라면 씁쓸하지만 인정하고 자신의 새로운 인연을 찾아가는 게 이로울 것입니다. 애꿎은 데에 힘쓰면 나도 상대도 괴롭습니다. 그 용기를 당신과 진짜 인연이 될 만한 사람에게 쏟기를 바랍니다.

썸, 짝사랑과 가까워지려면 무조건 해야 하는 5가지

① 단순 노출하기

사람은 자주 보면 정이 듭니다. 자주 보는 유튜브 채널이 있다면, 그 유튜버는 나를 모르지만 나는 영상을 자주 봐서 유튜버와 내적 친밀감이 형성되어 있는 것처럼요. 이걸 현실에 적용하면 됩니다. 점점 내적 친밀감을 형성하려 노력하는 거죠. 그중 가장 효과적인 방법은 나를 자주 노출하는 것입니다. 그 효과로 같은 학교, 직장, 모임에서 더 친근함을 느끼게 될 테니까요. 이후 우호적인 생각이 들어 연인으로 발전할 가능성도 있습니다. 이 사람에게 드는 감정이 친숙함인지, 아니면 관심인지 헷갈리는 순간에 발을 들이는 부분이 중요합니다.

② 간단한 부탁하기

'문간에 발 들여놓기 효과'라는 것이 있죠. 다짜고짜 문을 열고 들어가는 것보다 문간에 발부터 걸치면 들어갈

♥ ♥ ♡

가능성이 올라간다는 뜻입니다. 작은 데부터 점점 깊이를 더해 가는 초석을 시도해 보세요. 가만있지 말고 뭔가를 하기 위한 구실 만들기의 차원에서 간단한 부탁을 하는 겁니다. 상대가 부담을 느끼지 않을 선에서 하는 부탁은 서로 연결 고리를 하나 두는 것과 같습니다. 이때 나에게는 가벼운 부탁이지만, 상대가 들어주지 않으면 고민해 봐야 합니다. 상대에겐 아직 시간이 더 필요하거나 당신에게 철벽을 치려는 것일 수 있으니 마음을 접는 편이 나을 수도 있고요. 만약 상대가 부탁을 들어줬다면 나는 그에게 반드시 보상을 건네야 합니다. 오고 가는 정 속에 애정도 숨어 있으니까요.

③ 최대한 붙어 있기

최대한 상대방과 함께하는 시간을 늘려야 합니다. 보내는 시간이 길수록 경계가 느슨해지고, 상대가 나에 대한 호감을 키울 여건이 생겨 매력을 보여 주기 좋습니다. 공부를 잘하는 학생이 책상에서 더 오랜 시간을 보내듯이 상대방과 이어지기 위해서도 최대한 그 사람과 붙어 있는 시간을 늘려야 합니다.

④ 자기와 어울리는 이미지 만들기

연예인을 생각해 봅시다. 우리는 그 연예인을 특정 작품, 광고, 무대에서 본 후 좋아하게 됩니다. 그건 결국 그 연예인이 가진 이미지를 좋아한다는 거죠. 그 연예인 자체를 좋아하는 일은 우선 그가 가진 이미지에 눈길이 간 다음 이루어집니다. 어떻게 보면 단계가 있는 거죠. 일반인도 마찬가지입니다. 내가 어떤 이미지를 갖고 있느냐, 그 이미지가 나와 어울리느냐에 따라 상대에게 호감을 줄 수도 있고, 전혀 통하지 않을 수도 있습니다. 그리고 본인과 어울리는 이미지를 만들었다면, 상대와 대화할 때 이름과 '우리'라는 말을 자주 사용하세요. 그럼 상대는 나를 무의식 중에 다정한 사람으로 인식하고 소속감을 느끼게 됩니다.

⑤ 지나친 솔직함 피하기

'초두 효과'라고, 우리는 처음 들은 정보를 더 크게 받아들이는 경향이 있습니다. 처음에 들은 정보가 좋다면 100점에서 시작해 점차 감소할 것이고, 감점된다 해도 80점, 70점일 것입니다. 그러나 처음에 들은 정보가 좋지 않다면 0점 또는 마이너스에서 시작하게 됩니다. 또한 장점부터 어필하고 단점을 말하면 솔직하고 당당하다는 이미지를 줄 테죠. 그러나 단점을 먼저 말하면 자신감 없는 사람으로 비칠 수 있습니다. 또 관계가 깊지 않은 상태에서 자신에 대한 지나친 솔직함은 필요 없습니다. 솔직함은 관계가 깊어지면 깊어질수록 정서적 결속을 다져 주는 요소로 작용할 것입니다. 그러나 관계의 깊이가 없다면 내게 호감을 느끼지 못하게 만드는 장애물일 뿐입니다.

연애할 때마다 실망하는 당신

연애할 때마다 유독 상대에게 크게 실망하는 분들이 있습니다. 왜 그럴까요? '상대에 대한 기대' 때문입니다. 기대가 없으면 실망도 없다고 하지요. 상대방이 어떤 말과 행동으로 나에게 보여 주는 모습이 있다면 단순히 보이는 대로 생각하면 됩니다. 그런데 내가 상대에게 호감이 있다면 그 이면을 궁금해하지 않고 더 좋게 보게 됩니다. 상대가 나에게 보여 준 모습보다 더 나은 모습을 기대하는 것이지요.

그래서 주변의 연애를 좀 해 본 사람들은 하나같이 말합니다. 남자고 여자고 기대하지 말라고. 그 남자가 그 남자고, 그 여자가 그 여자라고. 연애를 아는 사람들은 애초에 상대에게 기대하기보단 시간이 지날수록 상대가 어떻게 변하는지, 내 예상과 얼마나 괴리가 있는지를 확인합니다. 내 기대치를 충족시킬 상대가 없다는 걸 전제하는 것입니다.

♥ ♥ ♥

반대도 마찬가지입니다. 나를 상대에게 그대로 보여 주는 건 유리하게 작용합니다. 그러나 내가 본래의 나 이상을 보이면 상대방은 그 기준 이상의 나를 기대합니다. 사람은 원래 그런 법이니까요. 그럼, 결국 나도 지치고 상대도 실망하게 됩니다. 초반에는 자신이 할 수 있는 것의 70~80% 정도만 노력하기를 권합니다. 120%, 200%를 보여 주면 내가 애쓰고 있다는 것을 알면서도 상대는 실망을 피하지 못할 것입니다. 그럴 바에는 70~80%의 에너지로 쭉 유지하는 게 낫습니다.

연애할 때 누굴 만나도 실망하는 분이라면, 사소한 부분에서는 그냥 넘어가는 마음이 필요합니다. 티끌 하나 없는 사람도 없고, 나에게 딱 들어맞는 사람도 없습니다. 따지고 보면 나도 티끌이 많은 사람일 테죠. 상대를 얼마나 이해하고 감내하느냐의 차이만 있을 뿐입니다.

최고의 이성은 어떤 사람일까?

저마다 최고의 이성을 판단하는 기준이 있을 것입니다. 저는 무엇보다 '정서적 교감'이 되는지로 좋은 이성인지 아닌지를 판단합니다. 정서적 교감이 안 되는 연인은 껍데기일 뿐입니다. 대화를 주고받지 못하면 관계 유지에 어려움이 생깁니다. 그러니 대화가 되는 이성이 최고의 이성이라고 정의하겠습니다.

연애는 모르던 사이에서 서로 알아 가는 과정입니다. 내가 어떤 사람이고 상대가 어떤 사람인지 말을 나누며 정보를 쌓아 가는 거죠. 말하지 않으면 유추에 그칠 뿐 정확히 알 수는 없습니다. 그렇기에 "나는 이런데 너는 어때?", "나는 이런 상황에서 이런 감정을 느꼈는데 네 생각은 어때?" 하는 식의 대화가 굉장히 중요하겠습니다.

그럼 대화가 잘되는 사람의 특징은 어떤 게 있을까요? 당연히 대화는 감정을 주고받는 행위라 '잘 듣고 잘 말하기'가

♥ ♥ ♥

필요합니다.

우선 잘 들을 줄 아는 사람입니다. 서로 다른 생각을 맞춰 가는 과정에 필요한 것이 '대화'이기에 상대가 어떤 성향인지 어떤 생각을 하는지는 들어야 알 수 있습니다. 이때 듣는 태도가 중요하므로, 상대가 무슨 말을 하더라도 '일단은 들어 보겠다.'라는 자세를 견지하는 게 좋습니다. 이런 자세를 가진 사람과는 괜찮은 대화가 이어질 테니까요.

다음으로는 본인 생각을 말이나 글로 표현하는 재주를 가진 사람입니다. 들었으면 표현할 줄 알아야 합니다. 자신의 마음이 어떻든 생각이 어떻든 속에만 담아 두고 있으면 상대는 모를 테니까요. 100의 생각을 한다 치더라도 50의 표현을 하면 상대에게 전달되는 건 50 이하가 됩니다.

이처럼 듣고 표현하는 과정에서 필요한 것이 '자기감정에 솔직한 태도'입니다. 연애할 때 이런 생각을 하는 경우가 많습니다. '상대가 날 어떻게 생각할까?', '이렇게 했다가는 내 이미지가…' 싶어 내 생각을 축소하거나 왜곡해 응어리로 남기는 일도 생기는데, 그럼 상대는 그걸 곧이곧대로 받아들입니다. 내가 A라고 말하면 상대는 내가 A인 줄 알지,

B를 생각하는 사람이라고는 생각하지 않을 것입니다. B를 읽어 내는 건 상대방이 나를 나보다 더 잘 알 때나 가능합니다. 오해를 만들지 않는다는 차원에서도 내 감정에 솔직해야 하고요. 본인이 제 감정에 솔직하지 못하면 결국 내 발목은 내가 잡습니다.

반복해서 서운함을 토로하는 성격만 아니면 됩니다. "난 이런 상황에서 이런 생각을 했고, 그래서 지금은 이런 생각을 하고 있는데 당신 생각은 어때?"처럼 표현해 보세요. 이렇게 말한다고 당신을 이상하게 볼 사람은 아무도 없습니다.

이와 같은 과정들을 밟으면 '상대를 많이 아는 나'와 '나를 많이 아는 상대'가 남습니다. 서로를 잘 알기에 더 깊은 사이가 될 수 있고요. 그리고 대화 참여의 태도도 중요합니다. 대화는 내 생각을 전달하고 상대의 생각을 듣기 위한 것이지, 시시비비를 따져 언쟁하기 위함이 아닙니다. 그렇기에 차분한 어조로 상대에 대한 인신공격이나 욕설, 폭언, 윽박 등은 절대 안 됩니다. 특히 상대의 자존심을 건드리는 행위는 결코 해서는 안 되겠습니다. 괜한 포장하지 말고 명확히 드러내세요. 그게 포인트입니다.

이렇게 내가 대화할 의지가 있는 사람이라면 상대 역시도 그런 사람이어야 합니다. 그런데 만약 상대가 초반부터 대화가 되지 않는다면 더 볼 것도 없습니다. 어떤 문제가 생겼을 때 회피하고, 대화하기 전에 입을 꾹 닫아 상황을 기피한다면 옆으로 지나가시길 바랍니다. 대화는 때로 협상이기도 합니다. 협상 테이블로 나오는 단계까지는 상대가 스스로 해야 할 일입니다.

그리고 많은 이들이 대화가 잘되는 상대라고 착각해 속는 경우가 있습니다. 그때는 본인 생각을 말하는가를 한번 살펴보시길 바랍니다. 잘 웃고, 말투가 다정하다고 다가 아닙니다. 앞서 말한 행동을 하지 않는다면 대화 중의 행위는 다 쓸모가 없습니다. 단순하게 생각해 보세요. 인간에게는 궁극적으로 노년에 말동무가 되어 줄 사람이 필요하니까요.

Part Ⅱ

애정을 더하는
알고리즘

순간에는 모두가 진심이다

인연이 닿아 연인으로 가는 초입 단계, '만남'에서는 다방면의 심사숙고를 해야 합니다. 거기에는 의심이 포함될 수도 있습니다. 그런데 상대와 만남을 다짐했다면 나를 위해서라도 우선 믿는 편이 좋습니다. 아무리 의심하더라도 타인을 완전히 파악하기란 어렵습니다. 사람의 행동은 보통 하나의 이유와 의도만을 내포하지 않으니까요. 그 사람이 살아오며 쌓은 생활 양식과 가치관, 성향 등 여러 가지가 복잡하게 얽혀 있기 때문입니다. 따라서 표면적으로 드러난 행동 하나로 상대의 마음을 속단하기도, 그래서 자칫 관계를 그르치기도 할 테죠.

'저 사람의 심리는 뭘까?', '날 정말로 사랑하는 걸까?', '나에게 보여 주는 모습이 진짜일까?' 같이 상대가 의심스럽거나 미덥지 않은 순간도 종종 있을 것입니다. 그간 쌓은 나만의 빅데이터인 '촉'일 수도, 아니면 그저 기우일

♥ ♥ ♡

수도 있습니다. 그럼에도 결론은 답이 없다는 거죠. 사실 상대방이 아니고서야 누구도 알 수 없습니다. 따라서 나에게 더 이로운 쪽은 우선 믿는 것이겠습니다.

그보다 현실적인 이유를 대 보자면 확인할 방도가 없기 때문이겠죠. 상대가 작정하고 속인다면 그 누가 알아챌까요. 개인 상담을 하면서 이런 사례를 여럿 봐 왔기에 속은 사람을 마냥 탓하기도 힘듭니다. 나를 기만하려는데 장본인만 아는 마음이라니. 그것을 지닌 채로 진심인 듯 사랑을 속삭이면 당연히 참으로 느끼지, 진심인 척한다고 의심하지 못하죠.

그래서 어느 순간부터 '일단은 다 믿고 가자.'라는 생각을 품었습니다. 만약 아니라면 헤어지는 게 정신 건강에 이로운 거죠. 생각해 보세요. 본인을 믿어 주던 이를 잃은 상대와 일단 믿고 가 보자고 생각한 사람 중에 누가 헤어진 후 타격이 클까요? 당장에는 믿음이 깨졌다는 실망과 배신감, 상처만 남은 듯 느낄 수도 있습니다. 하지만 '마음을 다해 믿고 사랑한 나'에게는 지난날 누군가를 솔직하게 사랑했던 모습이 남을 것입니다. 물론 더 예리하게 믿을 만한 사람을 보는 눈을 가질 수도 있겠고 말입니다.

♥ ♥ ♥

의심으로 아까운 시간과 마음을 갉아먹기보다 그 순간과 상대방을 고스란히 믿어 보세요. 설령 헤어져도 그 경험과 마음을 통해 또 다른 누군가를 진정으로 사랑하게 될 테니까요. 그렇게 마음 쓰는 일을 포기하지 않는다면, 언젠가는 그런 믿음직한 사람을 마주치게 될 것입니다.

생각 있는 남자가 사귀는 여자

더욱 진지한 연애를 원하고, 지금 만나는 남자와 결혼까지 생각한다면 반드시 이런 모습을 보여야 합니다. 여자와 수준이 같거나 더 나은 사람을 '생각 있는 남자'라고 지칭한다면, 다음의 세 가지가 남자의 만남에 무게를 더하는 요인이겠습니다.

① 혼자 잘 지내는 여자

연애하면 소위 '어린아이'가 되는 여자들이 있습니다. 상대와 모든 시간, 모든 것을 함께하려는 거죠. 연애하니 더욱 홀로 있는 때는 견디지 못하는 것입니다. 본인의 시간과 에너지를 거의 연애에 사용하기에 사소한 마찰이 잦을 수밖에요. 거기다 집착과 외로움 또한 꾸준히 느끼게 됩니다. 연애는 인생에서 옵션이지, 필수는 아니라는 걸 알아야 합니다. 이렇게 옵션에 목숨을 걸면 본인만 힘드니까요.

그래서 '생각 있는 남자'는 홀로 있지 못하는 여자를 선호하지 않습니다. 혼자만의 시간을 잘 보내는 여자를 만나면 무탈하고 평온한 연애, 결혼이 예정되어 있음을 아는 거죠. 그래서 이런 사소한 요소도 중요하게 보는 것입니다. 온전한 개인끼리의 합이 곧 온전한 연인이 되는 것이기에, 그 시간을 감내하지 못하는 건 본인도 상대도 괴롭게 만듭니다. 그러니 연애하더라도 나의 시간과 감정은 내가 잘 다스려야 합니다.

② 대화가 되는 여자

흔히들 남성은 여성의 외모에 매료되면 그 외의 다른 조건들을 무시한다고 생각합니다. 그러나 이는 이성의 외모에 환상을 가진 이들의 생각입니다. 일반적으로 '외모만' 좋은 이성을 만난 경우라면, 얼마 가지 않아 고개를 젓게 됩니다. '생각 있는 남자'들은 상대의 외모가 전부는 아님을 누구보다 잘 알기에 그 내면을 보려고 합니다. 가장 중요한 건 '대화가 되는 여자'인지 아닌지입니다. 여기서 말하는 대화는 상대의 감정을 읽을 수 있느냐 마느냐의 영역입니다. 상대의 감정을 읽는 데에는 '경청'이 필요하고, 경청을 통해서 상대의 말에 담긴 생각과 감정을 알 수 있습니다.

주의 깊게 들어야 상대의 생각과 감정에 대한 정확한 이해가 가능하므로, 이를 명심하세요.

우리가 상대와 생각의 결이 같다고 느낄 때는 가치관과 사고방식이 비슷한 경우입니다. 대화를 할 때 자신이 의도한 바를 정확히 파악하는 상대를 만난 적이 있을 것입니다. 아니라면, 처음엔 대화가 매끄럽지 않았으나 말을 주고받는 과정에서 맞춰 나가다 보니 대화가 잘될 여지가 보이는 사람도 있고요. 연인, 배우자는 일생에서 가장 많은 순간을 함께할 사람이니 내 생각과 감정을 나눌 '대화가 잘되는 상대'를 찾을 수밖에 없습니다.

③ 부지런한 여자

부지런함은 별거 아닌 듯해도 행동의 시작점이 됩니다. 그런 행동이 관계에 있어 긍정적인 영향을 주기도, 부정적인 영향을 주기도 하니 부지런하다는 덕목은 생각보다 중요합니다. '생각 있는 남자'라고 느끼려면 최소 본인과 수준이 같거나 그 이상의 남자일 것이기 때문에 일정 수준을 갖추려면 부지런함은 필수가 됩니다.

물론 매사에 부지런할 필요는 없습니다. 가령 만나는

남자가 할 일을 미루지 않거나 시간을 허비하지는 않는 정도의 생활을 하는 사람이 아니라면 자신도 그 정도만 하면 됩니다. 그러나 만약 상대가 휴일에도 시간을 쪼개 공부나 독서, 운동 등을 하며 바쁘고 성실하게 시간을 보내는 사람이라면 게으른 이에게는 매력을 느끼기가 어려울 것입니다. 더 멀리 보면 결혼 후에도 부지런히 운동하며 체력과 몸매를 관리하는 부부가 그렇지 않은 부부보다 결혼 만족도가 더 높겠죠. 남자로 보이기 위해서, 여자로 보이기 위해서는 분명 바지런히 노력해야 하는 부분이 존재합니다.

이 세 가지는 생각 있는 남자가 사귀는 여자이기도 하지만, 많은 남자가 원하는 여자이기도 합니다.

수준 있는 여자가 원하는 남자

생각 있는 남자가 사귀는 여자처럼, 수준 있는 여자가 원하는 남자 역시도 존재합니다. 그런 남자는 한마디로 '이성과 감성이 공존하는 남자'입니다. 간단한 것 같지만, 어떻게 보면 조건이 까다롭기도 합니다.

남자의 경우에는 여자의 능력이 본인보다 낮아도 만나보지만, 여자는 그렇지 않습니다. 예쁜 여자를 원하는 남자의 본능처럼, 여자의 본능이 그것을 거부하기 때문입니다. 그래서 아무리 '난 능력보다 내 취향에 맞는 남자를 만날 거야.' 하고 마음먹더라도 그 만남을 통과하는 기준은 남자가 여자를 만날 때보다 높습니다. 지적 수준이나 직업, 외모, 집안 배경, 학력 등 여러 부분에서 말입니다.

① 지적인 남자

학력이 높으면 좋지만, 아니더라도 최소한 대화가 통하는 남자를 원합니다. 이때 대화는 여자의 교양 수준과 비슷하거나 여성이 모르는 분야에 능통한 경우 더 원활하게 진행됩니다. 수준 있는 여자는 본인이 다독하고 꾸준히 학습하는 일을 즐깁니다. 그러니 다방면으로 이해하고 지식이 넓은 사람을 좋아하는 건 당연하겠죠. 한마디로 교양 있는 남자에게 호감을 느낍니다.

② 피상적인 것을 넘어서는 대화 수준의 남자

여자가 설령 본인 기준을 통과한 남자와 사귀더라도 문제 되는 게 있습니다. 바로 대화 수준이 지속해서 일상적이고 피상적인 것에 그치는 것입니다. 이런 것을 문제라고 느끼는 여자는 더 본질적이고 철학적으로 심오함을 추구하는 경향이 있어, 남자와 관련 분야에서 통했으면 하는 걸 요구합니다. 이런 탈피상적인 대화가 이루어지려면 남자의 지식수준이 방대하거나, 많은 사색과 인생 경험이 있어야 합니다. 입에서 귀로 가는 대화를 넘어서 머리로, 가슴으로 가는 대화를 원합니다.

③ 같이 있으면 편한 남자

이런 남자는 사실 어떤 여자와도 만날 수 있는 상태의

남자일 가능성이 있습니다. 그래서 남자 자체의 능력으로 편하게 해 줄 수 있는지 없는지보다, 주관적인 기준에서 '합이 맞는 남자'를 여자가 찾아야 합니다. 사실 이 부분은 더욱 운이 작용할 수밖에 없습니다. 합이 맞는 남자라면 관계가 술술 풀리지만, 그렇지 않다면 아무리 애를 써도 안 됩니다. 여자와 코드가 맞느냐의 문제라서 애쓴다고 바뀌는 것도 아닙니다. 어떻게 보면 여자의 취향에 따르는 부분이니까요. 앞에 언급한 요소를 갖추면서도 편하기까지 해야 하니 어렵습니다.

④ 다른 여자들도 사귀고 싶어 하는, 나만 바라보는 남자

수준 있는 여자는 절대 인기 없는 남자를 원하지 않습니다. '나만 바라봐 줄 남자'를 원할 뿐입니다. 인기가 없어서 나를 볼 수밖에 없는 남자가 아니라 다른 여자한테도 인기가 많으나 절대 넘어가지 않는 남자, 내게만 관심을 쏟는 남자를 원합니다. 어떤 여자든 본질적으로 남자가 더 사랑해 주길 원하니까요.

이 말은 여자의 수준과 상관없이 연애에 있어 수동적이고 감정을 미리 받길 원한다는 뜻입니다. 수준 있는 여자도 마찬가지로 수준 있는 남자를 원합니다. 그러니 여자들의 경쟁자는 본인과 같은 선상에 있는 이들이겠죠. 일단 내가 먼저 다가간다면 꽤 많은 경쟁자를 물리칠 수 있습니다. 남자에게는 기본적으로 적극적인 여자가 신선하게 느껴지니까요. 이는 수준 있는 여자가 원하는 남자도 마찬가지입니다. 왜냐하면 자기 이미지가 어떻게 보일지는 여자에게 중요하기 때문입니다. 마음은 있지만 표현하지 못하는 여자들도 수두룩하니까요. 다른 여자들도 사귀고 싶어 하는 남자를 나만 바라보게끔 하려면 내가 여기 있다는, 관심이 있다는 신호를 주는 게 좋습니다.

⑤ 줏대 있고 멀리 보는 남자

본인만의 줏대가 있다는 건 여자에게 무조건 맞추거나 휘둘리지 않는다는 뜻입니다. 그래서 대부분의 여자는 우유부단한 남자에게 매력을 느끼지 못합니다. 속뜻을 보자면, 리드하는 남자를 원한다는 거죠. 그런 리드를 잘할 것 같은 상이 바로 줏대 있는 남자입니다. 또 인생을 긴 안목으로 보는 남자를 원하기도 합니다. 그 안에는 계획이 있고, 그 계획을 실천하려는 노력이 있어야 합니다.

⑥ 자기 관리하는 남자

수준 있는 여자들은 대부분 육체와 정신 등 본인 관리를 꾸준히 합니다. 그렇기에 자신과 마찬가지로 최소한이라도 자기 관리를 하는 남자를 원합니다. 신체적이든 정서적이든 중요한 것은 '꾸준하다'는 부분인 거죠. 이는 생각 있는 남자가 부지런한 여자를 만나길 원하는 것과 같은 맥락입니다.

⑦ 어떤 부분이든 자기를 압도하는 남자

여자와 완전히 다른 분야에서 일하는 남자라고 해 봅시다. 남자가 그 일에서 압도적인 역량을 가졌다면 수준 있는 여자가 원하는 남자가 되기도 합니다. 꼭 직업적인 것이 아니더라도 어떤 부분에서 본인보다 월등히 뛰어나다고 느끼는 남자에게 매력을 느낍니다. 사회적으로 직업 차이 또는 집안 차이가 크게 나는 커플이라면 이 경우에 해당할 가능성이 있습니다.

상대가 당신을 사랑한다는 증거

연애 중이거나 결혼한 상태에서도 상대가 자신을 정말 사랑하는지 의문을 가지는 사람들이 은근히 많습니다. 상대가 표현이 적극적이지 않아서일까, 관계에 문제가 있어서일까 싶지만 아무 문제 없는 상황에서도 이러한 생각을 하는 분들이 계십니다. 이번에는 이 의문을 해소하는 방법을 알려 드릴까 합니다.

상대가 당신을 사랑하면 눈에 띄는 부분이 바로 '이해심의 폭'입니다. 사랑하면 이해심이 넓어져 많은 상황에서 '이 정도면 괜찮아.'라고 생각하게 됩니다.

좀 더 구체적인 상황에 대입해 보겠습니다. 일반적인 상황에서 '이혼 경력이 있는 사람과는 결혼하고 싶지 않아.'라고 생각해 오던 사람이 있다고 합시다. 그러나 만약 그 사람이 이혼 경력이 있는 사람을 사랑하게 되면, '그런 건 문제 되지 않지.' 하며 부드럽게 넘어가는 겁니다. 스스로가 느끼기에도 본인이 왜 이러나 싶을 정도로 말이죠. 이러한 이해는 모두 사랑 때문에 마음이 넓어지고 배려하는 것에서 비롯됩니다.

그러나 이해심이 넓어지는 데에도 한계가 있습니다. 이해심이 넓어진다는 건 내구성이 강해진다는 뜻이지, 인내심이 늘어난다는 것은 아닙니다. 완강히 부정하던 것을 되게끔 만들어 주는 게 아니라는 것입니다. 아이와 놀아 주는 어른을 떠올려 봅시다. 아이들은 호기심이 많아 여러 가지를 시도해 보고 싶어 하는 경향이 강합니다. 처음에는 이런 모습을 긍정적으로 바라보는 어른도, 정도가 과해지면 결국 "이제 그만."이라며 중재에 나서게 됩니다. 마찬가지로 상대가 당신을 사랑해 이해심이 넓어져도 적당한 선이 존재하기 마련입니다.

상대가 매번 이해해 주니 괜찮을 것이라는 안심은 금물입니다. 지속적인 이기심은 사람을 지치게 만드니까요. 언젠가는 상대가 떠날 수도 있습니다. 그러니 상대의 이해를 사랑으로 받아들이시기를 바랍니다. 더욱이 나도 상대를 사랑해 주는 게 맞다는 생각으로요. 처음에는 이런 부탁까지 들어줬는데, 전에는 이렇지 않더니 하며 서운함을 쌓아 두고 결국 상대를 지치게 하는 미성숙함은 자제하시고요. 그런 표현은 상대방이 나를 '질리는 연인'으로 여기게끔 만든다는 것을 잊지 마세요.

빠지는 게 없음에도
연애를 못 하는 경우

외모든 경제력이든 갖춘 게 많을수록 당연히 연애하기는 더 수월합니다. 그런데 이런 상황과 조건을 가졌음에도 연애를 잘하지 못하는 경우가 있습니다. 다수의 개인 상담을 통해 접한 사례에서는, 만남이 성사되는 초반까지는 문제가 없지만 관계 유지가 어렵거나 마찰이 잦은 상황이 많았습니다. 이럴 때는 대체로 '성격이 강하다'는 점이 걸림돌이었습니다.

성별을 나눠서 봅시다. 남자의 경우, 본인이 잘났으니 그 성격을 받아 줄 여자를 원합니다. 마찬가지로 여자도 자신이 잘났으니 본인보다 잘난 남자를 만나야 하는데, 그런 남자는 성격을 받아 주지 않아 문제가 생깁니다. 잘난 남자는 본인이 잘난 여자를 만났다 하더라도 성격이 세면 우선 피하고 봅니다. 그렇게 드센 여자가 아니라도 다른 여자를 만날 수 있다는 생각으로 말이죠. 잘난 여자도 잘난 남자를 만나 성격이 세다는 걸 알면 거리를 두게 됩니다. 이렇게 성격이 세면 속앓이할 게 뻔하니까요. 그러니 만나지 않기를 택합니다.

연애는 결국 상대와 내가 어느 지점을 타협하는가에 따라 좋은 관계를 유지할 수 있습니다. 내 입장과 성격만을 고수하면 아무리 조건이 좋아도 관계 유지의 영역에서는 문제가 생기기 마련이죠. 그리고 가만 보면 조건이 좋더라도 아무나 만나려 하지는 않습니다. 그러니 마음에 드는 짝을 만나기도 어렵겠죠. 피라미드 상단에 있는 사람일수록 원하는 이를 만나는 건 고난이겠습니다. 가진 게 많으니 이성을 보는 데 있어 세세해지는 것입니다. 게다가 자신의 수준을 감당할 상대, 양껏 사랑하고 싶은 상대를 만나는 부분도 충족되어야 하겠습니다. 사람은 누구나 이기심, 자기애, 자존감이 있습니다. 내가 빠진 데 없이 잘난 경우라면 그런 심리가 더 충만하겠습니다. 그래서 나도 모르게 '난 이 정도니까 상대방이 나한테 이 정도는 해야지.'라는 사만이 생기는 거죠. 그로 인헤서 자신에게 맞추기를 요구하거나 상대의 희생을 당연시하면 아무리 잘나 봐야 혼자가 됩니다.

♥ ♥ ♥

말장난이 아닙니다. 아무리 잘나도 인간이기에, 이후 늙고 병들어 홀로 외로이 사는 것보다 덜 잘나도 자신과 함께해 주는 사람이 있는 게 행복할 테죠. 연애와 결혼을 더 수월하게 할 수 있도록 내 성격의 모난 부분을 다듬어 봅시다. 그럼 내가 진심으로 행복해질 수 있는 '내 가족'과 '내 편'이 생길 테니까요.

좋은 사람 알고 계속 만나기

'좋은 사람'이라고 판단할 수 있는 기준은 여러 가지이겠으나, 이번에 생각해 보고자 하는 기준은 자기반성이 되는 사람인지입니다. 인간은 이기적인 존재이기에 연애와 결혼에서도 이 점을 간과해서는 안 됩니다. 상대방이 좋은 사람인지를 판단하기 위해서는 '자기반성'이 되는지 확인이 필요합니다. 이는 스스로에게도 필요한 요소이니 마음속에 담아 두어도 좋겠습니다.

연애를 할수록 느낄 수 있는 것은 상대가 '여자'로 있을 때와 '애인'으로 있을 때의 모습이 똑같지 않다는 점입니다. 예를 들어 혼자 있을 때는 독립적인 줄 알았으나 막상 만나 보니 예상과 달리 무엇이든 함께하기를 원했던 거죠. 또 사려 깊은 줄 알았으나 그 심성은 타인에게만 적용되고, 연애할 때는 그렇지 않았던 경우도 있습니다. 그런 괴리에서 생기는 마찰로 문제가 만들어지면 논점이 비틀어지고 본질이 흐려집니다.

그러나 '좋은 사람'은 복잡하게 행동하지 않고 '자기반성'을 합니다. 연애든 결혼이든 혼자 하는 게 아니니 마찰은 생길 수밖에 없습니다. 정도의 차이일 뿐, 아무리 죽이 맞는 연인이라도 의견 충돌은 반드시 생기죠. 명백히 한쪽의 잘못으로 마찰이 생기기도 하고, 누구의 잘못도 아닌데 언성을 높일 때도 있을 것입니다. 이때 자기반성을 하는 이는 상황을 객관적으로 보려 합니다. 감정을 가라앉히고, 본인과 상대의 입장을 신중하게 고려하여 문제 해결의 실마리를 찾는 거죠.

아무리 좋다고 난리인 연인도 시간이 지나면 필연적으로 문제가 생깁니다. 이때 상대방이 자기 입장만을 고수하며 내 탓, 또는 상황 탓으로만 몰아간다면 틀림없이 정이 떨어지겠죠. '물에 빠진 사람 건져 줬더니 보따리 내놓으라고 한다.'라는 속담이 있습니다. 자기반성을 하는 사람은 본인이 왜 물에 빠졌는지를 생각하고, 염치가 있으니 보따리까지 내놓으라 하지 않습니다.

자기반성은 달리 말하면 자가 점검이기도 합니다. 관계를 이어 가며 여기서 내가 잘하고 있는지 아닌지를 살펴보는 거죠. 그 과정에서 상대가 나를 어떻게 생각하는지도 따져 볼 수 있습니다. 또 이렇게 자신을 돌아보면, 세상에 당연한 건 없다는 사실을 깨닫게 됩니다. 설령 연인 사이에 문제가 없더라도 그 관계의 유지는 결코 당연하지 않겠습니다. 나 또는 상대가 더 신경 쓰고 있을 테니까요. 그런 상황을 자기반성으로 알아차리고, 상대에게 고마운 마음을 품어 긍정적인 관계 유지에 기여하기 시작합니다.

아직 문제를 겪지 않은 연인은 있을 수 있지만, 문제가 전혀 없는 연인은 존재하지 않습니다. 세상에 직선으로만 이루어진 사이는 없으니까요. 우여곡절을 경험하면 관계는 더 깊어집니다. 그 까다로움을 극복하는 데 자기반성이 필요한 것이고요.

그래서 자기반성이 되는 사람을 만나면 스스로도 좋은 사람이 되기 위해 자신을 되돌아보게 됩니다. 매일 0에서 시작하는 셈이죠. 그럼 모든 것이 새롭게 느껴집니다. 자기반성을 할 줄 모르면 호의를 당연시하게 되어 그르친 선택을 할 수도 있습니다. 그러니 관계를 지속하고 싶다면 우선 본인을 돌아보세요.

♥ ♥ ♥

모든 면이 뛰어난 사람과
사랑을 하면

우리는 연애하며 자신과 다른 환경에서 성장한 상대도 만나게 됩니다. 그 환경은 자신보다 좋을 수도, 나쁠 수도 있습니다. 좋은 환경에서 자라고 교육받은 사람은 여러 방면에서 우수하고, 좋은 조건을 갖추고 있을 가능성이 크죠. 이번에는 자신보다 '모든 면'이 뛰어난 사람과 사랑할 때 겪는 문제에 대해 이야기해 볼까 합니다. 모든 면이란 당신이 생각하는 전부를 떠올리면 됩니다. 내적인 부분은 주관적으로 느끼기 나름이니, 결국 외부에 드러나는 조건들이 나보다 뛰어난 사람의 경우로 생각하시면 되겠습니다.

나보다 외모, 직업, 집안, 학력, 경제력 같은 외적 조건이 빼어난 상대를 만나면 많은 이들은 이런 감정을 느낍니다. '분명 내 연인이지만 괜히 주눅 드는 것 같아. 상대방은 나로 만족할까?', '상대 부모님은 나와의 교제를 어떻게 생각하실까? 연애는 괜찮아도 결혼은 엎어지겠지? 이 사람도 결국은 본인 같은 사람을 만나러 떠나겠지?' 등의 부정적인 생각을 하는 거죠. 이런 감정을 성별로 나눠 보면, 남성은 상대에게 열위를 느끼는 부분에 열등감을 느낍니다. 그 감정의 표출은 자격지심인 거죠. 여성의 경우에는 전반적인 자신감 하락으로 드러납니다. 그 사람과 진지하게 만날 수 있을지에 대한 부담으로 고민하는 경향이 있기도 합니다.

그런데 가만 살펴보면, 결국 기준이 되는 '나 자신'이 중요합니다. 예를 들어 모든 면에서 나보다 뛰어난 상대라지만, 그중에서도 내가 특히 자신 없는 부분이 있을 것입니다. 가령 경제적 불만족의 상태라면 상대의 경제력이 더욱 부담과 우위로 다가올 테고, 학력 불만족의 상태라면 상대의 학력이 더 크게 느껴질 것입니다. 내가 집안에 열등감이 있다면 상대 집안의 존재가 나를 짓누르게 되겠지요.

그래서 결국은 상대의 조건이나 상태가 아니라, 내 상태와 내 만족이 어떻냐에 따라 만남의 모양이 달라집니다. 지금의 상태가 어떻든 그것에 스스로 만족한 상태에서 자신보다 모든 면이 뛰어난 사람과 사랑하게 되면 '내가 이런 사람을 다 만나네? 연인이지만 신기하다. 보고 배울 점이 많은 것 같아.'와 같은 긍정적인 생각이 들게 됩니다.

자격지심이 아닌, 호기심과 관심 표출로 말이죠. 나를 갉아먹고 상처받는 일은 생기지 않습니다. 그런데 반대로 내 상태, 내 만족이 되지 않으면 열등감에 사로잡히기 쉽습니다. 굳이 하지 않아도 되는 말이나 행동을 해서 매력이 반감되기도 하죠. 이는 자신을 상처 주기도 합니다. 물론 사람이니 본인 처지에 아쉬움을 느낄 수는 있습니다. 그러나 스스로 본인을 인정하느냐 마느냐는 본질적으로 큰 차이가 있습니다.

극단적이지만 역으로 생각해 봅시다. '나보다 우세한 상대를 만나니까 내가 주눅 들어서 힘든데, 역시 나보다 별로인 사람을 만나 기세등등한 연애를 해야겠어.' 이런 사람은 없을 테고, 설령 있다 해도 바보가 아닐까 합니다. 나를 인정해야 상대의 있는 그대로를 받아들일 수 있습니다. 그럼 여기서 한 가지 의문점이 들겠죠. 그렇게 나보다 잘난 사람이 나를 좋아하는 이유에 대해서요. '나를 왜 좋아할까.'보다는 '좋은 게 있으니 만나겠지.' 하는 태도가 높은 매력 점수를 부여할 것입니다. 이런 생각을 하려면 무엇보다 자신에 대한 인정이 깔려 있어야 합니다.

비가 오나 바람이 부나 곧게 뻗는, 자기 길을 가는 대나무의 태도를 가지세요. 당신에게도 당신이 생각하는 것보다 좋은 면이 수두룩하기에 좋은 사람을 만난 것일 테니까요.

관계 진전이 잘되는
남녀의 특징

만남의 경로와 상관없이 관계 진전이 잘되는 남녀의 특징이 몇 가지 있습니다. 그중 가장 큰 건 바로 '불편하지 않은 침묵'입니다. 우리는 말할 때보다 말하지 않는 순간이 더 많습니다. 그러니 하루의 절반 이상을 차지하는 침묵의 시간을 불편해하지 않아야 합니다.

남녀가 처음 봤거나 한두 번 만났을 때는 둘 다 대화가 필수인 듯 침묵을 어색하게 느낍니다. 이런 마음으로는 어떤 말을 한들 의미가 없겠죠. 서로의 기억에 남는 대화를 하기도 어렵습니다. 함께 있으면 무슨 말이라도 해야 할 것 같은 사람이 있고, 말하지 않아도 불편함이 없는 사람이 있습니다. 여기서 후자는 전자에 비해 수월하게 사귀는 단계로 넘어갈 가능성이 높습니다.

침묵이 갑갑하지 않으려면 어떻게 하는 게 좋을까요? 우선 불필요한 말을 하는 게 오히려 좋지 않을 때가 많으니,

♥ ♥ ♥

말이 적다고 해서 압박을 느낄 필요는 없습니다. 남자는 말이 많아서 득 될 게 없으니까요. 상대가 자주 말하게끔 주제를 던지고 반응해 주는 정도면 충분합니다. 여자도 말을 길게 늘어놓기보다는 상대가 묻는 주제에 답하고 되묻는 식으로만 해도 괜찮고요.

연락에서도 비슷한 원칙이 적용됩니다. 문자를 주고받을 때는 응답하는 시간 간격보다 상대방의 반응이 어떠한지가 더 중요합니다. 간격이 길고 짧음에 신경 쓰지 말고, 반응에 얼마나 공들였는지를 확인하세요. 놀고 있는 사람이 아니라면 2~3시간의 간격은 문제 되지 않습니다. 누가 문자를 먼저 보내느냐도 중요치 않습니다. 사소한 것들을 너무 신경 쓰기보다는 어떤 반응을 보여야 할지, 어떤 내용으로 대화를 이어 갈지를 고민하는 것이 더 효과적입니다.

또 만나는 남녀 중 한 사람이 지나치게 예민하고 소심하다면 잘되는 경우는 하나입니다. 그런 성격을 받아 주는 상대를 만나는 거죠. 남자는 보통 리드하는 입장에 놓이는데, 예민하고 소심한 여자를 리드하기는 힘듭니다. 여자 또한 잡생각이 많아져 남자의 말과 행동 전체에 과하게 반응하고 의미를 부여하며 관계에 피로를 쌓습니다. 이때는 본인 스스로 성격 관리를 하는 수밖에 없습니다. 감정적인 사람이 연애하기 수월한 상대라고 생각하지는 않으니까요. 그런 성향을 가진 분들은 '이런 반응을 보여서 상대가 이렇게 생각하면 어떡하지?', '이런 걸 해도 괜찮을까?' 등의 생각 때문에 말과 행동이 본심과 다르게 표출되기도 합니다. 자신의 의견이 상대에게 거절당할까 두려워하는 거죠. 부정적인 감정은 사람을 더욱 작아지게 만들기도 합니다. 그래서 이런 분들에게는 상대를 걱정하기보다는 하고 싶은 것을 해 보라고 말씀드리고 싶습니다. 상대방은 당신의 생각을 절대 나쁘게 판단하지 않을 테니까요. 애정이 기반이 된 관계라면 이해하고 귀엽게 봐 줄 것입니다. 그리고 말하는 버릇을 들여야 자연스러운 대화도 가능합니다.

이런 만남 속, 원활한 대화 주제는 둘의 공통 관심사가 있는 게 아니라면 어디로 튈지 알 수 없습니다. 아무래도 남녀 둘 다 다양한 주제에 약간의 지식이라도 있다면 대화가 평탄하다는 점이 있기는 합니다. 당연한 결과입니다. 어떤 주제를 꺼냈을 때 전혀 모르는 사람과 조금이라도 알고 있는 사람 중 어디에 더 관심이 갈까요. 대화를 계속하고 싶어지는 사람과는 관계 진전의 길이 열립니다. 그러니 내가 폭넓은 지식이 없다면 상대의 말에 반응을 잘해 주는 게 좋겠습니다. A라는 주제가 대화에 올랐는데 내가 그것에 대해 모르면 대화는 쉽게 단절됩니다. 이럴 때는 상대에게 "그런 걸 어떻게 아는 거죠?", "언제부터 그쪽으로 관심을 가졌나요?", "좋아하는 분야라 그런지 굉장히 즐거워 보이세요." 등 간단히 호응하는 정도면 충분합니다. 상대가 주절거리는 동안 다음에 어떤 말을 꺼낼지 간단하게 생각하는 것도 좋겠습니다.

마지막으로, 서로 이성적인 대화를 주고받아야 합니다. 연애는 친구를 사귀는 게 아니니까요. "너와 만나 놀면 시간이 잘 가고 재미있어."처럼 상황을 자연스럽게 평가하는 말이나, "오늘 스타일이 잘 어울리던데, 이렇게 입으면 얼굴이 더 돋보이는 것 같아."와 같이 미적 감각과 외모 등을 칭찬해 주면 상대도 자연스레 다음 만남에서 신경을 쓰게 됩니다. 이런 이성적인 분위기의 대화는 관계 진전 이후 스킨십에도, 관계 결속에도 긍정적입니다. 관계 진전은 마음이 가까워진다는 뜻이고, 그건 표현하지 않으면 생기지 않습니다. 성격에 따라 화두를 던지고 받는 쪽이 있을 뿐, 겉으로 드러내지 않으면 상대의 마음을 얻기 어렵습니다.

♥ ♥ ♥

상대가 알아서
곁에 있게 하는 방법

인연을 맺기 시작했으면 유지하는 게 중요합니다. 그러니 상대가 알아서 곁에 있어 주면 얼마나 좋겠습니까. 보통 남성이 주도적으로 행동하고, 여성이 그 행동에 반응하는 형태의 연애가 일반적이니, 남자는 애써 다가갔다가 상대가 멀어지면 어떡하나 싶고, 여자는 본인이 다가가기는 어렵고 상대가 마음이 떠나면 어떡하나 걱정될 겁니다. 이 문제를 풀기 위해서는 태초로 돌아가야 하기에 쉽지는 않습니다. 그러나 어느 정도 고생을 겪은 후에는 이런 문제들은 자연스럽게 해결되고, 어느 순간부터는 더 이상 큰 어려움이 없을 것입니다.

내가 연애하지 않을 때는 지금의 일에, 인생에 그냥저냥 만족하며 살았겠죠. 그러다 어느 순간 어떤 이성이 눈에 들어오는 겁니다. 점점 그 사람과 가까워지는 사이 내 마음도 변합니다. 앞서 말한 태초로 돌아간다는 뜻은 '그 사람과 연애하면서도 연애 이전의 마음가짐으로 돌아가는 것'이라고 할 수 있습니다.

연애를 하면 사랑이 1순위가 되어 하루가 상대로 가득 차게 됩니다. 상대가 뭘 하는지, 왜 연락이 없는지, 날 정말로 사랑하는지 등의 생각만 잔뜩 하는 거죠. 그리고 이렇게 연애 감정에 사로잡힌 사람들은 "어떻게 사랑하는 마음을 조절할 수 있죠? 이성으로 절제할 수 있다면 그게 사랑인가요?" 이런 말을 하곤 합니다.

연애가 감정을 필요로 하는 영역이긴 하나, 감정만으로는 관계를 이어 갈 수 없습니다. 실제로 감정에 기반한 연애는 관계 초기에 중요할 수 있지만, 시간이 지날수록 감정보다는 이성적인 면이 더 중요해지게 됩니다. 비유하자면, 음식도 간이 세고 자극적이면 맛있다고 느끼지만 그것만이 음식은 아니죠. 싱겁고 밍밍한 음식이 오히려 건강하고 질리지 않게 먹을 수 있습니다. 연애도 마찬가지로, 시작점에서는 감정이 이성보다 앞에 있다고 하나, 뒤로 가면 감정이 밀리는 게 성숙하고 안정된 연애의 발판을 마련해 줍니다. "성숙한 사람을 만나고 싶어요.", "같이 성장하는 사람이 좋아요."라고 하면서 정작 본인은 감정만 드러낸다면 틀렸습니다. 사람을 만나더라도 그가 질려서 떠날 게 분명하니까요.

연애하며 상대에게 기대하는 게 생깁니다. 서운하고 고맙고 밉고, 여러 감정이 생성되겠죠. 그러나 시간을 더하며 생기는 소유욕을 경계해야 한다는 점을 꼭 말씀드립니다. 이 소유욕이야말로 많은 문제의 출발점이 되니까요. 너는 내 남자다, 내 여자다. 이런 작은 생각이 연애를 망치는 지름길로 인도합니다. 애초에 소유가 어려운데도 가지려고 하니까요. 냉정하게 생각하면 모든 인연은 전부 스쳐 지나갑니다. 빠르게 스치는 인연도 있고, 부부의 연을 맺는 이들도 있죠. 그 부부의 연도 1년이 될지, 50년이 될지는 아무도 모릅니다. 오로지 기한의 차이만이 있을 뿐이죠.

길에서 호객 행위를 하는 식당을 떠올려 보세요. 억지로 와서 먹으라는 그 모습이 오히려 거부감을 일으키지 않습니까. 반대로 어떤 식당은 장사하는지 의문이 들 정도로 간판도 작습니다. 이게 식당인가 싶지만 사람들은 잘 찾아가서 먹죠. 마찬가지로 오라고, 있으라고 하면 상대방은 붙어 있지 않습니다. 연애하면 상대도 날 사랑하니 소유욕을 당연하게 생각해 불타는 겁니다. 그로 인해 발생하는 '상대에 대한 기대감'으로 실망하고 서운함을 느껴 괜히 불만을 늘어놓게 되고요.

소유욕이 생기면 통제하려 들게 됩니다. 그러나 상대방은 통제되지 않겠죠. 따지고 보면 그 누구도 상대를 통제할 권리는 없습니다. 그저 나를 연인으로서 예의 있게 대해 주기를 바랄 뿐이죠. 만약 상대가 잡기 쉬운 사람이라면, 당신을 셀 수 없을 만큼 사랑하기에 맞춰 주는 것입니다. 그러나 그 소유욕의 잘못된 표출로 지속적으로 통제하려 한다면 언제까지 가만있을까요?

남녀 관계는 물입니다. 손바닥 위에 있는 물이요. 내가 가져야겠다고 움켜쥐는 순간 전부 새어 나갑니다. 상대가 원해서 곁에 있게끔 하려면 사랑받는 존재라는 걸 알려 줘야 합니다. 그게 현재의 내가 할 수 있는 전부겠고요. 이후의 일은 상대의 인성에 맡기는 수밖에 없습니다. '이 여자가 너무 사랑스러우니 내가 잘해야지.', '이 남자가 날 많이 생각해 주니 내가 더 잘해야지.' 같이 상대가 스스로 마음 써 줘야 하는 부분입니다.

소유하고 싶을수록 내버려둬야 합니다. 설 수 있는 땅을 좁게 만들고 울타리를 빽빽하게 세워 가두려 하면, 그 울타리를 부수고 나가고 싶은 게 사람 심리입니다. 여자는 남자의 다정한 면을 좋아하고, 남자는 여자의 편안함을 좋아합니다. 그렇다면 울타리를 더 만드는 게 과연 현명한 일일까요?

여자는 꽃이라고도 볼 수 있습니다. 끊임없이 물을 주고 햇볕을 쬐어 줘야 합니다. 너무 건조하지도, 습하지도 않게 돌봐 줘야 하고요. 남자는 또 고양이겠네요. 놀자고 다가가면 가만있으나, 관심을 두지 않으면 스스로 다가옵니다. 내가 보지 않는 듯하면 옆으로 와 놀아달라고 애교를 부리지만, 내가 옆에 가서 만지작거리면 앞발로 차 버리죠. 자연스럽게 힘을 빼고 내 것에 집중하며 사는 게 상대에게는 곁에 있어도 괜찮은 사람으로 느껴지게 합니다. 관계의 태초로 돌아가세요. 상대가 나에게 걸음 했던 그때의 자연스러운 나로 말이죠.

상대 입장에서 연애를
잘 못한다고 느끼는 부분

연애하면서 상대가 '이 사람은 연애를 잘못하는구나…'라는 생각을 하게 된다면 서글픈 일이 아닐 수 없습니다. 그렇게 되지 않기 위해 개선하면 좋을 것들을 정리했습니다.

① 지나간 인연과 비교하며 과거에서 헤어 나오지 못하는 경우

'전에 만났던 사람은 이랬는데…' 이런 생각을 한들 무슨 소용이 있을까요? 현재 내가 만나는 사람에 대한 아쉬움만 커질 뿐입니다. 지난날에 만났던 상대방에게 아쉬움이 드는 것은 현재 내 옆에 있는 사람을 만났기 때문에 느끼는 감정입니다. 연애하기로 했다면 지난 사람은 지난 사람으로 보내야 합니다.

선택했다면 집중해야 합니다. 지금 사람도 지나가면 아쉬워지는 순간이 옵니다.

② 지나치게 소심한 경우

남자는 지나치게 소심하면 연애의 시작 자체가 어려워지지만, 여자는 연애의 초반에는 상대적으로 선택하는 입장에 놓이기 때문에 소심하다고 하더라도 어찌저찌 연애를 시작할 수는 있습니다. 그러나 지나치게 소심하면 자신도 모르는 사이 상대에게 벽을 치게 됩니다. 또한 소심해서 할 말을 못 하는 스스로가 답답하게 느껴지기도 할 것입니다. 생각을 지나치게 많이 할뿐더러, 그 생각 속에는 아직 일어나지 않은 일, 즉 쓸데없는 걱정이 대다수입니다. 또 상대의 말에 온갖 의미를 부여하고 걱정하다 보니, 번번이 주눅 들게 됩니다.

이런 일이 쌓이다 보면 멀쩡한 관계도 악화될 수밖에 없습니다. 이후에는 자신감과 자존감이 떨어지고 연애가 두려워지게 되겠죠. 다가오는 사람이 생기더라도 옛 기억에 또 겁이 날 것입니다. 이 과정을 반복하다 보면 시간은 금세 지나가고, 흘러간 시간만큼 연애의 난도가 높아져서 '그냥 혼자 살자. 나쁘지 않은데?' 하는 자포자기로 이어질 수 있게 됩니다. 자의적으로 혼자가 되는 것과 타의로 혼자가 되는 것은 큰 차이가 납니다. 용기를 내 보세요. 남들도 모두 연습하고 경험해 봤기에 지금처럼 할 수 있는 것입니다. 경험이 적어서 오는 두려움이 나를 더 소심하게 만드는 것이니 경험해 보길 바랍니다.

③ 착각을 자주 하는 경우

상대가 당신에게 애정이 많다면 귀엽게 봐 주고 넘길 수 있지만, 그렇지 않다면 상대는 머릿속에 의문을 갖게 될 것입니다. 현실과 생각 사이의 간극이 크기 때문이죠. '나는 아무것도 한 게 없는데 왜 이 사람은 나랑 여기까지를 생각하고 있는 거지?', '왜 나랑 이런 사이라고 생각하는 거지?' 하고 의아해하게 됩니다.

자신이 속으로 떠올리는 열 가지 중 적어도 서너 가지는 상대방에게 표현해야 합니다. 돌아오는 반응을 통해 이 관계를 진전시킬 가능성이 있는 상태인지 아닌지를 알 수 있습니다. 머릿속에서만 그리는 그림은 누구도 알 수 없습니다.

④ 별난 구석이 있는데 본인이 별난 줄 모르는 경우

친구나 지인에게서 "음… 그런 것까지 본다고?"와 같은 말을 들어 본 적이 있다면 이성을 볼 때 별난 구석이 있다는 뜻입니다. 이 별난 구석은 모 아니면 도의 결과를 낳게 됩니다. 만약 자신처럼 별난 사람을 만나면 연애가 수월하겠지만, 그게 아니라면 마음이 좀처럼 움직이지 않게 됩니다. 나의 요구 사항이 무난하면 무난할수록 연애할 수 있는 가능성도 올라가고 무탈한 연애를 할 확률도 높아집니다.

⑤ 매우 수동적인 경우

인간관계는 상대적인 것이기에 연애에서도 표현을 더 많이 하는 쪽이 있고 더 받는 쪽이 있게 마련입니다. 감정 표현에 있어서도 더 적극적으로 표현하는 사람과 그렇지 않은 사람으로 나뉘게 됩니다. 그러나 이는 완전히 정해진 포지션도 아니고, 노력에 따라 조금이라도 더 적극적으로 표현할 수 있습니다.

상황에 따라 지나치게 수동적이다 보니 '연애할 마음이 없나?' 하는 오해를 사기도 합니다. 단지 소심하고 부끄러워 먼저 말 꺼내기가 어려웠을 뿐인데, 그 말을 하지 못했다는 이유로 상대가 나를 내 생각과 다르게 좋지 않게 생각하면 그것도 참 억울할 일입니다.

대화할 때 묻는 말에 대답만 하거나, 데이트할 때 줏대 없이 우유부단하게 굴거나, 뭐가 됐든 수동적인 인상을 주게 되면 그때부터는 상대가 나에게 가진 호기심, 애정에 기댈 수밖에 없습니다. 그 애정과 호기심이 옅어지면 상대의 적극성 역시 줄어들고, 결국 수동적인 사람 둘만 남게 되며 종국에는 이별로 가게 됩니다. 그러니 너무 두려워하지 말고 좀 더 편안한 마음으로 '그냥' 시도해 보시기 바랍니다.

연애는 경험을 쌓을수록 더 나아질 수 있습니다. '할 수 있는 데까지 해 봤는데도 힘들다.', '도저히 못 하겠는데…' 싶으면 이별하면 됩니다. 만나서 이별하는 것까지가 연애입니다. 연애를 잘하는 사람들은 잘 만나고, 잘 유지하고, 잘 헤어집니다. 이별을 너무 두려워 마세요!

이것만 여유를 가져도
상대가 더 안달 납니다

연애할 때 많은 사람이 신경 쓰는 대표적인 것 중 하나가 '연락'입니다. 소개팅이든 썸이든, 이제 막 사귀기 시작했든, 사귄 기간이 어느 정도 됐든 상관없이 많은 분이 '연락'이라는 것에 민감하게 반응하고 고민합니다. 사실 연락과 관련한 부분은 성격의 영향을 많이 받기 때문에 민감한 성격의 사람은 사소한 것에도 크게 반응하고, 무던한 성격의 사람은 덤덤하고 태평하게 받아들이기도 합니다.

연락에서 고민이 되는 부분을 살펴보면 텀(응답 속도), 빈도(연락하는 횟수), 통화(전화의 질과 양), 그리고 말투(메시지의 뉘앙스와 표현)로 나눌 수 있습니다. 일단 연락의 이런 부분에 있어서 '최대한 신경을 끄는 것'이 좋다고 조언하고 싶습니다. 이 부분은 성격이 큰 영향을 미친다고 언급했지만, 연애 경험이 쌓일수록 자연스럽게 익숙해지는 면도 분명 존재합니다. 연애 경험이 적은 남자, 여자일수록 상대방의 응답 속도와 메시지 하나에도 신경을 많이 씁니다. 그래서 이 글을 읽는 당신이 남자든 여자든 상관없이 보다 연애를 잘하고 싶거나, 상대가 본인에게 더 안달 나길 바란다면 반드시 연락으로부터 여유를 가져야 합니다.

　연락에 여유를 가져야 하는 이유를 가만히 생각해 봅시다. 연락 텀의 경우, 휴대폰을 붙들고 놀 수 있는 한량이 아니라면 빠른 답장을 하기는 쉽지 않습니다. 그리고 아무리 내가 관심이 있고 사귀는 사이라 하더라도 '내 시간'이 필요한 게 사람입니다. 일상의 피로감 때문이든, 시간적 여유가 부족해서든 연락 텀은 당연히 생길 수밖에 없고, 이 점을 인지해야 합니다. 누군가는 "좋아하는 사람 연락이면, 관심 있는 사람 연락이면 당연히 빨리 답을 해야 하는 거 아닌가요?"라고 말합니다. 이런 특징을 보이는 사람들은 보통 연애 경험이 적거나, 짧은 기간만 연애해 본 경우일 가능성이 높습니다. 연락 텀에 민감하게 반응한다는 것은 감정에 여유가 부족하고, 쉽게 흥분했다가 금방 식는 금사빠 기질을 가졌을 가능성을 시사합니다. 또한 작은 일에도 쉽게 서운해하거나 감정을 쌓아 두는 경향이 있을 수 있습니다. 이런 특성들은 상대방에게 피로감을 줄 수 있어 관계를 장기간 유지하기 어렵게 만들기도 합니다.

여기서 잠깐 비교를 해 봅시다. 상대의 연락에 여유를 가지는 사람과 연락에 여유가 없는 사람이 있습니다. 여유가 있는 사람은 연락이 늦어져도 '그냥 자기 할 일 하나 보다. 나도 내가 할 거 하면서 있자. 그러다 보면 연락이 오겠지.'라고 생각합니다. 반면에 여유가 없는 사람은 '왜 연락이 없지? 메시지가 왜 이렇게 느리지? 답은 또 왜 이렇게 단답이지? 무슨 일이 있나? 내가 뭘 잘못했나? 애정이 식었나?' 등의 끝도 없고 정답도 아닌 추측을 하면서 부정적인 감정을 붙잡고 있게 됩니다.

올 때가 되면 연락이 올 것이라고 생각하세요. 만약 애정이 식어서 연락이 느려진 것이라면, 그런 변화는 단순히 연락에서만 나타나지 않을 것입니다. 더 큰 문제는, 연락에 민감하게 반응하는 순간 일상이 흐트러지고 내 시간, 감정, 에너지를 모두 소모하게 된다는 점입니다. 이런 상황이 계속된다면, 결국 남는 것은 불필요한 감정싸움뿐입니다.

그렇다면 연락에 신경을 쓰지 않는 방법에는 어떤 게 있을까요? 가장 좋은 방법은 그 시간에 다른 일을 하는 것입니다. 내 시간과 관심을 '그 사람'이 아닌 '자신에게 쓰는 것'이 가장 좋습니다. 그건 공부가 될 수도 있고, 취미가 될 수도 있고, 운동이 될 수도 있습니다. 저는 그중에서도 운동을 가장 추천합니다. 남자 입장에서 여자가 외모 관리를 하는 건 좋게 느껴지지만, '외모가 좋아져서 다른 남자 눈에 띄면 피곤한데?'라는 긴장감을 자연스럽게 심어 줄 수 있기에 운동을 하면 더 좋습니다. 상대방 연락을 기다리는 동안 내가 뛰고 들고 당기고 하다 보면, 아니, 하다못해 스쿼트 하나, 턱걸이 하나라도 더 한다면 자신에게 득이 될지언정 실이 될 일은 없습니다.

그럼에도 "난 도저히 상대방 연락 때문에 신경이 쓰여서 다른 걸 할 수가 없어요!" 하는 분이라면, 아쉽지만 그 사람과는 헤어지는 게 좋습니다. 연락을 본인 성에 차게 해 주는 사람을 만나세요. 연락은 상대가 의도적으로 성의 없이 할 때도 있겠지만, 피치 못할 사정이 있을 수도 있는 것입니다. 전자의 경우라면 그러든지 말든지 하고 넘겨 버리면 되니 그것을 의도하고 있는 상대만 피곤해집니다. 후자의 경우라면 연락이 늦고 잘되지 않은 이유를 설명해 줄 것입니다. 이유를 알려 준다는 것은 상대가 자신의 상황

안에서 최대치로 나를 배려하고 있다는 뜻이니, 나 역시도 그 마음을 배려해 줘야 합니다.

내 시간과 몸을 더 바쁘게 쓰세요. 상대의 연락에 신경 쓸 에너지를 자신에게 다 써 버리세요. 당장은 티가 나지 않더라도, 그게 하루하루 쌓이다 보면 내 가치가 올라가 되레 상대가 안달 나는 모습을 보게 될 것입니다. 연락에 대한 개념을 바꿔 보세요. 연인은 AI 챗봇이 아닙니다. 시도 때도 없이 확인할 필요가 없습니다. 연락은 와이파이라고 생각하세요. 연결은 되어 있지만 눈에 보이지는 않잖아요? 그처럼 그냥 닿아만 있으면 되는 것입니다.

연락에 집착하는 것을 상대에 대한 애정으로 보는 견해도 있지만, 마음의 여유가 없는 것으로 볼 수도 있습니다. 마음의 여유가 더 있는 사람이 관계를 더 잘 맺고 끌어갈 수 있습니다.

연애는 상대적이기에 연락을 중요하게 여기는 성격끼리 만나든, 덜 중요하게 여기는 성격끼리 만나든 둘 중 한쪽은 더 민감하게 반응하게 됩니다. 당신이 여유가 있는 쪽이 되기를 바랍니다.

♥ ♥ ♥

**조금만 하면 귀여운데
많이 하면 별로인 것**

조금만 하면 귀엽게 볼 수 있는데 많이 하면 별로인 게 뭐가 있을까요? 바로 '시기와 질투'입니다. 이 감정은 긍정적으로 쓰면 자기 발전의 에너지로 쓸 수 있지만, 감당 가능한 선을 넘어 버리면 어려워집니다. 남과의 비교질로 상대를 힘들게 하고 결국은 본인에게도 좋을 게 없는 상황과 관계를 만들어 버리기 때문입니다. 그래서 시기와 질투가 많은 성격이라면 연애를 하더라도 피곤해지기 쉽습니다. 이는 습관적인 행동일 수도 있고, 타인을 평가하는 사고방식이 부정적일 때 나타날 수도 있습니다.

친구 사이에도 시기, 질투가 많은 사람이 있습니다. 그런 친구를 좋게 평가하는 경우는 없듯이 연인 사이도 마찬가지입니다. 연인 사이는 오히려 너랍니다. 길되면 부 부가 되고 부모가 되는 관계이기 때문입니다. 그런데 시기, 질투가 많은 사람과 사귀게 되면 그 성향을 온전히 받아들여야

♥ ♥ ♥

하는 순간이 오게 됩니다. 어떤 상황이 생기면 하소연을 하거나 투덜대게 되는데, 이것도 한두 번이지, 지속되면 듣는 사람도 화가 나게 마련입니다.

또 그런 성격의 사람이 잘하는 것이 타인에 대한 험담입니다. 좋지도 않은 얘기를 같이 나눠야 하는 건 그리 썩 유쾌한 일은 아닙니다. 그리고 이걸 남에게만 할까요? 은연중에 연인인 당신에게도 할 것입니다. 연인 사이에서 자신이 우위에 있다고 여겨지는 상황에서는 상대방을 비판하고, 자신이 열위에 있다고 느낄 때는 상대방을 비꼬고 비난하는 경향이 있습니다. 주로 외모 비하, 직업 비하, 집안 비하, 개인이 꿈꾸고 있는 비전에 대한 비하를 합니다. 또 내가 잘되면 노력이나 능력을 인정해 주기보다 주변 환경 덕이나 운이 좋았던 것으로 치부해 버리기도 합니다.

시기와 질투가 많은 사람을 가만히 살펴보면 사실 안타까운 사람입니다. 본인 스스로에게 만족하지 못하니 가장 가까운 사람에게 그런 감정을 드러내는 것이죠. 그리고 자라 오면서 충분한 인정을 받아 본 경험이 많지 않기 때문에 불만이 많은 것입니다. 부모든 친구든, 그 사람을 인정해 주고 그대로 받아 준 경험이 있었다면 얼마나 좋았을까요.

♥ ♥ ♥

그러면 자신의 불만족에서 비롯된 삐죽거림과 마음에서 나오는 타인에 대한 시기와 질투가 줄어들 수도 있었을 텐데 말입니다.

인성과 인격은 자기 스스로 만들고 갈고닦는 수밖에 없습니다. 주변 환경이 좋다면 조금 더 수월하겠지만, 어떤 환경에서든 내가 무언가를 배우고 느끼지 못하면 부정적인 감정을 안고 갈 수밖에 없습니다.

연인은 나에게 가장 가까운 반면교사이자 타산지석이 되는 사람입니다. 그런 상대에게까지 열등감을 느끼고, 사랑하는 이를 있는 그대로 봐 주지 못한 채 비교질하면 그 처지가 얼마나 불쌍합니까? 다른 좋은 연인들은 서로 격려하고 응원하고 배려하고 칭찬하며 긍정적인 기운을 나눕니다. 사랑을 주고받으면서 시간을 보내기도 바쁜데 쓸데없는 말과 행동을 하면 되겠습니까? 그렇게 해서 상대가 떠나면 본인도 손해일 뿐입니다.

혹시 당신이 시기와 질투가 많다고 스스로 느낀다면, 그 감정을 좋은 쪽으로만 생각하고 쓰시기 바랍니다. '아, 나는 땔감 부자구나. 연료로 쓸 에너지가 참 많네?' 이런 식으로 말입니다. 시기와 질투를 긍정적으로 활용하면 발전의 연료가 됩니다. '저 사람은 저런 좋은 면이 있구나. 부럽네. 그렇지만 나도 하면 된다!'처럼요. 이런 질투의 감정이 항상 나쁜 것만은 아닙니다. 앞서 설명했듯 남에게 나쁜 영향만 끼치지 않는다면 이 또한 삶의 영양가를 올려주는 감정이기도 합니다. 이 감정을 어떻게 사용할지는 본인의 선택에 달려 있겠습니다.

상대를 내가 원하는
사람으로 만들기

　인터넷에서 우스갯소리로 결혼과 연애에 대한 이야기를 할 때 '혼자 있으면 외롭지만 둘이 있으면 괴롭다.'라는 말을 하곤 합니다. 이 말은 내가 원하지 않는 행동을 상대가 하면 할수록 더 와닿게 될 것입니다. 그래서 이번에는 상대를 보다 더 내가 원하는 사람으로 만드는 방법을 알려 드리겠습니다.

　바로 지적과 부정문을 거두고, 청유형과 긍정문으로 상대에게 부탁하는 것입니다. 예를 들어 상대방이 쩝쩝거리면서 밥을 먹는다고 칩시다. 앞에서 그걸 바라보는 입장에서는 그 꼴이 너무 보기 싫을 것입니다. 아무리 사랑하는 연인이라 하더라도 말입니다. 그때 "아, 쩝쩝거리면서 먹지 좀 마! 추접스럽단 말이야!"와 같이 무정석으로 말하넌 그 밀을 들은 상대는 더 그런 행동을 하고 싶어질지도 모릅니다. 아니면 알겠다고는 하지만 '이걸로 이렇게 짜증을 낸다고?'

라고 생각할 수도 있고요.

그래서 이런 말보다는 "쩝쩝거리는 거 조금만 신경 써 줄 수 있을까?", "예전보다 많이 나아져서 조금만 더 버릇 들이면 되겠어." 하는 식의 긍정적인 말을 하는 게 훨씬 더 나은 결과를 가져올 수 있을 것입니다. 이 방식은 자녀 교육에서도 마찬가지입니다. 아이나 어른이나 할 것 없이 부정적인 어투로 말하는 것보다는 부정이 빠졌거나 긍정을 내포한 어투로 말하는 게 보다 내가 원하는 바를 끌어낼 수 있다는 거죠. 아이가 바닥에서 밥을 먹고 있으면 "바닥에서 먹지 말랬지?"보다는 "식탁에서 먹어."라고 하는 게 낫듯이 말입니다.

사람이 사람을 바꾸는 건 굉장히 어렵습니다. 내가 정말 보살처럼 말도 나긋나긋하게 하고, 상대의 좋은 면을 최대한 보려 하고, 격려해 가면서 하더라도 내가 원하는 방향으로 개선되지 않을 수도 있습니다. 그럴 때는 최후의 방법이라고 생각하고 편지를 써 보시기 바랍니다. 물론 그 편지 내용도 부정보다는 긍정으로, 지적보다는 격려를 내포한 청유형으로 구성하는 것이 좋습니다. 나를 신경 써 주고 생각이 있는 사람이라면 '오죽하면 편지까지 써 가면서 이렇게 부탁할까…' 싶어서라도 개선하려 합니다. 내가 이렇게까지 했음에도 전혀 달라지는 게 없다면 '그냥 내 업보다.'라고 생각하시거나 '이 사람은 원래 이런가 보다.' 하고 그대로 받아들일 수밖에 없습니다.

또 다른 방법은 자기반성을 해 보는 것입니다. '남에게 손가락질할 때 세 손가락은 나를 향해 있다.'라는 말이 있습니다. 남의 허물을 지적하기 전에 내 허물을 먼저 보라는 뜻입니다. 이렇게 생각해 보면 '음…. 그래, 저 사람도 내 모습 중 마음에 들지 않는 부분이 있을 텐데.' 하는 마음에 나를 돌아보게 됩니다. 상대의 마음에 100% 드는 사람은 없습니다. 이건 나 역시도 마찬가지고요. 그러니 역지사지의 마음도 가져 보시길 바랍니다.

끝으로, 상대와 진심으로 대화하는 것입니다. 내가 바뀌었으면 하는 부분이 있는지 물어보고, 나도 당신의 이런 면이 바뀌었으면 한다고 서로 거래하는 겁니다. 서로 100% 마음에 드는 건 없다는 점을 이용하는 것입니다. 물론 이때도 "난 당신의 이런 면은 좋지만, 저런 면은 고쳤으면 좋겠어." 하는 식으로 완곡하게 표현해야 합니다. 그렇지 않으면 서로의 오해로 인해 싸움으로 번질 수 있으니까요.

♥ ♥ ♥

상대가 나와 잘 맞는지
알아보는 방법

나와 모든 면에서 딱 맞는 상대를 만나는 건 굉장한 운이 따라 줘야 가능한 부분이지만, 최소한 나와 잘 맞을지 미리 가늠해 볼 수 있는 방법을 알려 드리겠습니다. 요즘에는 MBTI가 널리 쓰이긴 하지만, MBTI는 '이 유형이라고 하니 이렇구나.' 하고 단정을 지어 버리는 경향이 강하기 때문에 좀 더 유추할 수 있는 다음의 요소들을 참고해 보시면 좋겠습니다.

우선 상대가 자신과 잘 맞는지 알아보기 전에, 내가 어떤 사람인지부터 잘 알아야 합니다. 나는 어떤 특징을 가졌고 어떤 유형의 사람과 잘 지내는지를 아는 것은, 잘 맞는 사람을 알아보기 위한 전제 조건입니다.

그중에서도 같은 포인트에서 웃을 수 있는지, 즉 웃음 코드가 맞는지와 인생의 기쁨과 슬픔을 비슷한 관점에서 느낄 수 있는 가치관을 가졌는지를 파악하는 것이 중요합니다.

♥ ♥ ♥

이러한 요소들은 함께 생활할 때 중요한 부분이므로, 잘 살펴보는 것이 현명할 것입니다.

먼저 웃음 코드의 경우, 그 사람이 즐겨 보는 유튜브 채널이나 좋아하는 개그맨을 살펴보세요. 예컨대 여행 유튜브 영상을 좋아하는 사람이 있다고 가정해 봅시다. 이 사람은 여행하는 와중에 생기는 소소한 에피소드와 잔잔한 웃음을 주는 유머 스타일을 좋아합니다. 어떤 사람은 개그 채널을 자주 볼 수도 있겠죠. 이 사람은 대놓고 웃긴 것을 좋아하는 스타일인 것입니다. 이 경우에는 보편적으로 전자보다 후자가 웃음 코드가 맞기 더 어렵습니다. 은은한 비누 향은 누구나 무난하게 선호하지만, 강렬하고 스모키한 향은 어떤 이에게는 매력적으로, 어떤 이에게는 불쾌하게 느껴질 수 있듯이요. 개그도 마찬가지입니다. 말로 순간순간의 재치로 웃기는 스타일이 있는가 하면 몸을 써서 웃기는 방식도 있어, 웃음 코드가 서로 다를 가능성이 있습니다.

가치관의 경우에는 타인의 삶을 들여다볼 수 있는 다큐 또는 간접 체험할 수 있는 영화, 책 같은 부분의 취향이 비슷한지를 보면 알 수 있습니다. 예를 들어 내가 최고로 생각하는 드라마는 〈나의 아저씨〉인데, 상대방의 인생 작품이 〈카지노〉라면 나와 감성의 결이 다를 가능성이 큽니다. 특히 작품을 단순히 작품으로만 보는지, 아니면 그 작품에 감정 이입을 하는지 등의 여부에 따라 감성적인 부분이 통하는 게 있는지도 볼 수가 있습니다.

그밖에 사람은 자기 성격과 생각을 은연중에 드러내게 되는데, 이는 사용하는 물건에서 보이기도 하고 자주 내뱉는 말에서 나타나기도 합니다. 상대방이 자주 쓰는 물건 중에는 자동차, 시계, 가방처럼 금액대가 높은 것들이 있을 것입니다. 이 물건들이 보수적인 스타일인지, 어떻게 활용하는지, 상태가 어떤지 등으로 성격을 유추할 수 있습니다. (특히 남자의 경우에는 차량의 브랜드와 차종으로도 대략적인 유추가 가능합니다.) 그리고 평상시에 자주 내뱉는 말 중에 한숨이나 푸념같이 "뭐 그런 걸로 그래?" 같은 부정적인 말들을 한다면 염세적일 가능성이 있습니다. "그럴 수도 있지…"하는 말을 자주 한다면 무던한 성격일 가능성이 있고, 밝고 명랑한 말들을 한다면 당연히 긍정적인 면이 많은 사람이겠습니다.

연애는 상대적인 거라 상호 보완적인 면도 있습니다.

그렇기 때문에 나와 같다고 해서 무조건 좋은 것도 아닙니다. 내가 상대를 보완해 줄 수도 있는 면도, 상대가 나에게 보완이 될 수 있는 면도 있을 것입니다.

상대가 나와 잘 맞는지 알아보는 일은 퍼즐을 맞춰 가는 것과 같습니다. 그렇기에 연애는 내 퍼즐 조각과 맞는 사람을 잘 찾는 것에서부터 시작됩니다. 부디 당신과 맞는 조각을 잘 찾아 좋은 그림을 완성하시길 바랍니다.

좋은 여자라는 생각이
들게 하는 것

　연애를 할 때 남자는 여자의 어떤 부분을 보고 '좋은 여자'라고 느낄까요? 연애는 1:1로 하는 인간관계이기 때문에 결국 '관계를 유지할 때의 모습'에서 그 판단이 이루어집니다. 서로의 관계가 좋을 때도 있고 아닐 때도 있을 것입니다. 당연히 상황이 좋을 때는 누구나 좋은 모습을 보입니다. 중요한 건 상황이 좋지 않을 때의 모습인데, 그때도 좋은 모습을 유지한다면 남자는 그녀를 좋은 여자라고 느끼게 됩니다.

　하루는 상대와 의견 충돌이 생겨 논쟁을 벌인 적이 있었습니다. 다툼이 끝나고는 '아… 그냥 가만히 있을걸. 별거 아닌 걸로 뭐라고 했나? 그냥 상대가 하자는 대로 해 주고 말았으면 될 건데…' 하는 생각이 들었습니다. 그런데 다음 날, 상대로부터 전화가 왔습니다.

　"어제 내가 그렇게 말한 건 생각이 짧았어. 너로서는

한두 번도 아니고 반복되면 피곤하고 신경 쓰일 텐데 자꾸 그래서 미안해."라고요. 저는 "괜찮아, 그럴 수도 있지. 별거 아니라고 생각하면 사실 별거 아닌 부분이니까 너무 마음 쓰지 마. 이렇게 자기반성 하면서 내 입장을 생각해 준 것만으로도 이미 이 문제는 해결된 거야."라고 답하며 마무리를 지었습니다.

이 사람이 '좋은 사람'이라고 느껴졌던 요소는 바로 '반성'입니다. 별거 아닌 일에 괜스레 짜증을 냈거나 의견 차이로 감정이 격앙된 채 거칠게 말을 했다면, 그 즉시 혹은 다음 날에라도 그 부분에 대해 스스로 돌아봅니다. 스스로 생각해 보니 잘못된 점이 있다고 생각되면 먼저 사과하는 모습이 멋지게 느껴졌습니다.

사과를 말로 할 때도 있지만, 때로는 세련되게 글로 마음을 표현하기도 했습니다. 그 모습을 보며 '글 잘 쓰는 여자가 매력이 있다.'라는 생각도 들었습니다. 사실 별거 아니라서 신경도 안 쓰고 있었는데, 알아서 반성하고 사과하며 더 잘하려 애쓰는 모습을 보니 더 사랑스럽게 느껴졌습니다.

반성과 사과에는 용기가 필요합니다. 그래서 별거 아닌

일에도 사과하지 못해 일을 키우는 경우를 우리는 직간접적으로 보게 됩니다. 반성과 사과에 용기가 필요한 이유는, 내가 나를 돌아봐야 하기 때문일 것입니다. 그 과정에서 나의 좋은 면도 보지만, 반성과 사과가 필요한 내 모습을 직접 마주해야 하기에 보기가 싫게 됩니다. 그래서 용기가 필요하고, 좋지 않다고 생각되는 모습을 상대에게 사과할 때 보여 주게 됩니다. 그때 또 한 번의 용기가 필요합니다. 반성하고 사과하는 입장에서는 상대가 내 반성을 받아 주지 않을지도 모르니까요. 당연히 반대 성별이더라도 마찬가지일 것입니다.

그러나 이런 반성과 사과도 너무 잦으면 의미가 퇴색됩니다. '반성하고 사과하면 뭐 해, 또 그럴 건데… 하루이틀도 아니고…' 이런 생각이 들기 때문에 같은 실수를 반복하지 않는 게 중요하겠습니다.

연애든 결혼이든 사랑하는 사람과 함께 길을 가다 보면 약간의 험지를 걷게 되는 순간들이 옵니다. 그럴 때 내가 먼저 말이든 글이든, 내가 잘하는 방식으로 내 반성을 전해 보세요. 그러면 상대는 험지에서 손을 내밀어 당신을 끌어 주게 됩니다.

♥ ♥ ♥

이것만 있어도
사랑할 가치가 있는 사람

상대의 여러 면 중 사랑할 때 가중치를 두는 부분들이 있을 텐데, 저는 다른 것보다 '책임감'이 가장 중요하다고 생각합니다. 책임감이 없는 사람과는 관계의 무게를 더할 수도 없습니다.

연애할 때 책임감이 왜 중요할까요? 공부도 공부할 의지가 있어야 책상에 앉게 되고, 다이어트도 절식하겠다는 의지가 있어야 살이 빠지게 됩니다. 책임감이 없으면 내가 원하는 것만 하려 하고, 상대가 조금이라도 싫은 모습을 보이면 관계를 다시 생각하거나 정리하려 들게 됩니다. 그리고 책임감 유무로 가장 크게 갈리는 부분은 바로 '크든 작든 상대에게 상처 주는 일은 하지 말아야겠다.'라는 마음입니다. 이 생각이 관계를 선상하게 이어 길 수 있는지 없는지의 차이를 가져오게 됩니다. 연애나 결혼에 임하는 태도 자체가 다르다는 것입니다.

인연을 맺다 보면 잘 맞아서 좋을 때도 있고, 맞지 않는 부분에 실망할 때도 있습니다. 그런데 이때 상대에 대한 책임감이 있는 사람이라면 적어도 '내가 사귀기로 한 사람이니 사귀는 동안만큼은 내가 애를 써 봐야겠다.' 이런 생각을 하게 됩니다. 책임감이 없는 사람은 이런 생각을 하지 못합니다. 이런 태도가 서로에게 필요하다고 생각조차 하지 않고요.

왜냐하면 관계에서 '자기 자신만' 중요하다고 여기기 때문에 유불리를 따지게 됩니다. 내가 해 준 것, 상대가 해 준 것, 내가 받은 것, 상대가 더 가진 것 등 이해타산을 따지게 되니, 본질적으로 손익이 아닌 사랑을 기반으로 하는 인연에는 온전히 다가가지 못하게 되는 것입니다.

이 책임감이라는 것은 상대가 부여해 주는 게 아니기 때문에 더 중요합니다. 물론 '상대가 너무 좋은 사람이라 내가 책임감을 갖고 만나야겠다.'라는 생각이 들 수는 있지만, 이런 경우는 그런 상대를 만나는 굉장한 운이 따라 줄 때나 가능합니다. 대부분의 만남에서는 상대가 나 스스로 그 정도까지 마음을 먹게 하기는 어렵습니다. 내 기대치, 내 수준을 훨씬 뛰어넘는 상대를 만나고, 그 사람이 나한테 많은 애정을 줄 때나 상대가 나에게 책임감을 갖게끔 해 주지, 보통의 비슷한 연애나 애정이 그다지 없는 상황에서는 상대가 내게 책임감을 쥐여 주기란 어렵습니다. 그리고 이런 책임감은 결국 선택적인 책임감이 될 수밖에 없습니다.

나 스스로 '내가 이 사람과 만나기로 했으니, 연애를 하기로 한 이상은 관계에 책임을 다해야겠다.', '내가 책임을 다하려면 뭘 하면 좋고 뭘 하면 안 좋은가?' 같은 생각을 품고 만나는 게 필요합니다. 이는 시간이 지나 내가 내게 미련을 남길 상황을 줄이는 일이기도 합니다. 책임감 결여로 인해 생겼던 '그때 걔한테 그러지 말걸.' 같은 후회 말입니다.

연애는 어떻게 보면 별거 없습니다. 외모가 준수하면 준수할수록 더 별거 없기도 합니다. 외모에 끌리는 사람이 많으니 '호감' 단계를 빠르고 강하게 넘어갈 수 있고, 그만큼 관계 진전도 빨라집니다. 그런데 무엇이든 시작보다는 유지가 힘듭니다. 연애도 마찬가지입니다. 사귀는 동안 좋은 기억을 주고, 헤어진 뒤에도 서로에게 좋게 남아 다음 연애에도 좋은 영향을 미치는 경우는 서로에게 책임을 다한 사이일 때뿐입니다.

책임감은 서로 갖는 것이 가장 이상적이지만, 상대가 그렇지 못하다면 혼자라도 가져 보세요. 그게 결국 자신에게 좋습니다. 후회가 남지 않게 되고, 그런 당신을 만난 상대가 헤어진 후에도 쉽게 잊지 못하는 결정적인 이유가 되기도 합니다.

또 현실적으로 이 책임감은 연애와 결혼을 하는 데 있어 조건과 상황이 더 여유 있는 쪽이 더 강하게 갖고 있어야 하는 부분이기도 합니다. 내가 운 좋게 그런 상대를 만났다면, 상대가 저절로 그렇게 해 주기만을 바라고 있을 수는 없겠습니다. 상대가 그런 책임감을 가져 주길 바라는 만큼 내가 할 수 있는 선에서 최선을 다하는 모습을 보이는 게 중요하겠습니다.

여기까지 읽다 보면 싫은 것도 참고 꾸역꾸역 만나 보라는 말 같이 들릴 수도 있을 듯합니다. 요즘 세상에서는 '연애하면서 무슨 책임감이 필요하냐?'라고 느낄 정도로 가벼운 만남을 즐기는 사람들이 많아지고 있습니다. 사람을 쉽게 만날 수 있게 되니 헤어지기도 쉬워졌죠. '음… 아니네, 별로다.' 싶으면 바로 헤어지고 다른 사람 만나면 그만입니다. 오프라인에서는 결혼 정보 회사 등이 만남을 쉽게 만들고, 온라인에서는 만남 앱이 있으니까요.

　만남 자체가 어려웠을 때는 한 명 한 명을 더욱 진중하게 만나고 귀하게 대했는데, 이젠 바로바로 대체 가능해져 버렸습니다. 그러나 이런 만남은 마치 1kg짜리 아령으로 반복 운동을 하는 것과 같습니다. 무거운 아령을 들어야 근육이 생기듯, 책임감(무게)이 없는 만남을 이어 가다 보면 자신에게 남는 게 없게 됩니다.

　상대방이 대체가 힘든 소중한 사람이라는 생각을 가져 보면 좀 더 책임감 있는 만남을 할 수 있지 않을까 싶습니다.

**당신에게 더 잘하게
만드는 방법**

사귀기로 해서 만나다 보면 '이 사람이 나한테 더 잘해 줬으면 하는데…'라는 생각이 들 수 있습니다. 어떻게 하면 상대가 당신에게 더 잘하게 할 수 있을지 그 방법을 알아보겠습니다. 핵심은 '사랑받고 있다.'라는 느낌을 주는 것입니다. 그 느낌을 만들어 주기 위해서는 '대화'와 '관계가 발전적인 방향으로 가고 있다는 인식'이 필요합니다.

먼저 대화에는 어떤 식으로, 무엇이 담겨야 하는지 봅시다. '상대의 좋은 면'을 부각하고 그것을 상대가 느끼게 해 줘야 합니다. 연애하면 상대의 좋은 면을 많이 봐 주는 게 당연할 것 같지만, 생각보다 실전에서는 그렇지 않은 경우가 많습니다. 눈에 거슬리는 모습이나 고쳤으면 하는 부분은 어느 정도 포기해야 합니다. 정말 정말 도저히 못 참겠다 싶은 것만 말을 해야지, 그 정도가 아니면 '그냥 이 사람은 이렇다.'라고 생각하고 마는 것입니다. 그러고 나서 취하면 좋은 태도는 '안 좋은 면은 보지 말고, 최대한 좋은 면을 보자.'입니다. 단점보다는 장점을 더 극대화해 내 눈에 상대의 장점으로 보이는 걸 알려 주는 것입니다. 그 장점을 더 보이게끔 해서 단점을 상쇄할 수 있죠. 상대의 좋은 면을 계속 보려고 하는 게 중요합니다. 그런데 이게 쉽지 않습니다. 왜냐하면 안 좋은 면이 딱 보이기 시작하면 그 부분이 계속 보이기 때문입니다. 언급한 대로 '어떻게 고치게 하지?'보다는 안 좋은 면을 안고 갈지 말지를 생각해야 합니다. 상대를 바꾸는 것보다 내 생각을 바꾸는 게 쉽기 때문입니다.

가령 상대가 말을 잘하는 편이라면 "너는 네 감정을 솔직하고 객관적으로 잘 풀어 주니 네 생각을 이해하기가 쉬워서 좋아." 이런 식으로 칭찬하는 것입니다. 이것은 곧 긍정의 가스라이팅이 됩니다. 그럼 상대 입장에서는 '이 사람은 내가 이렇게 말해 주는 걸 좋아하니까 앞으로 이렇게 말해야겠다.'라는 생각을 하게 됩니다. 어떤 영역이든 칭찬을 충분히 해 주면 이런 모습을 좋아하는구나 싶어서 그 모습을 더 자주 보이려고 합니다. 그럼 상대의 단점이 많이 상쇄됩니다. 완벽한 사람은 없습니다. 나도 단점투성이이며,

상대가 보기엔 별로라고 느끼는 부분도 분명 있을 것입니다. 좋은 면만 있는 사람은 없듯, 좋은 면이 없는 사람도 없습니다. 그 좋은 면을 찾아서 칭찬해 주면 됩니다. 아무 관계 없는 사람에게서 받는 칭찬도 기분이 좋아지는데, 하물며 사랑하는 사람의 칭찬이라면 오죽하겠습니까. 대화할 때 상대의 좋은 면을 자주 표현하며 그를 더 좋은 사람으로 만들어 버리세요. 이런 대화가 지속되고 쌓이다 보면 상대는 '사랑받고 있구나.', '우리 관계가 잘 흘러가고 있구나.'라는 걸 느끼게 됩니다.

이렇게 했음에도 당연히 헤어질 수 있습니다. 그때가 되면 '나는 좋은 사람을 만들 수 있는 사람이니까 또 좋은 사람을 만날 수 있어!' 이렇게 생각하시면 됩니다. 잘해 줘서 남는 후회보다 못해 줘서 남는 후회가 더 큽니다. 그러니 상대의 좋은 면을 최대한 많이 봐 주시길 바랍니다.

내가 잘해 줘도 되고
나에게도 잘해 줄 사람 특징

우리가 살다 보면 운이 따라 주어 나에게 정말 잘해 주는 사람을 한 명쯤은 만나게 됩니다. 또는 내가 성격상 퍼주는 연애를 해야 마음이 편하고, 그런 연애를 계속해서 반복하는 경우도 있을 것입니다. 이런 경우라면 상대 역시도 잘해 주는 사람을 만나는 게 중요합니다. 그래서 나한테 잘해 주고, 내가 잘해 줘도 되는 사람은 어떤 특징을 가지고 있는지 알려 드리겠습니다.

우선 그 사람의 내면을 살펴야 하는데, 그중에서도 삶에 대한 태도가 다음과 같은지를 봐야 합니다.

'범사에 감사하라.'

이것은 작은 일에도 고마워할 줄 알고, 일상을 소중히 여기는 마음을 가졌다는 뜻입니다. 연애하더라도 매일 재밌을 수 없고, 사귄다고 해서 특별한 감정이 항상 있을 수만은 없습니다. 그렇기에 더욱 이러한 태도가 중요합니다. 범사에 감사할 줄 아는 사람은 상대가 작은 걸 해 주든 큰 걸 해 주든 고마움을 표하며 관계를 견고하게 만듭니다. 그런 모습을 보면 나 역시도 보답하고 싶어지는 마음이 생기기 때문입니다.

가만히 생각해 보면 연인 사이라고 하더라도 무조건적으로 나를 좋아해 줄 이유는 없습니다. 내가 무언가를 잘하고 뛰어나서 그게 매력적으로 보이면 나를 좋아해 줄 수 있습니다. 그러나 100% 내 능력과 노력만으로 상대 마음을 살 수는 없고, 운이 따라 주어야 하는 부분이 분명히 존재하기 마련입니다. 그러니 상대가 나를 좋아하는 것은 당연한 일이 아닙니다. 사람이 사람을 좋아하는 데 이유가 있냐고 하지 않습니까? 마찬가지로 남들 눈에 좋아 보인다고 해서 내 마음이 가는 것도 아닙니다. 범사에 감사할 줄 알고, 당연한 것은 없다고 생각하는 사람은 상대가 날 좋아해 주는 것 자체를 고마워하기 때문입니다. 내가 뭔가를 해 주고도 아깝지 않고, 고마워하는 마음에 뭐라도 더 해주고 싶고, 계속 사랑을 주고 싶어집니다. 그래서 저는 연애할 때 상대에게 "고마워."라는 말을 많이 합니다. 그렇게 하다 보면 상대는 내가 고마워할 만한 일을 또 하게 됩니다. 사람은 긍정적인 말을 들으면 좋은 쪽으로 바뀌는 경향이 있으니까요.

당연한 것은 없기에 상대가 뭐라도 해 주면 고마움이 느껴지기 마련입니다. 연인 사이라고 해도 더 해주는 쪽이 있고 더 받는 쪽이 있습니다. 그래서 내가 연애하면서 상대에게 뭐라도 줘야 마음이 편해지거나 괜찮아지는 성격이라면, 괜히 해 주고서 상처받고 서운해하지 마세요. 상대가 나의 그런 베풂에 고마워하는지를 반드시 봐야 합니다. 주는 입장과 받는 입장이 당연하게 정해져 있는 게 아니니, 주는 입장에서도 당연하게 생각하는 상대를 만나면 주고 싶은 마음이 사라지게 됩니다.

좋은 사람끼리 만나 서로 주고받으며 더 행복해지면 좋겠지만, 받다 보면 그게 당연한가 보다 하게 되기도 합니다. 또는 이전에 준 것들은 사소하게 여겨지기도 하고요. 사람은 간사한 측면이 있기에 이 부분을 늘 자성해야 합니다. 사랑하니까 당연히 이래야 한다? 그런 건 티끌만큼도 없습니다.

바람피울 확률이 낮은 사람 특징

바람은 기질적인 측면도 있다고 합니다. 그렇다면 바람 피울 가능성이 낮은 사람은 어떤 특징이 있을까요? 다음의 측면들을 살펴본다면 바람과는 조금 거리가 먼 사람을 알아볼 수 있을 것입니다.

① 가정 환경

가정이 화목하고, 특히 부모 사이에 사랑이 많고 애정 표현이 자연스러운 모습을 보고 자란 사람은 바람을 피울 가능성이 낮다고 봅니다. 화목한 가정에서 자란 자녀는 부모를 보고 이성을 배우기 때문입니다. 아들은 엄마를 보며 '이런 여자를 만나야겠다.' 하고, 딸은 아빠를 보며 '이런 남자를 만나야겠다.' 하는 생각이 자연스레 들게 됩니다. 어릴 때부터 눈에 익은 부모님의 애정 관계를 자신의 연애에서도 만들려는 마음이 있기에, 연인과의 관계를 망가뜨리는 바람과 같은 행동은 하지 않으려는 경향을 보입니다.

② 남자는 책임감, 여자는 외로움을 대처하는 방식

남자는 미혼이라면 사귀는 연인에 대한 책임감이 있어야 하고, 결혼했다면 가정에 대한 책임감이 있어야 합니다. 그것의 유무에 따라 바람피울 확률을 가늠할 수 있을 듯합니다. 여자의 경우에는 외로움을 대처하는 방식에 따라 갈리게 됩니다. 만약 외로움을 사람을 통해서, 특히 남자를 통해서 달래려고 하는 타입이라면 바람에 취약할 가능성이 높아집니다. 남성의 책임감과 여성의 외로움을 달래는 방식은 타인이 간섭하거나 해결해 줄 수 있는 부분이 아닙니다. 누군가 남자에게 "책임감 좀 가져라." 한다고 해서 없던 책임감이 생기는 것도 아니고, 자발적으로 느끼고 본인이 어떻게 처신해야 할지 다짐해야 하는 것이기 때문입니다. 마찬가지로 여자의 외로움도 스스로 다스릴 감정이지, 타인을 통해 없애거나 줄일 감정이 아닙니다.

③ 싫증을 잘 내는 사람인지

싫증을 잘 낸다는 건 기질적인 측면이 분명히 있습니다. 누구는 물건을 자주 갈아치우고 어떤 일도 오래 붙들지 못하는 반면, 누군가는 우직하게 해냅니다. 이런 마음은 사람을 대할 때도 분명히 차이가 있습니다. 싫증을 잘 내는 사람이라면, 특히 그 사람의 모든 연애 기간이 전부 짧았다고 하면 이런 타입은 '연애가 주는 신선함, 강렬함' 같은 자극적인 것에 마음을 빼앗기는 경향이 있습니다. 강하게 빠져들고 빨리 식는 유형이라 평온하고 잔잔한 연애에는 싫증을 낼 수도 있습니다. 이런 기질은 결혼한다고 해서 절대 바뀌지 않습니다. 그래서 뭔가에 싫증을 잘 내는 사람이라면 한 번쯤 생각해 봐야 합니다.

④ 많은 걸 억제하며 지내 온 사람인지

사람이 고삐 풀린 것처럼 살아도 안 되지만, 너무 억누르고 살아도 안 됩니다. 연애에 대한 눈이 지나치게 높거나, 이성에 대한 기대치가 너무 높거나, 사귀는 데에 허들이 과하게 높은 사람들. 연애하면서 자연스럽게 겪게 되는 것들에 강한 거부감을 보이거나 (혼전 순결 등의) 강한 신념을 갖고 있으면 그 봉인이 해제됐을 때 어떻게 될지 모릅니다. 마치 청렴결백한 척하는 사람일수록 털면 먼지가 많이 나오고, 돈을 멀리하는 사람일수록 뒤에서는 돈을 밝히는 것처럼 말입니다. 늦바람이 무섭다는 말도 있잖습니까?

이성이 많은 환경에는 애초에 가까이 가지 않는 게 중요합니다. 아무리 철저하고 강단 있는 사람이라도 인간의 의지에는 내구성이 있습니다. 그냥 그런 사람은 남들보다 내구성이 조금 더 강할 뿐, 지속적으로 유혹에 노출되면 조금씩 조금씩 그 내구성도 깎이기 마련입니다. 근묵자흑이라는 말처럼 먹을 가까이하면 검게 됩니다. 하다못해 검은 게 될 수도 있습니다. 그러니 처음부터 근처에 가지 않는 게 좋습니다. 근무 환경에 이성이 많은 건 어쩔 수가 없지만, 사실 이것도 가능하면 없는 게 낫습니다. 여하튼 동호회든 취미 활동이든 뭐든 간에 외부 활동을 하는 데 있어서 이성이 많은 환경에 계속 노출된다면, 그렇지 않은 환경보다는 바람을 피우게 될 가능성이 올라갑니다. 설령 내가 그럴 생각이 없다고 하더라도 나에게 다가오는 사람이 생기기 마련이니까요.

사람은 환경에 영향을 많이 받습니다. 내가 최대한 바람과 거리가 먼 환경을 조성하고 살지 않는 이상은 불현듯 그런 환경이 찾아와 나를 시험에 들게 할 수 있습니다. 그때 내 환경이 '안정'되어 있고, 내가 '유혹과 거리 두기'를 하는 사람이라면 무사히 넘어갈 수 있겠으나 그게 아니라면 바람이 날 가능성이 있으니 경계하시길 바랍니다.

저평가 우량주 남자

보통 여자가 남자보다 먼저 취업하는 경우가 많습니다. 그래서 20대 중반에서 후반, 많게는 서른 즈음에는 여자의 상황이 더 나은 상태에서 연애가 시작되곤 합니다. 이런 상황에서 연애를 하면 어떻게 되는지, 그리고 어떤 남자가 저평가된 우량주인지 살펴보겠습니다.

일단 연애를 하는 데 있어서 '돈'은 중요합니다. 특히 남자 입장에서는 더 중요합니다. 돈이 없으면 연애하겠다, 결혼하겠다는 생각 자체를 할 수가 없게 됩니다. 비교적 여자는 그 비중이 남자보다 덜한 게 현실이고요. 이건 결혼으로 보게 되면 더 확실해집니다. 왜냐하면 사회적으로 나의 부모, 그 이전 세대부터 쭉 '남자=경제력'이라는 관념이 이어져 내려왔기 때문입니다. '여자 경제력이 더 좋아도 상관없다.' 하는 입장도 최근에서는 받아들여지고 있으나, 과거부터 내려오는 사회적 분위기나 남자의 본능과는 아직 괴리가 있습니다. 그래서 남자가 경제력이 없으면 기가 죽게 됩니다. 간혹 경제적 능력이 부족해도 기가 죽지 않는 남자들이 있는데, 이런 경우는 경제력'만' 부족하거나 그냥 막 나가는 성향일 가능성이 큽니다.

흔히들 말하는 '남자의 자신감'이라는 것은 대부분 지갑에서 나옵니다. 이건 나이가 들수록 더 심해집니다. 어릴 때 외모 때문에 스트레스를 받았던 남자라도 지갑이 두꺼워지고 나면 자신감을 갖게 됩니다. 그래서 간혹 자신의 매력을 돈으로만 어필하려는 남성들이 있는데, 재력이 이성에게 매력적으로 느껴질 것을 알기 때문에 그런 행동을 하는 것입니다. 그만큼 남자에게 있어서 경제적인 부분은 중요한데, 여자의 상황이 더 낫거나 먼저 취업한 상태라면 남자는 기가 죽고 많은 압박을 받을 수밖에 없습니다. 물론 남자가 집안의 배경이 좋아서 다른 기댈 구석이 있다면 모르겠지만 말입니다.

그럼 이런 상황에서 남자의 어떤 면을 보고 저평가 우량주인지를 가늠해야 할까요? 바로 '부지런함'입니다. 성실함은 하루아침에 형성되는 게 아니라 습관이며 그 사람의 생활 태도입니다. 수많은 회사 중에는 시장의 평가를 적절하게 받는 곳도 있고, 자기 가치보다 저평가 혹은 고평가받는 곳도 있습니다. 평가는 현재 회사의 가치와 미래 가치가 반영된 결과입니다. 그런데 현재 잘하고 있고 미래 가치가 있는 회사여도, 시장의 주목을 받지 못해 수급이 없어 주가가 오르지 못하는 경우들이 있습니다. 그러나 지금 실적을 잘 내고 있고 주변 환경에 영향을 받지 않으며 묵묵히 자기 업종에서 자리를 다져 가는 회사들은 조금 늦더라도 결국 시장의 주목을 받습니다. 그간 쌓아 온 실적을 인정받아 제값 이상으로 평가받는 날이 오는 것이죠. 마찬가지로 이런 저평가 우량주인 남자를 볼 때는 현재보다는 미래를 봐야 하기 때문에 가장 중요한 게 성실함입니다. 그 성실함이 있어야 지금 자기 상황에서 해야 할 일에 정진하고, 자신의 때가 오면 그 응축된 것들이 폭발하면서 성장할 수 있으니까요.

성실함은 하루아침에 생기지 않습니다. 습관이기 때문에, 설령 그 사람이 목표한 것을 이루지 못했다 하더라도 다시 다른 것에 도전했을 때 빛을 발할 수 있습니다. 인생은 어떻게 될지 모릅니다. 스스로 정한 길로 가는 경우도 있지만, 가다 보니 길이 되어서 그 길을 가게 될 수도 있습니다.

그 길들을 만들어 가는 데 있어서도 가장 중요한 게 성실함입니다.

　반대로 지금 취준생이거나 연인에 비해 상황이 열위라면, 현재 입장에서 보여 줄 수 있는 것은 바로 '미래를 담보로 한 부지런한 젊음'입니다. 여자 친구가 먼저 취업한 상황을 가정해 봅시다. 그렇다 해도 기죽지 말고 당당한 자세를 유지해야 합니다. 예를 들어 "네가 먼저 취업했으니 당분간 데이트할 때 밥값 좀 부탁해. 나중에 내가 더 많이 사줄게."라고 말한 뒤, 집에 돌아와서는 자신의 할 일에 더욱 열심히 몰두하는 것입니다. 여자는 돈 없는 남자를 싫어합니다. 그러나 돈도 없고 기세도 없다면 절대 남자로 보지 않습니다. 내 현재를 보여 주되, 이 현재를 미래의 담보로 주는 것입니다. 당신에게 투자하라고 하세요. 당신이 현재를 충실히 잘 보내고 있다면 이런 말도 할 수 있고, 여자 친구도 충분히 이해해 줄 것입니다.

　많은 사람들은 이미 완성된 사람만을 찾으려 하지만, 그런 사람은 드물고 그런 상대를 만날 수 있는 사람도 많지 않습니다. 또 자신조차 준비가 안 된 상황에서 완성된 사람을 바라는 것은 욕심이기도 합니다. 완성된 사람을 만나는 것도 물론 좋지만, 차선으로는 완성될 사람을 만나는 게 중요합니다. 시간이 지나 그 사람이 화려하게 피어나는 순간이 왔을 때, 과연 내가 그 남자를 만날 수 있을지 객관적으로 생각해 보세요. 어려울 수도 있겠다는 생각이 조금이라도 든다면 그 남자에게 투자하시길 바랍니다.

저평가 우량주는 지금 당장 시장의 주목을 받지 못합니다. 많은 사람은 현재만 보고 단기간에 성과가 나길 원하니까요. 지금 만나는 사람이 힘들거나 쉬는 상황이라 하더라도, 부지런한 사람은 다릅니다. 육체적으로든 정신적으로든 뭐라도 하며 애쓰고 있다면 그 사람을 만나는 편이 더 낫습니다.

결혼하기 좀 더 좋은 남자

연애하기 좋은 사람과 결혼하기 좋은 사람을 굳이 나눌 필요는 없지만, 나눈다면 결혼에 더 적합한 남자를 볼 때 이런 면을 참고해 보면 좋습니다.

흔히 말하는 '선비 같은 남자'가 결혼하기에는 더 좋은 남자입니다. 선비남은 연애할 때는 딱히 매력적으로 보이지 않을 수도 있습니다. 재미가 없으니까요. 감정의 고저가 크지 않아 그냥 덤덤하고 잔잔하게 느껴지기 마련입니다. 그래서 상대 입장에서는 재미가 없다고 느낄 수 있습니다. 그러나 결혼은 생활이기 때문에 '안정'이 최우선이 되어야 하고, 그렇기에 같이 있을 때 최대한 편안하고 안정감을 주는 상대와 해야 합니다. 이런 선비남이 가진 특징은 여러 가지가 있습니다.

♥ ♥ ♥

① 책임감이 있다는 것

앞서 언급했듯 남자의 책임감은 결혼에서 특히 중요합니다. 결혼을 흔히 마라톤에 비유하는데, '완주'를 한다는 측면으로 봤을 때 가장 필요한 게 '인내와 의지'이고, 그 인내와 의지를 발현시키는 힘이 '책임감'입니다. 그래서 결혼 생활에서는 남자의 책임감이 무척이나 중요합니다. 의견 충돌이 있을 때 절충하려 노력하는 것도 모두 책임감에서 비롯되는 것입니다.

② 일상이 단조롭고 학습하기 좋아한다는 것

이런 유형의 남자들은 일상 루틴이 단순하고 학습하는 걸 좋아하기 때문에, 직장과 집을 오가는 단순한 생활 패턴 속에서도 사람들과 어울릴 때조차 배울 수 있는 것, 생산적인 것을 추구합니다. 그래서 부동산이나 주식 같은 투자 공부를 할 가능성이 큽니다. 이런 분야에 흥미가 없다 하더라도, 소비하면서 행복을 느끼고 만족을 추구하는 유형이 아니어서 딱히 돈 쓸 곳이 없어 돈을 모았거나 놀 줄 몰라서 모이게 된 경우가 있겠습니다.

남편의 일상이 단조롭다는 건 아내 입장에서 걱정할 요소가 줄어든다는 뜻입니다. 딱히 노는 데 흥미가 없으니

밖에서 사고를 칠 여지도 적고, 불안해할 필요도 없습니다. 그리고 결혼하고 나면 자산 증식을 함께해야 하는 공동의 목표가 생기게 되는데, 큰 지출이 들어갈 만한 일을 하지 않는 사람이기에 당연히 더 빠른 자산 축적도 가능할 것입니다. 그래서 이 유형의 남자는 사람 만나는 걸 너무 좋아하거나 유흥을 즐기는 여자를 선호하지 않기도 하는데, 그런 성향을 잠재적 불안 요소로 보기 때문입니다.

③ 개인주의적이고 대인 관계의 폭이 좁다는 것

많은 사람과 어울려서 술 마시고 노는 유흥을 즐기지 않기 때문에 자기 같은 타입의 사람과 좁고 깊은 관계를 맺고 지냅니다. 마음 맞는 사람끼리만 어울리는 게 더 득이라고 생각하기 때문에 결혼 후에도 밖으로 도는 걱정을 덜 수 있습니다. 그런 면에서 결혼 생활을 보다 안정적으로 할 가능성이 높습니다.

④ 자존심이 세다는 것

매사에 자존심이 센 것이 아니라, 이성에게 기대하는 포인트가 있는데 그것이 지켜지지 않았을 때 관계를 정리하려는 면이 있다는 것입니다. 이런 유형의 남자는 연애를 쉽게 시작하지 않기 때문에 자기 확신이 들어야 마음을 엽니다. 그 확신으로 시작한 연애를 잘 끌고 가려는 면도 있습니다. 그래서 그 자존심을 건드리지 않는 게 중요합니다. 이게 결혼하기 좋은가 싶을 수도 있지만, 이런 타입의 남자는 '자기가 하지 않아 줬으면 한다.', '그것만 안 하면 된다.'라는 기준이 명확하기 때문에 그 부분만 지켜지면 문제 될 것이 없습니다.

⑤ 말보다 행동을 중시한다는 것

표현이 부족할 수 있습니다. '빈말이 무슨 의미가 있나?', '행동 없이 말뿐인 걸 왜 하나?' 이런 생각을 하는 유형이기 때문입니다. 애정 표현을 많이 원하는 여자라면 이런 유형의 남자를 만났을 때 애교와 표현을 많이 퍼붓는 수밖에 없습니다. 그러면 표현이 좀 늘기는 하니까요. 하지만 근본적으로 말보다 행동을 중시하기 때문에 소위 오글거린다는 표현보다 실제로 만났을 때의 분위기가 더 중요합니다.

선비남이라고 하니 말이 없고 얌전한 남자라고 생각할 수 있고, 외향적이기보다는 내향적일 거라고 여길 수도 있습니다. 하지만 말이 없고 얌전하다고 해서 선비남인 것도 아니고, 외향적이라고 해서 선비남이 아닌 것도 아닙니다.

♥ ♥ ♥

말없이 얌전해 보여도 머릿속은 누구보다 더러울 수 있고, 사
교적이지만 누구보다 깊고 심오한 철학이 있을 수 있습니다.

마마보이 파파걸과의 결혼

시대가 변화하면서 연애에도 많은 영향을 미치고 있습니다. 그 변화 중 하나로 예전 같으면 생각지도 못했을 남자, 여자의 유형이 생겨났는데요. 바로 '마마보이', '파파걸'입니다. 이것은 자식이 부모에게 효도하는 것과는 다른 차원의 문제입니다. 자식이 부모 품을 벗어나지 못한 채 종속된 관계에 머물러 있고, 부모 역시 그런 자식을 계속 품 안에 두고 있는 것입니다. 이번에는 연애보다는 결혼 후의 그림을 이야기해 보겠습니다.

대부분 연애하는 이유가 꼭 결혼을 목표로 해서만은 아니지만, 결혼을 염두에 두고 하는 경우가 많습니다. 그래서 이때 문제가 생기게 됩니다. 연애에는 비교적 영향을 덜 미치지만, 결혼을 준비할 때나 결혼 후에는 문제가 드러나게 됩니다.

가정을 꾸렸는데 남편이 자신의 어머니에게 계속해서

부부 사이의 일을 전하는 겁니다. "오늘은 이런 일이 있었고, 저런 일이 있었고, 이건 이렇게 하자고 하더라."라는 식으로 말입니다. 그러고 나면 시어머니의 압박이 이어지고, 남편은 또 어머니를 통해 자신의 의견을 개진하거나 관철하려 들기도 합니다. 그렇게 되면 아내 입장에서는 다 큰 성인 아들, 그것도 내 자식이 아닌 아들을 키우면서 사는 느낌을 받게 됩니다. 반대 역시도 마찬가지고요.

자녀가 연애와 결혼을 스스로 독립적으로 해내지 못하면 여러 문제가 생길 수밖에 없습니다. 연애는 가정을 만들려는 시도이고, 결혼은 가정을 만든 것입니다. 그 가정은 이제 둘이서 죽이 되든 밥이 되든 시행착오를 겪으며 독립적으로 끌어가야 합니다. 그래야 좋은 방향으로 갈 수 있습니다. 물론 어른의 입장에서 의견을 제안하거나, 힘들어 보이면 지원해 줄 수는 있습니다. 하지만 그것도 당사자들의 필요와 요청에 의한 것이어야 하지, '내 새끼 힘드니까.', '내 자식은 내 뜻대로 해야 해.' 하는 식으로 접근하면 내 새끼를 위하려다 남의 새끼를 힘들게 만들고, 결국 내 새끼까지도 힘들어지는 그림이 그려지게 됩니다.

자녀 입장에서도 빨리 깨닫고 벗어나야 합니다. 정서적인 독립을 해야 한다는 말입니다. 연애할 때도 '어떤 사람이냐, 만나라 말아라.' 하는 식의 간섭이 생길 수 있고, 결혼 후에는 내 부모와 의견이 부딪히거나 부모와 배우자 사이에 갈등이 생길 수도 있습니다. 그때 내가 중재자 역할을 해야 하는데, 마마보이와 파파걸은 이를 할 수가 없습니다. 어릴 때부터 '우리 엄마', '우리 아빠'의 말이 늘 맞다고 믿어왔기에 그 말을 따르는 것이 당연하다고 생각하고, 결국 마찰이 생길 수밖에 없습니다.

결혼은 성인끼리 하는 것이고 육체적, 정서적, 경제적 독립을 해야 완전하게 이뤄질 수 있습니다. 부모 입장에서는 자녀의 결혼 생활이 미덥지 않고 염려될 수 있으나, 자신의 간섭이 자녀의 결혼 생활을 망칠 수 있음을 늘 기억해야 합니다. 마마보이, 파파걸이라 칭하는 부모 의존성이 강한 자녀는 부모로부터 독립하지 못하면 사랑하는 사람과 행복하게 살기 어렵다는 사실을 인지해야 합니다. 나에게는 좋은 부모이고 나에게는 맞는 의견일 수 있어도 나와 사는 배우자에게까지 그게 정답이라고 할 수는 없다는 점을 잊으면 안 됩니다. 또한 내 가정이고 부모보다 더 긴 시간을 보내야 하는 배우자가 생겼기 때문에 의견 충돌이 있어도 부부가 스스로 해결해야 하는 부분입니다. 서로가 좋든 좋지 않든 함께하면서 성장해야 좋은 부부가 될 수 있습니다. 시험을 보는데 옆에서 정답을 알려 주는 선생이 있다면 그 학생의 실력은 늘지 않을 것입니다. 그 성적은 그 학생의 실력이 아니니까요.

자녀는 새와 같습니다. 태어나면 자기 둥지를 찾아 날아갑니다. 부모의 역할은 잘 날아갈 수 있게 도와주는 데까지이지, 날아가서 어떤 둥지를 짓고 어떻게 사는가를 들여다보는 것은 아닙니다. 부모 입장에서는 매정하게 느껴질 수 있지만, 멀리 보면 결국 부모인 나는 자녀보다 먼저 죽기 때문에 자식이 자립하고 독립적으로 성장해야 합니다. 그래야 부모가 없어도 잘 살 수 있게 됩니다. 날아갈 수 있게 하는 것까지가 부모의 몫이고, 그다음 둥지를 어떻게 짓고 살지는 자녀와 배우자의 몫이기 때문에 그냥 지켜보는 게 최선입니다.

사연 있는 상대를 만났을 때

한 명의 사람은 하나의 세상이기 때문에 그 안에는 좋은 것도, 좋지 않은 것도, 기쁜 것도, 슬픈 것도 있습니다. 그래서 우리는 연애하다 보면 그 사람 인생의 희로애락 중에서 내가 상대의 '노'와 '애'를 함께해야 하는 순간을 경험하게 될 수도 있습니다.

그것을 '사연'이라고 총칭하겠습니다. 그 사연에는 다양한 것들이 있을 것입니다. 자기 때문에 생긴 사연일 수도 있고, 환경이 가져다준 것일 수도 있으며, 가족 혹은 주변 사람 때문에, 아니면 현재의 무언가에서 비롯된 것일 수도 있습니다. 좀 더 예를 들면, 본인의 건강 문제나 신체적인 부분, 유년기 또는 현재의 가난, 학창 시절의 따돌림이나 폭행으로 인한 피해, 부모님의 이혼이나 재혼과 관련된 것, 입양된 사실, 본인의 이혼, 여자로서 트라우마로 남은 남자 경험, 극복하지 못한 열등감 등등 '보통', '평범'을 벗어나는 것들을 떠올리면 됩니다.

이런 사연이 있는 상대를 만났을 때 어떻게 하면 좋을까요? 보통 자신의 사연을 상대에게 전할 때는 두 가지 반응을 보이게 됩니다.

하나는 연인에게 미안해서 말하며 우는 경우이고, 또 하나는 덤덤히 이야기하는 경우입니다. 전자의 경우에는 같이 울어 주거나 당신 잘못이 아니라고 다독이며 위로해 주면 됩니다. 그리고 후자처럼 상대방이 덤덤하게 자기의 아픈 과거를 말한다면, 그렇게 되기까지 많은 후회, 자책, 한탄, 분노 같은 부정의 감정이 그 사람을 괴롭게 했을 가능성이 큽니다. 그 괴로움은 수차례 되새김질 되다가 타 버려 재가 된 상태일 것입니다. 마치 상처가 덧나다 덧나다 아물어서 굳은살이 되면 그 부위를 건드려도 감각이 느껴지지 않는 것처럼 말입니다.

그런 상대를 만났을 때 제일 좋은 건 나도 그런 사연이 있다면 내 사연을 말해 주는 것이고, 다행히 내가 그런 사연이 없다면 그저 담담하게 들어 주면 되는 것입니다. 덤덤하게 말한다고 해서 그 말을 나에게 꺼내기까지 용기를 내지 않은 것이 아니기 때문에 그 다짐에 대한 고마움 정도만 표현해 주면 될 일입니다. 사실 들여다보면 기쁜 일은 같이 기뻐해 주고 축하해 주면 될 일이라 단순합니다. 그런데 슬픈 일은 듣는 사람 입장에서도 내가 어떻게 반응해 주는 게 좋을지 난감할 때가 있습니다. 그래서 상대의 반응에 따라 나도 반응하는 게 제일 좋지 않을까 싶습니다.

사람은 누구나 저마다의 아픔이 있습니다. 이는 가정의 유복함, 화목함과도 상관이 없고, 그 사람이 사회에서 성공적으로 안착했는지와도 무관합니다. 그저 '이런 사람도 고생을 했으려나?' 싶은 정도로 여기면 됩니다.

이런 상대의 사연을 알게 된다는 것은 그 사람의 마음속 다락방, 금고 같은 곳을 알게 된 것과 마찬가지입니다. 상대는 자신의 흠이라고 생각해서 힘들게 말을 꺼냈겠지만, 그것을 흠이라고 여길 필요는 없습니다. 그런 말을 해 줄 만큼 나를 믿고 있고, 우리의 관계를 깊게 가져가기 위해 용기를 낸 것이라고. 그러니 이해하고 품어 주고 덮어 두고 가는 게 낫겠다고 말입니다. 인생에 짐이 없는 사람은 없으니 그 짐을 같이 들어 달란 부탁으로 들립니다. 그게 바로 사랑하는 마음이니까요.

♥ ♥ ♥

Part Ⅲ

갈등을 줄이는
알고리즘

모든 건 일단은 내 탓부터

연애를 하다 보면 다양한 유형의 사람들을 만나고, 여러 상황을 경험하게 됩니다. 그리고 발생한 상황에 대해 대화를 나누다 보면 자신이나 상대의 잘못에 대해 이야기하게 되는데, 이 과정에서 매력을 크게 떨어뜨리고 미성숙하게 보이게 만드는 사람들이 있습니다. 바로 남 탓, 상대 탓, 상황 탓을 하는 사람입니다. 이런 부류의 사람들은 대화 중 피장파장이라는 태도를 보이거나 논점 일탈, 허수아비 공격을 하며 논점을 흐립니다. 심하면 명백한 자기 잘못을 인정하지 않거나 오히려 문제를 새로운 국면으로 끌고 가서 다른 다툼으로 이어지게 하는 경우도 있습니다. 글로만 봐도 참 피곤합니다.

연애 과정에서 문제가 생기면 우선은 본인을 먼저 돌아보는 게 어떨까 합니다. 물론 이 말이 부처와 예수처럼 살라는 소리처럼 들릴 수도 있겠습니다. 하지만 '상대의 잘못을 가리킬 때 세 손가락은 나를 향한다.'란 말이 있듯, 지금 생긴 문제에서 내 탓, 내 잘못이 무엇인지 먼저 생각하는 편이 미래를 생각하면 더 좋습니다. 이렇게 하는 것이 더 낫다고 생각하게 된 데에는 여러 경험이 바탕이 되었습니다. 어떤 경우든 상대 탓을 하기보다는 내 탓을 하거나 내 잘못이 있는지를 돌이켜 보는 자세를 가지면, 그 당사자와의 문제뿐만 아니라 다른 인연에서도 더 나은 관계를 만들어 가기 때문입니다. 본질적으로 상대를 탓하는 내가 그대로인 채로 상대만 바뀐다면 아무것도 변하지 않을 테니까요. 따라서 관계가 왜 이렇게 됐는지, 내 잘잘못이 무엇이었는가를 먼저 생각해 보는 것이 좋겠습니다.

아무리 사이가 좋은 연인이라도 갈등의 순간은 옵니다. 그런 상황이 왔을 때는 보다 부드럽게 상황을 넘기는 게 좋습니다. 상대 탓을 하기보다 '혹시 내 탓이 있지는 않을까?'라는 고민을 먼저 하는 게 유리하고, 갈등을 더욱 건설적으로 해결할 수 있습니다. 그런 갈등의 순간을 현명히 잘 넘긴다면 둘 사이에 더 강한 결속을 만들어 주는 계기가 될 수도 있고요.

그럼에도 불구하고 연애든 결혼 생활이든 간혹 갈등이

한쪽의 일방적인 잘못으로 시작되는 경우가 있습니다. 가령 상대방이 약속 시간에 매번 늦는다거나, 이유 없이 연락이 두절된다거나, 이성 친구와 만남을 갖는 등 누가 봐도 내 잘못은 전혀 없을 때가 있을 것입니다. 평상시에 '내 탓이 있지는 않나?' 하는 생각을 견지하는 건 차분한 대화를 할 수 있게 하여 연애가 저급해지는 걸 막아 주기도 합니다. 동떨어진 것 같지만 그런 내 태도 자체가 분노를 덜 일으키고 '그래, 일단은 들어 보자.'라는 자세를 갖게 해 줍니다. 내 입장에서 상대의 반복되는 잘못이나 이유 없이 하는 행동 등은 화를 낸다고 해서 바뀔 부분도 아니고, 그렇게 해 봤자 나만 손해입니다. 그래서 그보다는 그럴 만한 사정이 있는지 들어 보고, 상대로 인해 내가 어떤 감정을 느꼈는지를 이야기하는 편이 더 세련되겠습니다.

이런 식으로 한다면 '네 탓'을 하며 서로 헐뜯고 싸워 흑역사를 만드는 연인들보다 훨씬 나을 것입니다. 훗날 관계가 끝난다고 하더라도 사랑해서 시작했던 관계를 섣불리 망치거나 서로가 추악한 기억으로 남을 일도 적습니다. 따라서 상대가 아닌, 크게 봐서는 본인을 위해서라도 나를 먼저 돌아보는 게 좋겠습니다.

♥ ♥ ♥

연애하는 이들 중 연락을 '애정의 척도'로 생각하는 사람
들이 많은 듯합니다. 이러한 태도는 연애 기간이 길어질수
록 줄어드는 경향이 있지만, 썸을 타거나 연애 초기에는 연
락에 큰 의미를 부여하는 경우가 많습니다. 그래서 상대의
연락에 민감히 반응하게 되는데, 이는 연락의 빈도, 반응
속도, 메시지 상태 등에 신경을 곤두세우고 있기 때문입니
다. 그래서 개인 상담을 할 때도 이런 상황으로 이야기를
꺼내는 분들이 있습니다. 연락이 잘 안되면 애정이 없다고
생각한다든가, 심하면 불안을 느끼는 경우까지 있습니다.

이번에는 연락이 안 되는 여러 유형 중에서 '집에만 가면
연락이 두절되는 상대'에 대해 설명드리겠습니다. 이 현상
은 크게 두 가지로 볼 수 있습니다. 하나는 '그냥 이런 사람
이구나' 하고 넘어갈 수 있는 부분이고, 다른 하나는 '좋지
않은 신호'일 수 있습니다. 상대방이 학생이든 직장인이든

사업을 하는 사람이든, 때때로 외부에서는 원활한 소통이 이루어지다가 집에만 들어가면 연락이 단절되어 답답함을 느낄 수 있습니다. 이런 경우에는 몇 가지를 확인해 볼 필요가 있습니다.

첫째는 그 사람이 원래 연락이 잘되지 않는 사람인가를 생각해 봐야 합니다. 즉, 집 밖에서도 연락이 잘되지 않는지 말입니다.

둘째는 핸드폰을 붙들고 사는 사람인지 알아야 합니다. 이건 나를 만날 때도 핸드폰을 자주 보는지 안 보는지를 확인하면 됩니다.

셋째는 상대방을 만난 경로가 요즘 많이 하는 SNS, 앱을 통한 만남이었는지 떠올려야 합니다.

넷째는 술자리에서 이 사람을 알게 되었는지 여부를 생각해 봐야 합니다.

이 부분을 먼저 정리해 보신 후, 집에만 가면 연락이 두절되는 사람인지 생각해 보시기 바랍니다. 만약 상대가 원래 연락을 잘 하지 않는 사람이라면 상황을 바꾸기 어려울 수 있습니다. 상대가 항상 핸드폰을 손에 들고 있는 사람이거나 앱을 통해 만난 사람, 혹은 술자리에서 만난 사람인 경우, 집에만 가면 연락이 끊기는 상황은 그 사람이 당신을 우선순위에 두지 않는다는 것이 가장 큰 이유일 수 있습니다.

지금부터 설명할 내용은 상대방을 '그냥 이런 사람이구나' 하고 이해하며 만나는 것이 더 나은 경우에 해당합니다.

① 집에서는 연락보다 휴식을 우선하는 경우

이런 경우는 단순합니다. 집 밖에서는 연락할 여유가 있지만, 집에서는 그 여유가 없어지기 때문입니다. 학생이라면 학교, 직장인이라면 직장, 사업을 하는 경우라면 시간이 뜨는 그런 때 답장을 빨리하지만, 집에 가면 다른 일을 하느라 바쁜 겁니다. 집은 휴식을 취하는 공간이거나 취미 생활을 하는 곳이기 때문에 집에서는 연락보다 재미있는 일을 하거나 쉬는 게 더 좋은 사람이라서입니다. 그래도 완전 연락을 하지 않는 건 또 아니고요. 답장의 간격이 길 뿐, 답은 옵니다.

② 일상이 바쁜 경우

일이 많고 바쁜 사람이 해당하는데, 이런 사람들은 집에 가면 쉬고 싶은 생각밖에 없습니다. 만사가 귀찮기에 집에 오면 그냥 제쳐 두고 앉거나 눕거나 엎드려 있고 싶은 겁니다. 기가 다 빨려 늘어져 있는데 메시지로 미주알고주알 얘기할 기력이 어디 있겠습니까. 그 상대의 속내는 '이제 집이니까 일단 그냥 좀 쉬자.', '쉬고 나서 연락하자.', '연락하면 답이 오고, 답이 오면 이어 가야 하니까 숨 좀 돌리고 여유 있을 때 하자.' 정도로, 단순히 이런 생각일 것입니다.

③ 원래 연락이 뒷전인 경우

관심 있는 상대라면 연락을 최대한 많이 하려고 하지 않을까요? 맞습니다. 그러나 그건 초반에나 가능한 최대치의 에너지이고, 관계가 길어질수록 연락은 줄어들게 됩니다. 그게 자연스러운 상황이니까요. 연락을 많이 하는 것을 10으로, 거의 하지 않는 것을 1로 가정할 때, 원래 연락을 중요시하지 않는 사람들은 '필요할 때만 하면 되지, 어떻게 그렇게 자주 할 수 있어?' 또는 '왜 그렇게까지 연락을 해야 하지?'와 같은 생각을 가진 경우가 많습니다. 이러한 타입은 연락을 많이 하지 않는 1에서 시작하여, 최대한 많아 봐야 5에 도달합니다. 일반적으로 이런 사람들은 집에 들어가면 핸드폰을 무음 모드로 설정하고, 카카오톡 메시지가 와도 확인하지 않는 경우가 대부분입니다.

이번에는 앞서 언급한 '그냥 이런 사람이구나' 하고 넘겨도 되는 경우와 달리, 좋지 않은 신호가 될 수 있는 특징들입니다.

① 집에서는 연락이 두절되는 경우

자기 일을 하는 직장에서는 연락이 잘되는데, 집에만 가면 연락이 되지 않는 이유는 당신이 심심풀이 대상이기 때문입니다. 직장에서 핸드폰을 자주 보거나 PC 카카오톡을 띄워 놓고 당신과 연락하는 것은 일하기 싫을 때뿐이죠. 업무가 하기 싫으니 당신에게 연락하는 거고, 빠르게 답장하는 겁니다. 재미없는 직장 생활에서의 도피처로 말입니다. 그런데 퇴근하면 더 재미있는 것들이 있으니, 집에만 가면 연락이 두절되는 겁니다. 이 경우에는 앞서 말한 '집에 가면 연락이 느려지는 경우'와 달리 아예 연락이 없거나, 다음 날 출근 이후 혹은 주말이 지나 월요일이 되어서야 답장이 옵니다.

② 그 사람을 앱이나 술자리에서 만난 경우

이런 경우는 연락이 줄면 호감도 줄어든다고 보시면 됩니다. 앱에는 나 말고도 다른 이성이 많습니다. 더 죽이 잘 맞는 상대를 만나면 바로 대체될 수 있는 것입니다. 그곳에는 빠르게 즉시 갈아 치울 수 있는 많은 이성 자원이 즐비해 있으니까요. 그렇기에 이런 곳에서 만난 사람이라면 상대에게 기대하지 마시길 바랍니다. 연애 시장은 정글이고, 그중 앱은 정글 중의 정글이기 때문입니다.

술자리에서 만난 경우도 유사합니다. 보통 술자리는 분위기가 고조되고 사람들의 기분이 들뜨게 마련입니다. 이러한 상황에서는 기분이 좋아지는 경우가 많지만, 동시에 감정이 더욱 어두워지기도 쉽습니다. 이러한 감정의 변화가 상대방이 자신에게 더 많은 호감을 가지고 있다고 착각하게 만들 수 있습니다. 이후 술을 깨고서 보니 그저 그런 느낌이어서일 수도, 애초에 술자리에서 진지하게 사람을 만날 생각이 없어서일 수도, 이런저런 얘기를 해 보니 '안 맞네?' 싶어서 연락하지 않는 경우도 있을 겁니다. 또한 술자리로 시작해 육체적인 관계를 빨리 갖는 경우도 있을 텐데, 그 이후 집에 가면 연락이 되지 않는 경우라면 더 이상 볼 게 남아 있지 않은 겁니다. 그 상대에게는 그냥 그게 전부인 거죠. 술의 힘으로 눈 맞으면 잘 수도 있다고 생각하는 사람인데, 자신의 생각을 그대로 면전에 대고 말하기가 힘들 뿐입니다.

③ 기혼자인 경우

보통 이런 경우에는 집에 가면 연락이 끊기는 것 외에도 특정한 날에 연락이 더욱 어려워질 수 있습니다. 예를 들어 주말이나 특정 평일, 또는 하루 중 특정 시간에 연락이 되지 않을 수 있습니다. 이러한 시간은 상대방이 가족과 시간을 보내거나 배우자와 함께 있어야 하는 경우겠죠.

추가로 요즘에는 '연락은 안 되는데 인스타그램은 봐요.' 같은 고민을 하는 경우도 있습니다. 메시지는 서로 주고받아야 하지만 인스타그램은 그냥 자기 혼자 보고 끝낼 수 있기 때문에 시간과 에너지를 훨씬 덜 쓰죠. 그래서 전화를 하거나 메시지를 하는 만큼의 에너지는 쓰기 싫고, 심심풀이로 시간을 보내는 중인 겁니다. 마치 잔다고 하고 유튜브를 보거나 자기 할 일을 하는 것처럼 말입니다. 그러니 너무 섭섭해하지 않으셔도 됩니다.

연애 초기에 상대에게 몰입했다가도, 관계가 무르익으면 자기 일상을 찾아가고 서로에 대해 아는 부분이 많아지기 때문에 당연히 연락이 줄어드는 게 맞습니다. 그런데 이런 자연스러운 현상 속에서, 위에 언급한 것처럼 무언가 조금 이상한 특징이 있다면 한 번쯤 다시 생각해 보시는 게 좋겠습니다.

오래 사귀어도
결혼 생각을 할 수 없는 상대

오래 사귄다고 해서 결혼을 하는 것도 아니고, 짧게 사귄다고 해서 결혼을 못 하는 것도 아닙니다. 당신도 겪었을 수 있고 주변 사람들을 통해 보기도 했을 것입니다. '결혼'을 결심하는 데에는 다양한 요소가 고려됩니다. 성격, 경제력, 외모, 집안 배경, 가치관 등을 따져 보면 끝이 없을 것이며, 모든 조건을 완벽히 만족시키는 사람은 거의 없을 것입니다. 또한 이러한 요소들은 주관적인 성격을 띠기 때문에, 어떤 사람에게는 매우 중요할 수 있으나 다른 이에게는 그렇지 않을 수 있습니다. 그럼에도 불구하고 대부분이 중요하다고 동의할 수 있는 요소는 바로 이 두 가지가 아닐까 합니다. 바로 '지속성'과 '일관성'입니다.

지속성과 일관성은 비슷한 말 같지만 조금은 다릅니다. 예를 들어 설명하자면, 매일 커피를 마시는 건 지속성이고, 매일 마시는 커피의 종류가 항상 아메리카노인 것은 일관성에 해당합니다.

결혼은 연애보다 '안정'을 추구해야 하는 관계이므로, 안정감을 줄 수 있는 상대를 선택하는 것이 중요합니다. 이 안정감을 제공하는 데에는 상대방의 지속성과 일관성이 필수적인 요소입니다. 지속성과 일관성이 중요한 이유는 이를 통해 '예측 가능성'을 확보하고, 상대방의 '책임감'을 느낄 수 있기 때문입니다. 결혼 생활을 안정적으로 영위하기 위해서는 당연히 상대가 예상 가능한 범주 내에 있어 주고 관계에 책임감을 가지는 게 중요합니다. 연애 때야 내가 예상하지 못한 모습을 보더라도 그저 '이런 면도 있네?', '음… 이런 면은 좀 별로군.' 하고 생각하는 것에 그칠 것입니다. 오히려 그런 부분을 재미로 여길 수도 있지만, 결혼 생활에서 이런 점은 계속해서 '나와 맞지 않는 부분', '타협이 되지 않는 것', '관계를 불안정하게 만드는 요소', '대화 단절의 시발점' 등으로 작용하게 됩니다. 이런 특성이 보임에도 불구하고 관계를 지속하려고 하는 것은 상당한 책임감을 요구하며, 이 책임을 다하기 위해서는 인내가 필수적입니다. 이런 지속성을 지녔다는 건 자기 주관이 뚜렷한 사람일 가능성이 높다는 뜻이며, 그 주관이 바로 인생철학이 되겠습니다. 결혼해서 같은 곳을 향해 간다고 할 때 그 길을 얼마나 꾸준히 안정적으로 갈 수 있을지 가늠할 수 있는 면이기도 합니다. 일관됐다면 예측이 가능하니, 결혼 생활을 하면서 겪는 사건과 상황에 대처하기가 수월하고 문제 해결도 한결 쉬워집니다. 그럼 이런 상록수 같은 사람인지 어떻게 알아볼 수 있을까요?

상대방의 일에 대한 태도, 지속적인 대인 관계, 그리고 가족과의 관계에서 자신의 위치와 입장을 관찰함으로써 그 사람의 인내심과 책임감을 가늠할 수 있습니다. 예를 들어 자주 이직을 하거나 단발성 일만을 추구하고, 꾸준히 이어 가는 취미나 일이 없는 경우라면 그 사람이 인내와 책임감을 가지고 있지 않을 가능성이 높습니다. 이런 특성이 부족하다면 지속성과 일관성 또한 기대하기 어려울 수 있습니다.

결혼 생활이 매번 재미있고 즐겁지만은 않을 것입니다. 그렇다고 중간에 관둘 수도 없습니다. 하기 싫어도 해야 할 때가 있을 거고, 좋아하기만 할 수도 없습니다. 좋은 일도 많겠지만 혼자였을 때보다 줄어든 자유와 마음대로 할 수 없음에서 오는 답답함, 상대 집안과의 문제 등 예상하지 못한 변수들이 더 생길 수밖에 없습니다. 그 모든 걸 알고는 있지만, 더 좋아지고 행복할 미래를 보고 가는 것입니다. 나를 위해 주고 내가 위해 줄 사람과 가정을 꾸려 더욱 안정된 우리만의 세상을 만들기 위해 하는 게 바로 결혼입니다. 그러니 선택하는 것 아닐까 싶습니다. 한마디로 결혼은 내 생각과 같을 수가 없다는 것입니다. 더 좋아지면 축복이고, 현상 유지만 하더라도 괜찮은 상태가 될 수 있습니다. 그래서 오래 사귄다 하더라도 상대에게서 '지속성', '일관성'이 느껴지지 않는다면 거기서 파생되는 예측 가능, 책임, 인내 같은 것들도 바라기 어렵겠죠. 이 두 가지를 상대가 느낄 수 있도록 보여 주고, 상대의 이런 면도 잘 알아봐 주려는 노력이 필요하겠습니다.

결혼 생각이 없을 때 상대방이 보이는 행동

요즘에는 비혼주의를 선택하는 사람들이 많고, 결혼에 대해 '꼭 해야 하는 것은 아니다.'라고 중립적인 태도를 가진 사람들도 많습니다. 중요한 것은, 만약 당신이 '반드시 결혼을 해야 한다.'라는 입장이라면 상대방 역시 결혼에 관심이 있는 사람이어야 한다는 점입니다. 상대방이 결혼에 관심이 없는 것 같다면 그 관계를 신중하게 고려해야 할 필요가 있습니다. 장기적인 관계 목표가 서로 일치하지 않을 경우, 불필요하게 감정과 시간 낭비를 하게 되기 때문입니다. 다음에 해당하면 결혼 생각이 없는 사람일 가능성이 높으므로 만남을 잘 생각해 보셔야 합니다.

① 지금도 충분히 만족한다는 태도

결혼 생각 자체가 없는 상대라면 군이 미래를 그리지 않습니다. 또 결혼 생각이 없는 입장에서는 결혼을 귀찮은 것, 부담스러운 것, 딱히 안 해도 되는 것 정도로 인식합니다.

지금도 좋은데 굳이 관계에 더 부담을 줄 필요가 있나 하는 생각을 하니, 교제 기간이 길어지더라도 일 년, 삼 년, 십 년 뒤가 아니라 지금 당장 만족하고 좋으면 됐다는 입장을 취하게 됩니다.

결혼 생각이 있으면 당연히 같은 사람을 만나야 하듯, 마찬가지로 결혼 생각이 없으면 그런 사람을 만나야 합니다. 하지만 "난 결혼 생각이 없어." 또는 "난 당신과 결혼할 생각 없어." 같은 말을 듣고도 함께해 줄 사람이 거의 없다는 사실을 본인들도 잘 알기에 차마 입 밖으로 꺼내지 못합니다. 그래서 차선으로 유하게 표현하는 말이 "난 우리 사이가 지금 딱 좋아, 만족해." 같은 말입니다.

결혼할 생각이 있는 사람은 '지금 만족스럽다니 앞으로도 지금과 같으면 결혼 얘기가 오가겠지?'라고 생각할 수 있지만, 결혼 생각이 없는 입장에서 '만족한다'는 것은 더 이상 진행하고 싶지 않다는 선 긋기입니다. '이 선을 굳이 넘고 싶진 않아. 그럴 메리트를 못 느끼겠어.' 또는 '무담 지고 싶은 생각 전혀 없어.'와 같은 의미죠. 입장에 따라 다르게 해석될 수 있으니 잘 확인해야 합니다.

② 지나친 개인주의

또 결혼 생각이 없는 사람에게서 보이는 건 지나친 개인주의입니다. 결혼해서 가장 이상적인 태도는 '따로 또 같이, 같이 또 따로'입니다. 결혼해서 같이 산다 하더라도 서로의 시간과 공간은 필요하고, 이를 존중하고 이해하며 지내는 부부는 사실 그리 많지 않습니다.

'결혼'이란 걸 떠올렸을 때 '개인', '사생활', '자유'보다는 '함께', '가족', '가정', '책임', '의무' 같은 단어가 먼저 떠오를 것입니다. 결혼하면 혼자 하던 일을 더 이상 지속하기 어렵고, 또 같은 공간에서 많은 시간을 보내기에 서로가 공유하는 부분이 많아질 수밖에 없습니다. 그런데 결혼 생각이 없는 입장에서는 이런 부분이 전부 싫고, 심지어는 '왜 그래야 해?'라고 생각하며 개인주의가 극대화됩니다. 좋게 표현하면 서로의 사생활 존중이라고 할 수 있지만, 자신의 영역은 건들지 말라는 느낌에 더 가깝습니다. 개인 시간, 공간, 생활을 중요하게 생각하는 사람 중 그 정도가 지나친 경우는 결혼 생각이 없을 가능성이 큽니다.

결혼 생활은 1+1=2가 아닙니다. 쉽게 말해서 각자 1인분을 잘하고 있는 사람 둘이 만나면 산술적으로는 2가 되어야 하는데, 결혼 생활은 그렇지 않다는 거죠. 상황에 따라 2 이상이 될 수도 있고, 0이 될 수도, 마이너스로 갈 수도 있습니다. 그러니 개인주의적인 태도로 본인이 가진 1만을 고집하는 사람이라면 결혼에 어울리지 않는 가치관을 가졌다고 볼 수 있습니다.

③ 벽이 느껴지는 상대

'난 지금도 좋아.'와 '지나친 개인주의'가 합쳐져서 '벽'이 됩니다. 이 벽은 거리감이라고 해석해도 되겠습니다. 즉, 상대를 만나는 시간이 길어져도 절대 넘을 수 없는 벽이 존재하는 것 같은 괴리감을 느끼게 되는 것입니다. 왜냐하면 결혼 생각이 없는 상대 입장에서는 당신과 끝까지는 가지 않을 것이라고 늘 생각하고 있기 때문입니다. 그래서 보이지 않는 선을 긋고 벽을 세워 두는데, 상대를 많이 아는 듯하면서도 모르는 듯한 묘한 기분이 들게 됩니다.

그 벽 너머에 있는 건 보통 가족으로 가기 위한 영역이기도 합니다. 그럴 만한 게 결혼은 나와 상대뿐만 아니라 가족 간의 결합이기도 하기 때문입니다. 본인 가족에 대한 이야기나 나를 소개하지 않기에 관계의 벽을 느끼게 되는 거죠. 연인을 넘어서 가족 같은 사이가 되어야 결혼으로 넘어갈 수 있습니다. 그렇기에 이 부분에 있어서 벽이 느껴진다면 상대방은 결혼 생각이 없을 수 있습니다.

결혼에 대한 생각을 한쪽만 갖고 있는 경우, 감정적인 측면에서 한쪽이 마음고생을 더 많이 하게 되는 상황이 발생합니다. 또한 현실적으로 보았을 때도, 시간을 낭비하는 것으로 볼 수 있어 더욱 안타깝습니다. 결혼 생각이 있는 사람끼리 만나면 한 살이라도 어릴 때 가정을 꾸릴 수 있으니 말입니다. 그러니 상대방이 위와 같다면 결혼 생각을 하지 않을 가능성이 클 테니 잘 판단하시길 바랍니다.

결혼 생각이 없는 남자의 3가지 행동

'연애는 여자의 선택이지만 결혼은 남자의 선택이다.'라는 말이 있습니다. 따라서 만약 상대 남성이 결혼에 대해 관심이 없는 듯한 행동을 보인다면, 이는 당신에게 중요한 신호일 수 있습니다. 그러니 이런 상황이 본인의 경우와 맞닿아 있다고 느낀다면, 그 관계에 대해 고심해 보시길 바랍니다.

① 큰돈을 쓰는 경우

결혼은 생각보다 많은 비용이 들 수밖에 없습니다. 아끼고 아껴서 적게 쓴다고 해도 어쩔 수 없는 지출이 생길 수밖에 없는 인생의 커다란 이벤트니까요. 아무리 축의금으로 보전한다 해도 일단은 나가는 돈이 많다 보니 보통 결혼을 앞두고는 큰돈을 쓰려고 하지 않습니다.

그러니 연애 중에 남자가 개인적인 일에 큰 지출을 한다면

'이 남자는 당장 결혼 생각이 없구나.'라고 합리적으로 의심해 볼 수 있습니다. 차를 바꾸거나 고가의 시계를 사거나 현금이 묶이는 방식의 재테크를 한다면 당분간 결혼 생각이 없다는 뜻이겠죠.

② 여자가 결혼에 대해 슬쩍 이야기를 꺼낼 때 무반응인 경우

"결혼해서 이렇게 살면 좋겠다.", "어디에 살면 좋겠다.", "결혼해서 이런 아내가 될 거야." 같은 말에 호응을 하지 않습니다. 결혼에 대한 구체적인 언급 자체를 안 하거나 피하려고 합니다. 이렇게 결혼의 'ㄱ' 자만 나와도 부담을 느끼고, 싫어하고, 귀찮아하는 경향을 보인다면 나와는 결혼하지 않을 사람이구나 생각하면 됩니다. 이건 남자가 결혼 생각 자체가 없어서일 수도 있고, 당신을 결혼 상대로 생각하지 않기 때문일 수도 있습니다. 그러니 그런 사람과 결혼하겠다는 건 공부 의지가 없는 학생을 서울대에 보내겠다는 것과 같고, 술 담배를 끊을 생각이 없는 사람 앞에서 건강 설교를 하는 것과 같습니다.

결혼은 개인의 자발적인 의지로 해야 하는 것이지, 상대방이 결혼을 하도록 만드는 것은 드문 일입니다. 결혼을 원하는 한 사람이 상대방을 설득하기 위해 많은 노력과 투자를 해서 결혼을 할 수도 있습니다. 그러나 일반적으로 여성이 남성에게 이렇게까지 투입하며 결혼으로 나아가는 경우는 매우 드뭅니다. 그렇게 하려면 여자의 여러 가지 상황이 남자보다 나아야 합니다. 그렇기 때문에 결혼은 남자의 선택이라는 말에 동의하는 사람이 많은 것이죠. 특히 결혼을 고려할 때, 여자가 남자에 비해 나이에 대한 압박을 많이 느끼는 게 현실이라 이런 부분에서도 여유가 있어야 합니다. 그런데 보통 여자가 이런 조건이면, 여자 집안에서 남자를 반대하거나 여자와 남자의 격차가 벌어질 가능성이 큽니다. 그러니 남자가 그런 상황을 개의치 않고 극복해야 하고, 여자 집안에서도 여러 조건을 신경 쓰지 않아야 하는데, 쉽지 않은 일이죠.

③ 집안이나 상황에 대해서 구체적으로 묻지 않는 경우

상대에 대해 아무것도 모르는 상태에서 '이 여자와 결혼해야겠다!' 하는 경우는 드라마에서나 볼 수 있는 이야기입니나. 여자가 상황이나 상태가 좋지 않다고 해도 결혼하는 경우는 있을 수 있지만, 묻지도 않고 알지도 못하는 상태로 결혼이라는 인생 최고의 이벤트를 치를 남자는 없습니다. 그리고 결혼은 둘만 하는 게 아니라 어쩔 수 없이 서로의 부모, 가족들과도 연이 생기기 때문에 물을 수밖에 없습니다. '나와 상대는 맞을까, 우리 집안과 상대 집안은 어울릴까.' 이런 생각이 들기에 남자는 여자에게 묻지 않을 수 없습니다. 성격, 건강, 경제적 상황, 앞으로의 생각 같은 것들을요. '그럼에도 불구하고 한다!'는 있어도 '아는 것도 없이 묻지도 따지지도 않고 한다!'는 없습니다.

추가적으로 현실적인 부분을 설명하자면, 상대방이 애초에 결혼을 고려하지 않고 만남을 시작했을 수도 있습니다. 예를 들어 "이 여자는 내가 애초에 결혼 생각 없이 만나야겠다."라고 마음먹은 경우, 특히 남성이 여성보다 조건이 더 좋은 경우에 이런 상황이 발생할 가능성이 높습니다. 상대방이 더 많은 선택권을 가지고 있기에 관계의 심도를 깊게 하기보다는 가벼운 만남만을 원하기 때문입니다. 따라서 이 여자가 아니어도 조건이 더 좋은 다른 여자를 만날 수 있는 남자라거나, 남자의 나이가 여자보다 많이 어려 이성과의 만남 폭이 넓은 경우 등이라면 결혼 생각은 없을 가능성이 있습니다.

이런 부분을 잘 확인해 보았을 때, 이 중 여러 개가 해당한다면 그 남자는 나와 결혼할 생각이 없다고 판단하는 게 낫습니다. 때로는 두 사람 사이에 크나큰 사건이 발생하여 남성이 "이 여자한테 몰랐던 이런 면이 있다니." 하고 깨닫거나, "이 여자 덕분이다." 같은 감사함을 가지게 되어 관계의 전환점을 맞을 수도 있습니다. 그러나 이러한 상황이 일어날 가능성은 흔치 않습니다. 그리고 그런 사건이 일어난다 해도 그 효과가 일시적일 가능성이 크기 때문에 꼭 결혼으로 이어진다고 말할 수도 없습니다. 상대방의 생명을 구하거나 경제적 파탄에서 구해 주는 등의 강렬한 사건이 발생하면 모를까, 단순히 목마른 사람에게 물 한 모금을 제공하는 정도의 행동으로는 결혼을 고려하도록 만들기엔 충분하지 않습니다.

남자가 결혼 생각이 없는
이유와 대처법

개인 상담을 하다 보면, 남자는 결혼 생각이 없는데 여자 혼자 결혼을 생각하고 있는 경우가 있습니다. 나이대로 보면 28~32세의 여성이 가장 많았고, 그다음이 35~38세의 여성이었습니다. 다들 '아, 나 이제 서른인데.', '그래도 마흔 전에는…' 같은 나이의 압박에서 비롯된 게 크지 않나 싶습니다. 그래서 이런 상황 속에서 만나고 있는 남자나 만나고 싶은 남자가 결혼 생각이 없다고 하면 여자인 내 입장에서는 굉장히 아쉽고, 또 자칫하면 시간 낭비를 하게 될 수도 있습니다. 그러니 미리 상대가 왜 결혼 생각이 없는지에 대한 이유와 대처법을 아는 것이 필요하겠습니다.

남자가 결혼을 하지 않는 이유는 크게 네 가지가 있습니다.
1. 여자가 결혼 상대는 아니라고 판단한 경우
2. 경제적으로 부족함을 느끼고 있는 경우
3. 우리 집안이든 상대 집안이든 집안의 반대가 있을 경우
4. 아직은 더 놀고 싶을 경우

♥ ♥ ♥

개인의 건강 문제나 장애와 같은 상황은 특수한 경우이기에 다루지 않겠습니다. 그런 것들은 일반적으로 눈에 보이는 부분이며, 관계 초반에 통상적으로 공개되는 정보이기 때문에 이를 알고 연애를 시작하는 경우가 많으니까요. 우선 위 네 가지를 하나씩 이야기해 보겠습니다.

'여자가 결혼 상대가 아니라고 느낄 때'는 관계의 극초반에서 초반, 약 3개월까지는 결혼 이야기를 했을지 몰라도 시간이 지날수록 결혼에 관한 얘기가 없어집니다.

처음에는 여자에 대한 감정이 크고 좋아서 '결혼해도 되겠는데?' 싶은 생각이 들지만, 연애를 지속하면 이성적인 판단을 하게 되는 시점이 오고 현실적인 기준으로 여자를 바라보게 됩니다. 연애하기에는 그럭저럭 나쁘지 않으니까 계속 만남을 이어 가지만, 결혼하기에는 감정 기복이 있는 성격, 종교나 정치 성향 같은 가치관, 경제관념 등 맞지 않는 요소들이 자꾸 보이게 됩니다. 이런 부분은 여자 개인이나 여자 집안이 결혼까지 가기에는 걸림돌이 되기 때문에, 시간이 지나도 결혼 이야기를 하지 않거나 초반보다 줄어들게 되는 것은 어쩔 수 없습니다.

다음으로는 '남자가 경제적으로 부족함을 느끼고 있는 경우'입니다. 결혼은 차치하고, 돈이 없어서 연애도 못 하겠다고 하는 판국입니다. 집값은 어지간한 고소득자도 해결이 안 되는 상황이고, 그렇다고 월세살이는 싫고, 지금 상황보다 더 안 좋은 환경에서 시작하기도 싫으니 '어휴… 이런저런 생각할 바에 그냥 혼자 사는 게 낫지. 그렇게 살 거면 결혼 안 할래!'라는 마인드를 가진 남자가 늘어 가는 추세입니다.

또 남자의 생각에 '부모님께 여자를 소개하면 분명히 반대가 있을 것이다.' 하는 상황이라면 결혼이 어려워집니다. 남자는 자기 부모의 성격과 성향, 그리고 원하는 며느리 상을 잘 알기 때문에 여자가 거기에 부합하지 않는 면이 있다면 결혼까지 생각하기가 힘들어집니다. 남자가 그 여자를 절대 놓치면 안 되는 사람이라고 생각해야 부모의 반대를 무릅쓰고 결혼을 할 텐데, 현실적으로 이런 경우는 흔치 않습니다.

이 경우는 여자 입장에서 답답할 법도 한데, 남자가 왜 결혼을 망설이는지 제대로 말을 하지 않는 경우가 많기 때문입니다. 이런 때는 대화를 나누는 과정에서 남자의 말

속에서 힌트를 얻을 수 있습니다. "당신은 우리 부모님이 결혼을 반대하면 어떨 것 같아?", "혹시 부모님이 반대하는 결혼을 하는 사람들에 대해서 어떻게 생각해?", "이런 점 때문에 결혼을 반대하는 상대 부모를 만나면 어떻게 할 것 같아?" 등의 질문을 한다면, 이런 이유로 결혼을 망설이고 있다는 것을 짐작할 수 있습니다. 주로 여자의 성격이 남자보다 세다거나, 직업이나 집안 같은 조건이 남자 부모가 선호하지 않을 가능성이 높습니다.

끝으로 '아직 더 놀고 싶을 때'입니다. 이 경우는 남자가 이상형을 만나지 않는 이상 해결되지 않습니다. 더 놀고 싶다는 건 친구들과 보내는 시간이 좋아서든, 취미에 시간을 쓰는 게 재밌고 좋아서든, 여자와 연애만 하고 노는 게 좋아서든 어떤 이유에서든 결국은 '자기 것'을 포기하지 못하겠다는 의미이기 때문에 남자가 정말 평상시 꿈꾸던 이상형의 여자를 만나지 않는 이상 쉽게 바뀌지 않습니다.

마치 알코올 중독인 사람이 건강 검진을 했는네 "아직 간이 쓸 만하군요."라는 소리를 들으면 술 끊기를 포기하지 않겠지만, 의사가 "이대로 가다간 간암에 걸리고 간 이식을 받아야 합니다."라고 하면 술을 끊어야겠다는 생각을 하는

♥ ♥ ♥　　　　　　　　　　　　　　　　　　　204

것과 같습니다. 이러다가는 이상형의 여자를 놓칠 것 같다는 위기감이 들어야 기존에 놀던 습관을 버리고 정착하려 할 것입니다.

자, 그럼 이제 해결 방법입니다. 최초이자 최후의 방법이긴 합니다만, 여자가 먼저 묻는 겁니다. 이것보다 더 나은 해결 방법은 없습니다. 네 가지 모두 만나는 남자가 먼저 말을 꺼내 주면 다행입니다. 제정신인 이상 당신은 결혼 상대는 아닌 것 같다고 대놓고 말할 남자는 없을 거고요, 내심 미안한 마음에 돈이 없어서 결혼을 못 한다는 말을 하기 힘든 남자가 많을 것입니다. 집안에서 결혼을 반대할 것 같다는 말 역시 꺼내기 어렵습니다. 여자가 어떻게 생각하든 당당하게 더 놀고 싶다고 말하는 남자도 흔치 않을 테고요. 그래서 먼저 묻는 게 가장 좋습니다.

말할 용기가 없고 눈치가 보인다면 내 시간과 젊음을 담보로 기다리는 수밖에 없습니다. 결혼 생각이 있고 당신과 결혼하고 싶은 남자라면 분명 결혼 얘기를 꺼낼 것입니다. 그러나 그것을 꺼내지 않는다면, 결국 결혼 생각이 없다고 판단할 수밖에 없습니다. 그러니까 먼저 물으시길 바랍니다.

그럼 어떻게 물으면 좋을까요? "당신이 생각하는 결혼 생활이 있어?", "아내가 어떻게 해 줬으면 좋겠어?", "남편으로 어떻게 살 건지 생각해 본 적 있어?", "당신이 나랑 사귀면서 생각해 봤을 때, 연장선으로 결혼해서 산다고 하면 무탈할 거 같아?" 이런 식으로 물어보는 겁니다. "글쎄, 아직 딱히…", "음, 뭐 괜찮을 거 같은데?" 이런 식의 미지근한 대답이라면 아직 멀었습니다. 마음에 안 드는 것입니다. 성에 차지 않아요. 결혼하면 행복할 것 같지 않은 겁니다.

남자들이 제일 많이 망설이는 이유는 아마 돈 때문일 것입니다. 이게 고민인 경우라면, 남자가 결혼 얘기를 하면서 현실적인 문제를 언급하고 다른 방안을 찾기 위해 애쓰고 있을 때만 여자가 가진 걸 공개하세요. 경제적인 부분을 오픈하고 "나는 이런 상황이다. 그러니 우리 둘 상황에 맞춰서 결혼하자."라는 태도로 대화를 이어 가는 게 좋습니다. 내가 달에 얼마를 벌고, 어느 정도를 지출하며, 얼마나 저축했고, 만약 빚이 있다면 그 금액이 얼마인지를 공개하는 것입니다.

그리고 "나는 우리가 함께 사는 게 더 중요하지, 어디서 어떻게 사는지가 중요한 게 아니다."라는 식으로 말을 이어

나가세요. 이렇게까지 상황을 명확히 했음에도 결혼을 미루는 경우라면, 상대방은 당신과의 결혼을 염두에 두고 있지 않은 것입니다. 문제는 돈이 생긴 후의 상황입니다. 사람들은 경제적 여유가 생기면 대부분 태도가 변하게 마련입니다. 현재 경제적인 문제로 고민하는 상대가 재정적으로 안정되면, 당신과 결혼을 고려하지 않을 가능성이 있습니다. 따라서 미리 이에 대해 논의하고 명확한 답을 얻는 것이 좋습니다.

결혼으로 가는 큰 관문 중 하나는 역시 집안에 인사드리는 것이죠. 집안에 소개했을 때 상대가 꺼리는 분위기라면 여자가 물으세요. "당신 가족들과 내가 잘 어울릴 거 같아?", "어머님이 나 싫어하시진 않을까?" 이런 식으로 물었을 때 "아니야, 그런 건 신경 쓰지 마! 내 결혼은 내가 하겠다고 하면 하는 거야."라는 답이면 상관없습니다. 하지만 말끝이 흐려진다면 반대하고 있는 것입니다. 이런 물음 말고도 부모님을 뵙고 인사드리러 가자고 말해 보세요. 그때 자꾸 날을 미룬다면 그때부터라도 서둘러 관계를 접는 것이 낫습니다.

마지막으로, 더 놀고 싶은 남자가 있습니다. 이것도 마찬가지로 "당신은 결혼을 언제쯤 하면 좋다고 생각해?"라고 먼저 물으세요. 이때 "난 언제쯤으로 생각해 봤는데…"를 덧붙여서 말입니다. 여기서 당신이 여자라면 지금 시점으로부터 1년 정도 뒤를 말하세요.

그때 남자 입에서 "음… 한 3년 뒤? 서른 후반? 마흔? 하고 싶을 때? 그런데 난 지금도 좋아." 대답이 이런 식이라면 결혼할 생각이 없는 것입니다.

말없이 기다리다가 결혼 이야기가 나올 수도 있습니다. 사귀는 동안 둘 사이가 매우 무탈하면 남자가 알아서 먼저 꺼낼 수도 있기 때문입니다. 그러나 기다리기 싫거나 기다릴 여유가 없는 쪽이 먼저 묻는 게 맞습니다. 그러니 기다리지만 말고, 당신이 먼저 물어보세요.

결혼하면 변할까 걱정인 상황

연애하는 동안 좋은 모습을 많이 보여 준 상대라 마음에 듭니다. 그런데 이 사람이 결혼하고 나서도 이런 모습을 쭉 보여 줄까? 결혼하면 다들 변한다던데, 이 사람도 그렇게 되면 어쩌지? 이런 걱정을 하는 분들이 계십니다. 이번에는 그런 분들을 위한 조언입니다.

당연히 변한다고 생각하세요. 변하지 않고 한결같이 잘해 주는 모습이 계속된다면 그건 기적에 가까운 것이지, 당연한 디폴트 값은 아닙니다. 사람은 시간이 지나고 환경이 바뀌면 자연스럽게 변하기 마련입니다. 그렇기에 그냥 변하는 게 당연하다고 생각하는 편이 낫고, 그게 맞습니다. 그리고 나 역시 변합니다. 나라고 변하지 않고 상대에게 한결같을 거다? 쉽지 않을 것입니다.

우리가 어떤 목표나 계획을 세워 꾸준히 해 보겠다고 마음먹었다가도, 초심 그대로 끝까지 가는 일이 얼마나 어려운지 각자의 인생만 봐도 알 수 있습니다. 그래서 엄밀히 말하면, 타인인 상대에게 기대한다는 것 자체가 결국 내 욕심인 것입니다. 상대가 날 사랑하고, 서로가 사랑하는 사이라 해도 그건 작은 바람일 뿐입니다.

그럼 그냥 결혼해 보는 수밖에 없느냐, 그러다 뒤통수 맞으면 어쩌냐 하고 걱정할 수도 있습니다. 그렇다면 이 부분을 잘 살펴보세요. 상대가 결혼하려는 이유가 '나여서'인지, 아니면 '나 말고 다른 누구와도 결혼하고 싶어 하는지'를 말입니다. 목적이 '나'라면 변하지 않을 가능성이 클 테고, '결혼'이 목적이라면 변할 가능성이 다분합니다. 사람은 목적을 달성하고 나면 그것을 위해 해 오던 모든 행위를 지속할 필요를 느끼지 않기 때문입니다.

그리고 상대가 꾸준함을 가진 사람인지 보면 됩니다. 이를 확인하기 위해서는 만나는 기간이 결코 짧아서는 알 수가 없습니다. 혹자는 "연애 오래 해도 몰라요."라고 하는데, 사실 당연한 말입니다. 사람 속을 어찌 다 알 수 있겠습니까? 다만 확률적으로 보았을 때 연애를 오래 한 연인이 짧게 만난 사이보다 겪는 일이 많으니까요. 그런 상황을 겪으며 상대와 내가 어떻게 문제를 마주하고 해결하는지를 알게 되니 뒤를 좀 더 예상하기가 수월해집니다. 일상에서는 그 사람의 하루를 보내는 일과가 될 수 있고, 여가 시간의 취미가 될 수 있습니다. 좀 더 함께하면 생계를 대하는 부분도 더 잘 살펴볼 수 있습니다. 꾸준함은 성실, 책임과 연결되기 때문에 어떤 사람인지는 생계유지 방식을 보면 가늠하기 쉽습니다.

아무리 사람을 잘 본다 하더라도 문득문득 '어? 이런 면이 있는 사람이네?' 하고 느끼는 것은 당연합니다. 사람이 사람을 다 알 수도 없고, 내가 이 사람을 완전히 파악했다는 생각도 오만입니다. 그렇기에 상대가 당연히 변할 거라는 전제를 깔아야 합니다. '이 사람이 지금은 이래도 결혼하고 나면 바뀔 수도 있어. 그 변화는 당연한 거고. 그럼 내가 어디까지 수용할 수 있고, 그런 상황이 되면 어떻게 대처해야 할까?' 같은 생각을 하는 편이, 일어나지 않은 일에 대한 걱정을 사서 하는 것보다 훨씬 낫습니다. 연애와 결혼은 본질적으로 다르므로, 결혼 후에는 마음의 모드를 결혼에 맞추어 조정해야 합니다. 결혼 생활 중 연애 시절의 상황을 떠올리면 현재와 맞지 않는 부분이 분명히 생깁니다. 연애는 거리감이 있습니다. 물리적으로, 심리적으로도 말입니다. 그 거리감 덕분에 가질 수 있는 설렘과 기대가 있지만, 결혼은 그런 것들이 사그라든 대신 익숙함과 편함이 주는 안정과 만족이 존재할 것입니다.

상대 인생을 힘들게 할 사람

연애는 어찌 보면 별일 아니고 가벼운 사건일 수 있지만, 또 진지하게 생각하면 사람을 잘못 만나 인생이 피곤해질 수 있다는 점에서 무서운 연이기도 합니다. 그래서 이번에는 연애하면서 만나는 여러 유형 중 만나면 내 인생을 힘들게 만드는 상대에 대해 알려 드리려 합니다. 상대가 이런 모습을 가졌다 싶으면 깊은 관계를 맺기보다 적당히 거리를 두고 멀리하는 게 좋겠습니다. 폭언, 폭행처럼 객관적으로 누가 봐도 만나면 안 되겠다는 경우는 너무나 당연하니 언급하지 않겠습니다.

하나는 지나친 자기애를 가진, 나르시시스트인 사람입니다. 이 유형을 만나다 보면 다음에 설명할 특징들을 느낄 수 있습니다. 그런 신호를 느끼면서도 관계를 이어 간다면 그때는 정말 해결책이 없어지게 되니, 깊은 관계가 되기 전에 잘 생각해 보시길 바랍니다. 나르시시스트의 연애 대상은 보통 자기보다 소심하거나 말주변이 없는 경우가 많아 상황이 쉽게 악화되곤 하니 주의해야 합니다.

다른 하나는 가스라이팅을 하는 사람입니다. 이 유형의 사람들은 상대를 도구나 수단 정도로 여기기 때문에 가스라이팅을 하는 사람과 연애하면 자존감이 낮아질 수 있고, 자존감이 낮은 사람들이 이 유형의 표적이 되기도 합니다. 왜냐하면 다루기 쉬우니까요. 또한 이런 사람들은 상대보다 언변이 뛰어나 교묘하게 비판하고, 자신의 잘못을 상대에게 돌리는 경향이 있습니다. 이로 인해 상대방은 어느 순간 자신이 문제인 것처럼 생각하게 되죠. 시간이 지나면 상대방의 말을 따르는 것이 옳고 그것이 당연하다고 여기게 되는 현상이 발생하며, 종국에는 의문 자체를 갖지 않는 때가 올 수도 있습니다.

가스라이팅을 일삼는 사람이나 나르시시스트와의 만남이 문제가 되는 이유는 하나입니다. 바로 연애에 있어서 가장 중요한 '교류'가 안 된다는 점입니다. 이들과 이야기를 나눠 보면 벽을 보고 말하는 듯한 느낌이 강하게 듭니다. 특히 이들은 본인이 중요하기 때문에 상대의 생각, 상황, 감정에 공감하지 않습니다. 그렇기에 당신의 생각, 상황, 감정은

♥ ♥ ♥

잘못된 것이라고 가스라이팅을 하는 거죠. 이런 부류는 데이트도 역시 자기 마음대로 합니다. 이 사람들은 '내가 너한테 맞추는 건 말이 안 되는데? 네가 나한테 맞춰.'라는 생각이 은연중에 깔려 있습니다. 저 깊은 마음속에는 "내가 널 만나주고 있으니 감사히 여겨.", "사실 내가 너보다 낫지."라는 같잖은 오만이 존재하고 있는 것입니다.

연애에서 '공감'이 이루어지지 않으면 관계의 지속이 어려워집니다. 아무리 뛰어난 외모나 조건을 갖추었다 해도, 관계의 흐름이 일방적이라면 좋은 연애라고 볼 수 없습니다. 그러나 자존감이 낮고, 타인을 판단하는 능력이 부족한 사람들에게는 지나친 자기애가 높은 자존감과 당당함으로 보여 매력적으로 느껴질 수 있습니다. 사실은 유아독존에 무례한 건데도 말입니다. '교류', '공감' 두 가지 모두 '대화에 있어 중요한 요소입니다. 그런데 이 유형들은 이것이 부족하기에 대화가 안 됩니다. 그들은 자기중심적이기에 본인이 원하는 이야기, 주제 외에는 대화의 필요성을 느끼지 못합니다.

연애와 결혼에는 '가정 환경'이 엄청나게 큰 영향을 미칩니다. 안타깝지만 이 유형 역시도 가정 환경, 가정 교육의 영향을 많이 받았을 가능성이 큽니다. 성격은 타고난 천성과 함께 어린 시절의 경험을 통해 후천적으로 형성됩니다. 클수록 강화되며, 타파하는 데에도 오랜 시간과 노력이 들죠. 설령 형성된 부분을 깨부순다 하더라도 굳혀진 기존 성격이 불쑥 나올 수 있으니 주의해야 합니다. 더욱이 연애만 놓고 보면, 나를 만나기 이전에 만들어진 성격이라 연애하는 그 짧은 시간 동안 바뀌는 건 불가능에 가깝습니다.

또 이 사람들은 이기적이고 계산적이기까지 해서 자신의 이득에 따라 움직입니다. 이득이라 하면 자기보다 잘난 상대에게는 굽히고, 본인에게 이익이 되는 상황이면 굽히는 척을 한다는 거죠. 이 유형의 사람과 편하게, 우위에서 연애하려면 내가 상대보다 잘난 면이 많아야 가능합니다. 그런데 괜찮은 사람이라면 저런 유형이 만날 생각도 하지 않을 것입니다.

그럼 이런 사람들의 표적이 되는 경우는 어떤 케이스일까요? 바로 자존감이 낮은 사람, 그리고 성격이 물렁한 사람입니다. 자기 마음대로 요리하기 쉬운 상대고, 반대 입장에서는 자기애를 가진 나르시시스트가 매력적으로 보이니 합이 맞습니다. 그러다 연인 관계인데도 수평적이 아니라 수직적이고, 뭔가 나를 가르치려 들며, 상하 주종의 느낌이

든다 싶으면 도망쳐야 합니다. 그건 당신을 위해서 하는 애정의 잔소리, 행동, 상황 구성이 아니라 전부 다 자기 자신을 위한 거니까요.

남자의 경우 '능력'에서 이를 뽐낼 가능성이 크고, 여자의 경우 '외모'에서 뽐낼 가능성이 큽니다. 이해하기 쉽게 남자라고 하면 "내 능력이 이 정도야!"라는 걸 여자에게 은연중에 뽐내면서 본인이 이런 남자니까 알아서 맞추라는 식의 태도를 보입니다. 여자는 "내 외모 이 정도거든?" 하며 마찬가지로 우위를 점하려 합니다. 한마디로 '나는 이런 남자니까 또는 이런 여자니까 잘났고, 이런 내가 너랑 만난다. 그러니 잘해야겠지?' 같은 못된 생각을 하는 겁니다. 그렇게 잘났으면 더 잘난 사람을 만나지, 그렇지 않습니까? 하지만 연애에서 상대는 결국 자신과 동등한 수준인 경우가 많기에, 저렇게 생각해 봤자 제 얼굴에 침 뱉기일 뿐입니다.

그럼 이런 사람들을 미리 거르고 싶다면 어떻게 해야 할까요? 이런 사람들의 심리를 이용해야 합니다. 이 유형의 사람들은 자기가 잘났다고 생각하기 때문에 잘해 주면 "그래, 난 잘났지. 네가 잘해 주는 건 당연한 거지. 내가 잘났으니까 아무럼 그렇게 해야지." 하는 반응을 보입니다. 배려와 헌신을 고마워하지도 않고, 자신이 잘난 부분을 겸손해하지도 않습니다. 그러니 의심 가는 사람이 있다면 한 번 잘해 줘 보세요. 그리고 반응을 잘 살펴보세요. 이런 유형이라면 쉽게 걸려들지도 모릅니다.

남자가 쉽게 보는 여자

이 경우에 해당한다면, 매력적이라 인기가 많은 것이라기 보다 남자가 쉽게 볼 만한 요소가 있어 많이 다가오는 쪽입니다. 그렇기에 질 나쁜 남자에 노출될 확률도 높습니다.

① 정서적으로 불안한 경우

남자가 여자를 쉽게 본다, 이 말은 달리하면 허점이 많은 여자라는 뜻이기도 합니다. 건드리면 넘어올 여자처럼 보인다는 의미이기도 하고요. 이런 허점 중 가장 큰 부분은 정서적으로 불안하고 외로움을 많이 느끼는 것입니다. 한 마디로 혼자 못 있는 상태인 거죠.

상식적으로 생각해 볼까요? 정서적으로 안정되어 있는 여자와 그렇지 못한 여자 중 남자는 어느 쪽을 더 공략하기 쉬울까요? 정서적으로 평안한 여자는 경비망이 작동하고 있는 건물과 같아서 뚫고 들어가는 게 쉽지 않습니다.

그런데 정서적으로 불안하고 외로움까지 타면 열린 대문과도 같습니다. 그러니 남자 앞에서 외롭다는 말을 달고 살면 안 됩니다.

② 음주가 잦은 경우

술을 자주 마시는 것은 그렇지 않은 여성에 비해 중독에 더 취약하고 자극에 쉽게 반응할 수 있다는 것을 의미합니다. 또한 음주 상황 대부분은 혼자 맥주 한 캔을 마시는 정도가 아니라 다른 사람들과 함께하는 경우가 많습니다. 친구 집이나 자신의 집에서 술을 마시면 문제가 없지만, 보통은 술집에서 음주를 하게 되고, 이 경우 술집에 있는 다른 남성들과 엮일 가능성이 더 커집니다.

그런 곳에서 예쁘다고 다가오는 남자는 술집을 나오고 며칠 지나면 연락이 끊어집니다. 술을 가까이하는 여자는 남자 입장에서 진지하게 만날 생각이 들지 않습니다. 인생에서 피곤하고 위험한 요소 하나를 달고 살아가는 것과 마찬가지라고 느끼기 때문입니다.

③ SNS에 중독된 경우

브랜딩이나 홍보 목적이 아니라면 SNS는 많이 해서 좋을 게 하나도 없습니다. 본질적으로 SNS를 하는 이유를 생각해 봅시다. 일기 쓰기? 그냥 메모장에 쓰면 됩니다. 넋두리? 역시 메모장에 쓰면 됩니다. 타인으로부터 '공감'을 받고 싶은 욕구가 SNS에 이런저런 일상과 생각을 올리게 만드는 것입니다. SNS 업체들은 이것을 알기 때문에 사람들이 갈망을 느낄 만한 요소를 개발해 눈에 띄지 않게 숨겨두며 앱에 머무르는 시간을 늘립니다. 그런 곳에 내 일상을 보여 준답시고 게시글을 여러 개 올리면 또 그 글이 문제가 됩니다. 게시물이 온통 나를 드러내는 사진과 글로 가득한 데다가 중독처럼 앱에 항상 머물러 있는 듯하다면 어떨까요? 그걸 보고도 진지하게 접근할 남자는 없다고 봐도 됩니다.

남자도 압니다. SNS에 중독된 여자가 다른 남자들과 더 쉽게 엮일 가능성이 있다는 것을요. 상식적으로 생각해 봐도 SNS를 안 하는 여자와 SNS에 중독된 여자 중 누가 더 쉽게 남자를 만날 수 있겠습니까? 만남 앱과 비슷한 역할을 하는 것이 바로 SNS입니다.

④ 노출이 많은 경우

눈과 코 성형은 이미 보편화된 부위로, 많은 사람들이 하고 있습니다. 최근에는 체형과 관련된 성형, 예를 들어 가슴 수술이나 지방 이식 및 흡입 등도 인기를 얻고 있습니다. 특히 가슴 수술은 만족도가 높은 수술로 꼽히며, 이에 대한 설문 조사 결과도 존재합니다. 이러한 인기로 인해 가슴 확대 수술은 성형 수술 중에서도 최상위권의 인기를 보이고 있습니다. 그만큼 몸매에 관심을 갖고 집착하는 경우가 많다는 의미입니다. 노출이 많은 여자를 쉽게 본다는 이야기를 하다가 이런 주제를 꺼낸 이유가 있습니다. 대부분 여자의 노출은 운동으로 만들어지는 부분보다는 선천적으로 주어진 부분을 드러내는 경우가 더 많습니다. 요즘에야 운동으로 가꿔진 체형을 드러내는 경우도 많아졌지만, 그런 경우조차 가슴, 골반, 엉덩이, 다리를 강조하는 자세로 노출하게 됩니다. 그런 부위들이 성적 어필이 되기 때문인데, 그중에서도 압도적으로 가슴을 많이 드러냅니다.

사람이라는 동물은 보통 '보이는 이미지'로 판단해 버리는 경우가 많습니다. 비키니를 입고 다니는 여성이 한복을 입고 다니는 여성보다 더 개방적이라고 생각할 수 있습니다.

남자를 만나는 데 두려움이 없고 스킨십도 더 오픈되어 있을 거라 느끼기도 합니다. 실제로 그 여성이 그런 성격인지의 사실 여부보다, 그런 이미지를 준다는 점이 중요합니다. 실제와 이미지를 분간해서 생각하지 않는 남자가 정말 많기에 옷차림이 노출에 관대하다는 이유만으로 더 쉬운 여자로 본다는 겁니다. 그래서 여자가 아무리 보수적인 이성관을 가지고 스킨십에 있어서 조심성이 많다고 주장하더라도 그 말에 무게가 더해지지 않습니다.

일례로 상담했던 분 중에 본인에게 꼬이는 남자들이 전부 몸만 보고 접근해 스킨십 후 떠난다는 케이스가 있었습니다. 그분이 원하는 건 진지한 남자와의 진지한 만남이었는데도 말입니다. 확인해 보니 그분의 프로필 사진은 속옷차림과 비키니, 가슴과 엉덩이, 다리가 부각 되는 사진들이었습니다. 그러면 당연히 여자를 쉽게 보는 남자에게 더 노출되기 쉽습니다. 그 사진들을 보고 왔으니, 그런 것들을 기대하는 남자들일 테니까요. 그렇기 때문에 자신이 원하는 대로 빠르게 스킨십으로 진전되지 않으면 떠날 수밖에 없습니다.

보이는 것을 신경 쓰세요. 쉽게 보이기 싫다면 말입니다.

♥ ♥ ♥

5 직업의 진입 장벽이 낮은 경우

남자 중에는 자기보다 더 나은 직업, 더 배운 여자, 더 똑똑한 여자를 원하는 경우도 있습니다. 그런데 남자의 경우에 "자기보다 똑똑한 여자는 싫어한다.", "더 잘 버는 직업을 가진 여자는 부담스럽다." 같은 얘기를 들어 보셨을 겁니다. 왜 그럴까요? 역시 부담되고 자기 마음대로 하기가 힘들다는 점 때문입니다. 한마디로 다루기 쉬운 여자를 원한다는 것입니다. 그래서 남자와 직업적인 수준 차이가 많이 나거나 소득 격차가 크게 나는 경우라면 이런 상황에 처할 가능성이 높습니다. (반대로 남자 직업이나 벌이가 별 볼 일 없다 싶으면 무시하는 여자가 있듯이요.) 인간이 이만큼 정떨어지는 부분이 많습니다.

그래서 여자의 경우, 최대한 사회적으로 안정적인 직업군에 속해 있을수록 자신을 쉽게 볼 남자를 만날 가능성이 낮아집니다. 이 상황에서 여자는 '이런 남자가 나를 왜?' 하는 느낌을 받을 수 있습니다. 여러 번 자신보다 나은 남자를 만났냐면 그건 당신의 매력 때문이지만, 그게 아니라 단발성으로 다른 차원의 남자를 만났다면 그건 운입니다. 그러니 저의를 품고 다가온다는 걸 배제할 수 없습니다. 현실은 착한 사람만 존재하는 게 아니니까요.

⑥ 나이에 비해 순진한 경우

나이가 들어도 순수한 것은 매력이 될 수 있지만, 너무 순진하면 당하는 일이 생길 수 있으니 꼭 유의하라는 의미로 말씀드립니다. 특히 연애 경험이 적은 채로 구직, 학업 등의 어떠한 이유로 나이가 차 버린 경우라면 남자가 더 쉽게 보는 경향이 생깁니다. 이건 쉽게 보는 남자가 특정되어 있습니다.

하나는 여자보다 '많이 어린 남자'입니다. '많이'의 기준은 4살 이상입니다. 여자가 3살 이상 연상만 되어도 혼인율이 현저히 떨어지는 경향이 있습니다. 이는 나이 차가 많이 나면 날수록 남자가 여자와 결혼 생각을 하지 않는다는 거죠.

'많이 어린 남자'는 자기 또래 여자나 더 어린 여자를 만나려면 더 많은 시간과 에너지, 비용을 써야 하기 때문에 자신보다 연상의 여자를 만나는 것입니다. 예를 들어 28세의 남자라면, 24세 여자와 32세 여자가 있을 때 둘 중 32세 여자를 선택할 가능성이 큽니다. 소위 꼬시기가 더 쉽기도 하고, 연하남이라는 메리트가 있어 성공 확률이 더 높기 때문입니다. 여자 쪽에서도 '어린 남자를 만나는 여자'라는 수식에 은근 자부심을 갖는 경우가 있고, 아무래도 아저씨 같은 남자보다는 매력이 있으니 수요와 공급이 맞아 들어 갑니다.

"나는 연하가 꼬여요."
"난 연하만 사귀었어요."
"연하들이 내가 좋대요."

그래서 남은 게 있나요? 여자와 나이 차이가 나는 연하 남 중 나를 최종 목적지로 생각하고 오는 경우는 생각보다 굉장히 적다는 말입니다. 연하남은 그저 차선으로 연상녀 에게 간 것인데, 그 연상녀에게는 연하남이 최선이 되는 것 입니다. 저는 연상 연하 커플의 고민 상담을 볼 때 둘 사이 조건의 격차를 먼저 살펴봅니다. 나이를 제외하고라도 다 른 조건에서 격차가 많이 나면 남자가 첫눈에 반한 경우를 제외하고는 그 연애와 결혼은 안 봐도 뻔합니다. 연하남을 압도할 수 없는 연상녀라면, 혹시 상대가 자신을 차선책으 로 만나고 있는 건 아닌지 생각해 보시기 바랍니다.

또 하나는 남자가 '목적을 가지고 접근한 경우'입니다.

방송 프로그램에서든 실제 주변에서든 제삼자의 눈으로는 "도대체 왜 저런 남자와 연애나 결혼을 했을까?" 싶은 경우들이 있습니다. 앞서 말한 많이 어린 남자든, 여자가 가정이 있음에도 접근하는 남자든, 여자가 자녀가 있는데 남자는 미혼인 경우든, 여자에 비해 압도적인 것들을 가진 남자든 상관없이, 여자가 순진한 마음으로 드라마 속 신데렐라 여주인공 같은 생각을 한다면 목적을 갖고 오는 남자를 제대로 볼 수가 없게 됩니다. 사랑은 감성을 자극하는 것이지만, 이성이 마비된 상태에서는 관계가 올바르게 진행되기 어렵습니다. 이상적인 것은 어떤 모습의 나라도 존중해주는 사람과의 사랑이지만, 현실은 절대 그렇지 않습니다.

주변인들이 결혼해서 심란할 때

여자가 20대 후반이 되면 '곧 서른이니 결혼 생각도 한 번 쯤 해 보자.' 하고, 남자가 서른이 되면 '이제 서른 줄이니 결 혼까지 갈 수도 있지 않을까? 괜찮은 여자를 진지하게 만나 보자.'라고 생각하게 됩니다. 그러다 주변 친구나 지인이 하 나둘 결혼을 하게 되면 축하해 주러 가게 되고, 그 순간 연 애 중이든 아니든 조급하고 심란해지는 때가 찾아옵니다.

요즘에는 혼인율이 계속 떨어지고 있다지만, 그래도 할 사람들은 다 합니다. 지금까지 이어져 온 문화이기 때문에 어린 시절부터 확고한 비혼주의자가 아니라면 가능하면 결 혼을 고려하게 되는 것이 현실입니다. 그러다가 가족이나 친척, 지인들의 "이제 너도 나이가 있으니까 결혼해야지.", "ㄴ 친구방 결혼할 거냐?" 같은 말이 압박으로 다가오는 날도 있습니다. 만나는 연인이 있다 하면 '나와 결혼하려 고 할까?', '이 사람과 결혼하는 게 맞을까?', '난 아직 결혼 생각이 없는데 뭐라고 말하지?' 등의 고민을 하게 됩니다. 한 가지 명심해야 할 점은 이런 심란한 상태에서의 선택은 '최악'이 될 수 있다는 것입니다. 잘 생각해 봐야 합니다.

주변에서 다들 결혼하고, 또 내 나이가 결혼 적령기에 접어들었다고 한들 갑자기 결혼이 목표가 되면 원치 않는 미래를 맞이하게 됩니다. 사실 '결혼'이라는 제도와 맞지 않는 사람도 분명히 존재합니다. 우리나라처럼 남을 많이 의식하는 문화권에서 자기 의사 표현을 잘하지 않는 성격인 사람이 비혼을 결정하기란 쉽지 않습니다. 나이의 압박에 떠밀려 '지금 나이 정도에…', '더 늦기 전에…' 같은 생각으로 결혼에 뛰어드는 경우가 있기도 합니다.

결혼을 결심할 때는 '남들이 하니까', '나이 때문에', '부모님이 자꾸 하라고 해서'와 같은 이유보다는 '안정적인 가정을 꾸리는 게 목표라서', '지금 만나는 사람과 노년에도 쭉 같이 여생을 보내고 싶어서', '사랑하는 사람과 우리를 닮은 자녀를 낳고 싶어서' 등 본인의 확고한 의지와 주체적 판단이 필요합니다. 외부의 개입이 조금이라도 포함된다면 결혼에 대한 환상과 기대가 깨지고, 결국 평범한 일상마저 힘들어질 수 있습니다.

♥ ♥ ♥

현재 본인의 상황과 관계없이 내가 정말 결혼하고 싶은 지, 결혼이 자신의 성향과 맞을지를 잘 생각해 보세요. 결혼해서 오히려 인생이 심란해질 수도 있습니다. 지금 시점에서는 결혼해야 한다는 압박감에 마음이 복잡할 수 있지만 3년 뒤, 10년 뒤에는 결혼하지 않은 걸 잘한 일이라고 생각할 수도 있습니다. 인생에는 정답이 없으니까요!

'더 행복해지기 위해 하는 것'이 결혼입니다. 결혼해서 두 사람이 더 사랑하고, 더 행복해진다면 그게 정답이 될 수는 있습니다. 하지만 둘 다 만족을 못 하거나 한쪽이라도 불행을 느낀다면 결혼은 그 사람 인생에서 오답이 되겠죠.

저처럼 '내 인생이니 내 마음대로' 사는 경우도 많지만, 그럼에도 여전히 나이를 먹어 가며 주변을 의식하고 압박받는 순간들이 여전히 많습니다. 그중 상당수가 바로 '결혼' 때문이라 이번 주제를 다뤄 보았습니다. 만약 당신이 주변의 결혼 소식 때문에 초조해지거나, 뭐라도 빨리해야 할 것 같은 생각이 든다면 결혼하자마자 상대의 병시중을 평생 든다고 생각해 보세요. 결혼하고 나면 지금 내가 생각한 것보다 더 좋을 수도 있지만, 더 좋지 않을 수도 있습니다. 그러니 최선의 선택을 해야 할 순간에 최악의 상황을 가정하고, 그럼에도 '그래도 하는 게 맞다.'라는 결론에 이른다면, 그때 결정하는 것이 옳습니다.

　사람은 저마다 인생의 페이스가 있습니다. 결혼도 마찬가지입니다. 스스로를 잘 판단해 자신의 속도에 맞게 가면 되는 것입니다.

바람피우는 남자의 심리

바람은 유전이라고 믿는 사람도 있습니다. 사람에게 직접 실험할 수는 없기에 쥐를 대상으로 연구가 이루어진 적이 있습니다. 체내 수분량 조절과 혈관 수축을 담당하는 '바소프레신'이라는 호르몬이 많은 쥐는 더 가정적이라는 결론이 나왔다고 합니다. 반면, 길을 잘 기억하는 쥐가 바람을 많이 피우더라는 재미있는 결과도 있었다고 하네요.

왜 바람을 피울까요? 정확히 알 수 있으면 좋겠지만, 명확한 이유는 없을 것입니다. 생물학적으로 일부일처가 맞지 않는다는 의견도 있지만, 현대 사회에서는 어울리지 않는 이야기입니다. 허나 실제로 바람을 피우는 사람의 수가 생각보다 적지는 않을 것입니다. 상대방의 부정행위로 인해 개인 상담을 받으러 오는 경우도 의외로 많고, 들키지 않은 경우까지 고려하면 그 수는 더 많을 것입니다. 우리 주변에서도 이러한 문제를 자주 목격하고 경험하며, 때로는 이로 인해 이혼으로 이어지는 사례도 있어 비교적 흔한 일로 볼 수 있습니다. 오죽하면 바람 한 번쯤은 봐줘야 한다는, 부모 세대가 할 법한 생각을 하게 될까요. 지인들의 남자 친구나 남편이 워낙 자주 바람을 피우는 모습을 보다 보니, 남자 본능이겠거니 하고 어느 순간 해탈해 버린 건 아닐까 싶기도 합니다.

거두절미하고, 바람을 피우는 남자의 가장 큰 이유는 이성적 끌림이겠지만 연령별, 상황별로 조금씩 차이가 있을 것입니다. 20대 남자의 경우라면 단순히 다른 이성에 대한 호기심, 그러니까 이 여자도 만나 보고 싶고 저 여자도 만나 보고 싶은 그런 마음 때문인 경우가 많은 듯합니다. 육체적으로 에너지가 가장 활발한 시기이고 대부분 미혼이기 때문에 책임감이 상대적으로 적어 유혹에 노출될 가능성도 높습니다.

20대를 제외하고 30대부터 40대, 심지어 50대까지도 혼인한 상태에서 외도하는 경우가 많습니다. 이 연령대에서 외도가 발생하는 데에는 특정한 원인이 있을 수 있습니다. 어떠한 이유로도 외도는 정당화될 수 없지만, 미리 대비하는 차원에서 그 원인을 한 번쯤 고민해 보는 것이 좋습니다.

웃기는 말처럼 들릴 수 있지만, 외도하는 남성의 입장을 고려해 보는 것이 중요합니다. 외도에는 나름의 원인과 이유가 있을 테니, 이를 파악하기 위해서는 남성의 관점에서 상황을 살펴볼 필요가 있습니다. 이와 관련해서는 정신적, 육체적 문제가 모두 포함될 수 있습니다. 특히 남성은 여성보다 스킨십에 대한 불만을 가지고 있는 경우가 많아, 이러한 부분이 외도의 원인이 될 수 있습니다. 또한 남성이 상대로부터 생각이나 기분을 이해받지 못한다고 느끼는 등 정신적인 요인도 외도로 이어질 수 있습니다.

예를 들어 여자가 스킨십을 굉장히 싫어해서 관계를 갖는 걸 기피하는데, 남자는 원하는 경우가 있습니다. 그럼 다른 여자와 육체적 관계를 맺기 위해 바람이 날 수 있는 거겠죠. 그리고 지금 연인과는 정서적 교감이 잘 이루어지지 않는데, 다른 여자와는 마음이 잘 통한다고 느껴지는 순간에도 위험에 노출될 수 있습니다.

다시 이야기하지만, 외도를 옹호하는 게 결코 아닙니다. 다만 이런 상황에서는 사람이기에 '바람'이라는 위험에 더 쉽게 노출될 수 있다는 것입니다. 외도는 개인의 양심과 인성에 맡겨야만 하는 부분입니다. 이러한 문제를 해결할 수 있는 근본적인 방법은 '대화'밖에 없습니다. 상대방이 무엇에 만족하고 무엇에 불만을 가지고 있는지를 파악하는 것이 중요합니다.

다음은 30대 이상 남자가 바람이 나는 이유입니다. 아마 '본인이 만족하는 연애 경험의 부족' 때문일 수 있습니다. 한마디로 늦바람이 무서운 경우입니다. 만약 남자가 연애 경험이 적은 상태에서 본인이 정말 원하는 여자와 결혼한 게 아니라 그냥 때가 되어서, 집에서 하라고 해서, 여자의 어떤 조건들을 보고 결혼했다면 이럴 수 있습니다. 정말 너무너무 사랑해서 결혼한 게 아니라면 이전에 만났던 여자가 생각날 수도 있고, 뒤늦게 사랑을 깨달아 그럴 수도 있고, 우연히 알게 된 여자가 자기 취향이라 바람이 날수도 있습니다. 이유야 수만 가지겠지만 핵심은 '결혼 전에 성에 차는 연애를 해 본 적이 없다.'라는 점입니다.

이런 관점에서 보면 결국은 '결핍'이 있는 사람이 바람나기 쉽습니다. 그 결핍을 채워 줄 듯한 여자를 찾아가거나 만났을 때 문제가 되는 거지요. 또 30대 이상 남자라면 경제적으로 상승 곡선을 타기 시작하거나 타는 중이기 때문에 20대보다 금전적으로 여유가 생깁니다. 그렇게 되면 심적 여유도 생기기 마련이고요. 그런 상태에서 결핍이 생기는 걸 조심해야 합니다. 그 결핍이 '여자'에 있으면 인생이 피곤해지기 때문입니다. 또 혹자는 배가 부르고 등이 따뜻해지니 모험을 하고 싶어 날아가기도 할 것입니다.

마지막으로 40대 이상 남자의 경우입니다. 이때 남자에게는 두 번째 사춘기가 오게 됩니다. 자신의 인생을 돌아보게 되는 때죠. 학창 시절부터 사회인이 된 지금까지의 인생을 돌아보면 그 과정에 연애와 결혼이 반드시 포함되어 있습니다. 그 과정에 뭔가 균열이 생기면 한눈팔게 될 가능성이 높아질 수 있습니다. '내가 지금까지 열심히 살긴 했지만 잘 산 것인가?', '이게 정말 내가 원하는 삶인가?', '내가 정말 사랑하는 여자와 결혼한 것인가?', '내가 이 혼인 생활에, 이 연인 관계에 만족하고 있는 것인가?' 하는 작은 틈이 생기는 순간, 그 공간으로 온갖 잡념이 비집고 들어오게 됩니다. 그런 틈이 생겼을 때 '곁에 있는 여자가 최고다!', '내가 여기까지 오는 데 이 여자의 수고가 컸디!'라는 생각이 늘면 가정을 위해 헌신하고 한 여자를 위해 책임을 다하는 멋진 남자가 될 것입니다. 하지만 이 여자와 이 가정보다는 '내가 먼저다.'라는 생각이 들게 되면

♥ ♥ ♥

바람이 나겠죠.

'보다 설레는 여자'

'보다 나를 사랑해 주는 여자'

'보다 나의 결핍을 채워 주는 여자'

그쪽을 향해 가는 겁니다. 그런데 이런 생각을 하는 40대 남자는 더 이상 어리지 않기에 사춘기 때처럼 잡아 줄 어른도 없습니다. 게다가 이런 상황을 속 터놓고 말할 곳도 거의 없을 것입니다. 그런데 나이가 들어 중년이 되면 남자는 고독하고 외로워지고 쓸쓸해져, 위로를 받고 싶어 합니다. 그래서 자연과 친해지는 거지요. 다시 돌아와서, 중년 남자의 이런 마음 상태를 알아주는 여자도, 말을 할 만한 여자도 많지 않습니다. 이런 와중에 자신의 외로움을 이해해 주거나 쓸쓸한 감정을 받아 줄 여자가 나타나면 속절없이 끌리게 될 수 있다는 거죠. 다시 말하지만, 그렇다고 해서 바람피우는 걸 정당화하는 게 아니라 이런 것들 때문에 바람날 수도 있으니 예방하는 차원에서 생각해 보라는 것입니다.

정리하자면 20대, 많게는 30대 초반까지의 남자는 단순한 이성에 대한 호기심이나 호감 때문에 바람나는 경우가 많습니다. 30대 중후반에서 40대, 50대의 경우에는 결핍과 본인 감정의 혼란 때문에 바람나는 경우가 많고, 이때 자신의 상황을 객관적으로 바라보고 돌아보는 것이 가장 중요합니다. 지금 이대로 가는 게 맞다고 결론을 지으면 더 굳은 사이가 되는 것이고, 거기서 흔들려 버리면 바람이 나게 되는 것이니까요. 그런데 그 돌아보는 시기와 과정에서 대화의 부재로 인한 문제가 있다면 그 가능성은 더 증대될 것입니다.

추가로, 남자가 보기에 혼자서 아무것도 못 하는 여자라거나 이 남자가 없어도 아무렇지 않을 것 같은 여자라고 느껴져도 바람이 날 수 있습니다. 전자는 남자를 지치게 하고, 후자는 남자가 자신의 가치를 인정받지 못한다고 느낄 수 있기 때문입니다.

바람을 피우는 것은 재벌 회장과 같은 부유한 사람들만의 문제가 아니며, 그렇지 않은 사람들에게도 해당합니다. 학력이나 지적 수준과도 무관합니다. 가정을 중요하게 생각하는 사람이라도 외도할 수 있고, 반대로 가정을 소홀히 여기는 사람이 외도하지 않기도 합니다. 결국 외도 여부는

각 개인이 어떤 가치를 중시하고 어디에 중점을 두는지에 달린 문제입니다. 본인의 양심이고, 본인의 인성이고, 본인의 품격이죠. 바람은 자신의 인생에 오점이 될 수도 있고 상대와 본인 가족, 상대 가족에 대한 수치가 될 수도 있습니다. 훗날 죽음에 가까워질수록 본인이 한 짓을 후회하게 됩니다. 한순간의 감정과 욕정을 다스리지 못한 자신이 치욕스럽게 느껴질 것입니다.

아무리 강한 의지를 가진 사람이라 하더라도 시간이 좀 더 걸릴 뿐, 지속해서 유혹에 노출되면 어떻게 될지 모릅니다. 그러니 애초에 유혹 근처에 가지 않는 게 가장 현명한 방법입니다. 조약돌에 걸려 넘어질지 바위에 넘어질지는 처해 보지 않고는 모르지만, 굳이 돌이 있는 곳으로 가면 불편하다는 것은 자명한 사실입니다.

남자에게나 여자에게나 '이성'이라는 존재는 굉장히 강력한 유혹의 대상입니다. 어떻게 보면 이상형이 나에게 오지 않았기에 무탈히 지내고 있는 것일지도 모릅니다. 그런데 잘 생각해 보세요. 지금 만난 그 여자는 당신이 현재보다 더 못한 상황일 때 또는 비루할 때 곁에 있어 준 사람일 것입니다. 20대보단 30대가 더 여유 있고, 30대보단 40대가 더 여유로울 테니까요.

남자는 알지 않습니까? 내 상황이 좋을 때, 상황이 좋게 느껴질 때 곁에 있는 여자는 탈을 쓰고 있을 가능성이 있다는 것을요. 내가 아니라 내 상황에 기대고 싶어 하는 여자일 수 있습니다.

그런데 당신이 더 미천한 상황이었을 때 만난 그 여자가, 당신과 더 애쓰면서 살았을 그 사람이 과연 새로운 사람과 비교가 될 수 있을까요? 따지고 보면 새로운 여자가 주는 '신선함+호기심+설렘'이 '미지근해져 버린 사랑과 깊어진 정이 만들어 준 편안함'을 잠시 이기고 있을 뿐입니다. 남편으로, 가장으로 떳떳하기 위해서는 자기 자신에게 떳떳해야 하지 않겠습니까? 나만 아는 것 같아도 이미 하늘이 알고, 땅이 알고, 상대가 압니다.

그럼에도 불구하고 새로운 만남이 좋다면 가는 수밖에 없습니다. 가서 내 판단이 맞는지 아닌지 직접 느껴 보는 수밖에요.

연애할 때 이상한 여자

여자는 남자에 비해 말을 직설적으로 하지 않습니다. 그게 자칫 상대가 공격적으로 여길 수 있다고 생각해서인지, 아니면 상대 기분을 해치지 않게 하는 데 초점을 두어서인지는 모르겠습니다. 하지만 맞는 말을 하는 경우가 더 적은 듯합니다. 그래서 여기에 본인이 해당하더라도 주위 친구나 지인들은 직설적으로 말해 줄 수 없다는 것을 알아야 합니다.

① 마음이 안 가는데 어떡할까요?

마음이 안 가면 안 만나면 되는데, 왜 고민하는 겁니까? 어쩌다 온 기회를 어떻게 날리나 싶은 마음일 수도 있고, 내 성에 차지는 않지만 남자가 적극적이니 사귀어도 될까, 만나 보면 나아질까 싶은 마음일 텐데요. 그 남자처럼 적극적으로 다가오는 사람이 없다면 그 남자가 맞는 겁니다. 그 남자니까 나에게 적극적으로 나오는 거지, 내 성에 차는 남자라면 그런 식으로 나오지 않을 가능성이 더 높습니다. 그리고 마음이 안 가면 만나지 마세요. 만나 봐야 서로 피곤해지고 시간만 낭비할 뿐입니다.

② 계속 이상한 남자만 만나요

범죄를 저지르거나 위해를 가하는 남자를 만나는 경우 말고, 연애를 하다 보면 정상 범주를 벗어난 생각이나 행동, 태도를 보이는 남자를 계속 만나게 되는 경우가 있습니다. 쉽게 말하자면 보는 눈이 그 정도인 것입니다. 남자 보는 눈이 거기까지인 거죠. 이런 경우는 다른 사람들이 볼 때 절대 평범하지 않고 정상적이지 않은 남자에게 꽂힙니다. 사귀기 전부터 뭔가 이상한 구석이 보이는데도 그것을 인지하지 못하거나 무시하고 넘어가는 경우이기도 하죠. 물론 상대 잘못도 있겠지만, 계속 이상한 남자만 만난다면 내 안목이 잘못되었다는 것도 인지해야 합니다. 한두 번은 운이 없으면 겪을 수 있지만, 그 이상은 내 실력이고 내 책임입니다.

③ 비슷한 이유로 헤어져요

이런 경우는 남자들이 하나같이 공통된 문제를 언급한

적이 있을 것입니다. 최소 3회 이상으로 말입니다.

"너는 너무 예민해."

"너는 이런 점을 좀 고쳤으면 좋겠어."

"너의 이런 부분이 관계를 피곤하게 해."

이런 말을 직설적이든 간접적이든 반복해서 듣는다면 꼭 고쳐야 합니다. 그런데 그것이 고쳐지지 않으니 남자만 바뀔 뿐, 계속 헤어지는 겁니다. 거기다가 앞서 말한 계속 이상한 남자만 만난다는 경우처럼, 내가 비슷비슷한 남자를 만나는 것도 이유가 됩니다. 내 문제를 별일 아니라 여기는 남자도 있고, 심각하게 여기는 남자도 있습니다. 내가 비슷한 스타일의 남자를 만나고 비슷한 이별을 반복한다면, 이제는 다른 스타일의 남자를 만나야 합니다.

④ 만나는 남자, 헤어진 남자를 욕해요

이건 자기 얼굴에 침 뱉기입니다. 아무도 등 떠밀며 강요하지 않았기 때문에 그런 남자를 만난 것은 본인의 선택이고, 그 선택은 본인의 수준을 반영한 것일 뿐입니다. 상대를 지속적으로 험담한다면 '정말 예쁜 사람들끼리 잘 만났네!' 하는 게 아니라 '끼리끼리 잘 만났는데 왜?' 하는 생각을 하게 됩니다. 그런 행동은 단순히 어린 애처럼 자기 서운함을 토로하는 것밖에 안 되고, 뒷말하는 이미지를 주기 때문에 좋을 게 없습니다. 남 탓을 하기는 쉽습니다. 이런 사람은 다른 누굴 만나도 또 욕을 할 것입니다.

⑤ 자기 문제인지를 몰라요

사귀고 헤어지는 과정에서 상대에게 분명 무엇이 문제인지 들었을 텐데 외면해 버리는 겁니다. 상대가 말하는 자신의 모습을 인정하지 않는 거죠. 어떤 문제가 생기면 '내가 이상한 게 있나?', '잘못한 게 있나?' 생각해 봐야 하는데 무조건 상대가 잘못했다고 여기거나, 속으로 생각하는 것을 넘어 "이거 남자가 이상한 거지?"라고 주변에 물어보기도 합니다. 서두에 말했듯 당신 앞에서 "그 남자가 정상이고 네가 이상해."라고 솔직하게 말해 줄 지인은 거의 없습니다. 누가 의 상하면서까지 그런 말을 하겠습니까?

자신에게 문제가 있는 경우가 많으며, 이는 흔히 볼 수 있는 범위를 벗어난 에민함을 지니고 있어 상황을 과장하거나 내로남불 경향을 보이는 것과 관련이 있습니다. 또한 자신과 상대에게 부여하는 연인으로서의 책임감이 불균형한 경우도 포함됩니다.

♥ ♥ ♥

이런 문제들은 연애에서뿐 아니라 일상생활과 다른 인간관계에도 그대로 적용됩니다. 연애는 삶의 일부이기 때문에 평소의 태도, 생각, 가치관 등이 자연스럽게 드러나기 마련입니다. 연애는 외모가 뛰어나면 확실히 수월하게 시작한다는 측면이 있습니다. 특히 여자의 경우에는 더욱 그렇고요. 그러나 그 관계가 오래 유지되지 않고 원하는 결실을 보지 못한다면 일단은 스스로를 먼저 돌아볼 필요가 있습니다.

다수의 여자가
잘못 생각하는 부분

　연애에서 여성들은 종종 "여자가 예쁘면 연애가 편하다.", "여자는 외모가 더 중요한 것 아니냐?" 등과 같이 외모가 중요하다고 느낍니다. 또한 연애에서 여성이 상대를 선택하는 입장에 서는 경우가 많기 때문에, 더 예쁜 외모를 가질수록 선택할 기회가 많아지는 것도 사실이라 그렇게 생각할 수 있는 부분입니다.

　맞습니다. 외모 중요합니다. 누군가는 예쁘다는 이유 하나만으로도 쉽게 연애할 수 있고, 누군가는 대우받으며 연애하고 있을 수 있겠죠. 아마 그런 상황을 주변에서 목격하기 쉬워서 그런 생각을 하는 듯합니다. 그러나 만남이 시작되면 여자의 외모 중요도는 떨어지게 됩니다. 사귄후 더 예뻐지거나 더 여성스러워진다고 해서 남자가 더 잘해 줄 것도, 떠나지 않을 것도 아니니까요. 여기서 핵심은 연애하면서 '한 가지'만 유지하거나 어필하는 경우입니다.

예를 들어 내가 상대에게 외모로 어필됐다고 하면 거기에 더 투자하는 건 효율이 떨어진다는 것입니다.

좀 더 쉽게 예를 들어 보겠습니다. 다섯 과목을 모두 80점 맞아 평균이 80점인 상황이, 어떤 과목은 90점이고 어떤 과목은 50점이라 평균이 80점인 상황보다 낫다는 뜻입니다. 내가 50점이나 60점 맞은 걸 올리는 게 중요하지, 90점 맞은 걸 올리는 건 중요하지 않습니다. 한마디로 잘하는 걸 더 잘하려는 것보다 자신이 부족한 부분을 잘하려는 게 중요합니다. 관계를 지속하는 건 외모만으로 되는 것이 아니라 내면, 대화, 가치관, 문제 해결 방식 등 여러 요소가 작용합니다. 그렇기에 이런 요소 중 상대가 선호하는 부분, 상대가 가점을 주는 부분, 내가 부족한 부분을 채우는 게 관계에 있어 더 이득이 됩니다. 그 부분은 본인이 생각해서 '상대는 이런 걸 좋아하고 저런 걸 싫어하나 봐. 그럼 내가 저런 모습을 보이면 싫어하겠구나. 그럼 이건 하지 말아야겠네.'라고 생각하는 거죠. 또는 상대에게 "당신은 내가 어떤 것을 하지 않았으면 해? 개선했으면 싶은 면이 있어?"라고 물어보는 것입니다. 이때 상대가 어떤 대답을 하든 '일단은 들어 보자.' 하는 수용적인 자세를 취해야 합니다.

그래야 대화의 의미가 있을 테니 말입니다.

그럼 어떤 부분이 50점인가? 싫어하는 걸 하지 않는 게 중요하다는 말과도 맥이 통합니다. 80점이 100점이 되는 것도 만족스럽지만, 60점이 80점이 되는 만족이 훨씬 큽니다. 내가 잘하는 건 더 잘하려고 하지 않아도 됩니다. 상대방의 만족감을 생각하면 오히려 못하는 걸 해야 합니다. 그런 노력을 보이면 상대방은 '날 사랑해서 이렇게까지 하는구나!', '우리 관계를 위해서 애를 많이 쓰는구나!' 이런 생각을 하게 됩니다. 그렇게 '좋은 여자'라는 인식이 각인되는 거죠.

잘하는 걸 더 잘하려 하지 않아도 됩니다. 이미 노력하지 않아도 자연스럽게 하는 것이거나, 상대가 충분히 점수를 주고 있는 부분이기 때문입니다.

♥ ♥ ♥

자기도 모르게 연애가
야금야금 망가지는 경우

연애를 하다 보면 때때로 자신도 모르게 관계가 망가지고 있다는 느낌을 받을 수 있습니다. 두 사람 사이가 손상되고 있는 것이, 만약 상대방이 관계에 소홀하기 때문이 아니라면 그 원인에 대해 좀 더 깊이 생각해 볼 필요가 있습니다. 어쩌면 모든 이유가 '당신의 눈이 높아서'일 수도 있기 때문입니다. 결국은 선택의 문제지만, 다음은 눈을 낮춰야 더 이상 망가지지 않는 연애를 할 수 있는 경우들입니다.

① 전 연인과 비교

연애를 하다 보면 비교할 수밖에 없습니다. 하고 싶지 않아도 자연스럽게 전 연인이 떠오르기 마련이죠. 그런데 유독 그 사람이 더 자주 떠오를 때가 있습니다. 지금 만나는 상대가 날 서운하게 하거나, 전 연인보다 나에게 덜 잘해 준다고 느껴질 때일 겁니다. 그렇게 되면 아쉽지만 그 연애는 끝을 향해 가고 있는 것입니다. 그런 순간마다 '아…

그 사람은 이런 점이 좋았는데.' 하며 전 연인과 좋았던 시간을 떠올리고, 지금 만나는 연인을 보며 '아… 이게 마음에 안 드네.' 하고 부정적으로 바라보게 됩니다. 지난 연인은 장점을 떠올리고, 지금 연인은 단점을 떠올리며 비교하는 거죠. 장점끼리 비교하고 단점끼리 비교해야 하는데 말입니다.

② 하늘 높은 줄 모르는 기대치

나이가 적지 않으니 계속 만남을 시도하지만, 연인 관계로 성사되지 않는 경우들도 있습니다. 만남의 수단이 앱이라서, 선이라서, 소개팅이라서가 아닙니다. 그저 기대치가 높아서이니까요. '연애하면 이런 이성이었으면…' 하는 기대치입니다.

'그래도 연락이 좀 잘되는 사람'
'그래도 인물이 좀 되는 사람'
'그래도 돈도 좀 버는 사람'
'그래도 주말에 근교라도 가는 데이트를 하는 사람'

하나씩 확인해 보겠습니다. 우선 연락이 잘되는 사람은 상대 성격이 다정다감하고 덜 바쁜 사람이어야 합니다.

인물이 좀 되는 사람은 나이에 비해 동안이거나 깔끔한 이미지를 유지해야 하고, 돈을 좀 버는 사람은 안정된 자기 일을 하고 있어야 합니다. 근교 데이트라도 즐길 수 있는 사람은 체력이 좋아야 한다는 뜻이니, 이에 전부 해당하는 상대라면 90점 이상인 경우입니다. 따라서 이런 상대는 잘 없습니다. 그렇기에 스스로 상대에게 가중치를 덜 둬도 되는 부분이 무엇인지 잘 생각해 보고, 그런 부분은 과감히 포기할 줄 알아야 합니다.

③ 이성에 대한 환상

나이에 비해 현저히 적은 연애 횟수나 굉장히 보수적인 집안 등의 배경이 있으면, 본인의 경제력에 문제가 없어도 이성에 대한 환상을 가질 가능성이 있습니다. 특히 남녀 모두 자신의 직업이 전문직이거나 안정되어 있을 경우 이러한 환상은 더욱 강화되곤 합니다. 직업이 매력에 가산점 요소가 되기는 하지만 절대적이지는 않기에 환상을 갖는 건 위험합니다. 또 직장 사람들을 보면서 '음, 나도 이런 정도의 이성을 만날 수 있겠다…!' 생각하는 것입니다. 그러나 같은 회사에 다니고 같은 직업일 뿐, 각각의 매력은 다르기에 이성이 봤을 때는 천차만별입니다. 따라서 그런 것을 기준 삼아 이성에 대한 환상을 가져서는 안 됩니다.

④ 강한 개인 신념

특정 종교, 혼전 순결과 같은 개인의 강한 신념은 연애하는 데 있어서 걸림돌이 됩니다. 본인 입장에서는 중요한 것이고 깰 수 없는 신념이겠지만, 상대에게는 그저 걸림돌로 보일 것입니다. 그렇기에 이런 경우에는 본인과 같은 신념을 가진 상대를 만나는 것 말고는 방법이 없습니다. 내가 종교적 신념이 강하다고 하면 나와 같은 종교를 가진 사람을 만나야 하고, 나의 이성관이 굉장히 보수적이거나 개방적이라고 하면 같은 방향의 사람을 만나야 합니다. 그렇지 않으면 서로가 괴로울 테니까요.

연애에 있어서 중요한 건 '시간'입니다. 따지고 보면 건강한 육체와 정신으로 연애할 수 있는 기간은 인생에서 그리 길지 않습니다. 정말 길게 쳐 봐야 40대까지입니다. 이런저런 고민을 덜고 둘의 상황만 고려해 연애하면 30대로 줄어들 것이고, 더 속 편한 연애를 생각하면 20대로 줄어듭니다. 그러다가 나도 모르게 내 연애가 야금야금 망가지게 된다면, 시간 낭비를 한 격이겠죠. 추후 돌아봤을 때 '어라? 뭐 했다고 벌써 이 나이야? 왜 이런 상황이지?' 같은 섬뜩한 기분을 느끼는 순간도 오게 됩니다.

위의 네 가지는 따지고 보면 대부분 타협할 수 있는 부분입니다. 인정하기 힘들겠지만 자기 객관화를 냉정히 해 보면 납득하고 체념하거나 단념할 수 있기도 합니다. 다시 한 번 강조하지만 가장 중요한 건 '시간'입니다. 시간 낭비를 하지 않는 것이 가장 중요합니다.

좋은 사람을 만나도
놓치는 사람 특징

연애는 생각보다 운도 많이 작용합니다. 때문에 내가 좋은 사람이라도 좋은 사람을 만나지 못할 수도 있고, 내가 별로인 사람이라도 좋은 사람을 만날 수 있습니다. 그런데 운 좋게 좋은 사람을 만나고도 놓친다면 얼마나 아쉬움이 크겠습니까? 이번에는 어떤 특징을 가진 사람들이 좋은 인연을 놓치는지 알아보겠습니다.

1 이기적이다

더 설명할 것도 없습니다. 연애는 서로가 이해하고 배려하고 인내하는 부분이 반드시 존재합니다. 그런 연애에 있어서 자신의 감정, 자신의 상황, 자신의 것만을 중시하면 반드시 그 관계는 파탄 나게 됩니다. 보통 한쪽이 서운한 감정을 더 많이 전달하고, 더 사과를 많이 히고, 더 많은 시간과 비용을 투자하면 관계가 깨지게 됩니다.

사랑한다고 해서, 상대가 나를 먼저 좋아했다고 해서 내 위치가 갑이 되고 상대 위치가 을이 되는 게 아닙니다. 같이하는 연애이니 이타적으로 행동해야 잘할 수 있습니다. 그럼에도 혼자일 때와 마찬가지로 이기적인 자세를 고수한다면 좋은 사람을 만나더라도 상대는 지쳐 떠날 수밖에 없습니다.

② 자기가 좋은 사람인 줄 안다

나르시시스트인 사람이 이에 해당합니다. 자기가 좋은 사람이고 잘난 사람이라 생각하는 거죠. 응당 이런 대우를 받아야 하고, 날 만나려면 이 정도는 해야 한다고 생각하는 것입니다. 연애는 절대적인 게 아니라 상대적인 것입니다. 그렇기에 자신이 누군가에게는 좋은 사람이, 누군가에게는 좋지 않은 사람이 될 수 있습니다. 그래서 겸손하지 않을 수 없습니다. 내가 정말 좋은 사람이고 나 정도면 이런 상대를 만나야 한다고 생각할 수도 있습니다. '좋은 사람'의 기준은 상대적입니다. 상대가 나를 좋은 사람인지 아닌지 판단해 주는 것이니 역시 겸손할 수밖에 없습니다. 그런데 좋은 사람을 만나도 놓치는 사람은 '자기가 잘나서' 상대를 만났다고 생각합니다. 때문에 행동이나 태도에서

♥ ♥ ♥

은연중에 정이 떨어지는 짓을 많이 해 떠나게 만듭니다.

③ 연애하더라도 자기 삶을 고수한다

거듭 강조하지만 '같이'하는 게 연애입니다. 그런 연애를 하면서도 연애하기 전과 똑같기를 원하는 경우가 있습니다. 보통 연애 경험이 어느 정도 있는 남자거나 30대 이상의 남자에게서 이런 태도가 많이 보입니다. 남자들은 연애를 삶에서 1순위로 생각하지 않는 경향이 있어 이런 경우가 더 많습니다. 자기 일, 커리어, 성공 같은 것에 몰두하는 경향이 짙어 연애를 '주'가 아닌 '부'로 생각하기도 합니다. 그래서 이런 경우는 연애하면서도 그대로 자기 패턴을 고수하니 데이트 활력이 떨어지고, 만나는 간격이 길어지게 됩니다. 그 결과, 상대방은 결국 지쳐서 관계에서 멀어지게 됩니다.

문제는 자기 삶을 고수하는 이런 스타일이 처음에라도 열정을 보인다면 상대는 더욱 실망하게 된다는 점입니다. 갈수록 방치당한다는 생각이 들고 혹시 애정이 식은 것인지 의문을 갖게 되니 상대와 마찰이 생기지 않을 수 없습니다. 연애하기로 한 이상 시간, 에너지, 비용에서 혼자일 때보다 당연히 소비가 있을 수밖에 없습니다. 그런데 내가

혼자일 때와 똑같이 한다면 내 곁에 있을 사람은 보살이
아니고서는 없을 것입니다.

④ 당연하게 생각한다

가만히 생각해 보면 두 사람이 사랑하게 되는 건 기적
에 가까운 일입니다. 생전 모르고 살던 사람끼리 만나 다
른 두 세상이 하나의 세상이 되는 일입니다. 그러니 충돌
이 있을 수밖에 없고, 그 충돌이 없거나 적다면 한쪽이 많
이 맞춰 주는 상황일 겁니다. 서로 배려하고 미안해하고 고
마워하면 문제가 없겠지만, 문제가 있는 커플은 늘 한쪽이
더 참아 주고 있는 상황입니다. 한쪽은 그것을 못 느끼거
나 '그게 왜? 그 정도는 당연한 거 아니야?' 같은 식으로 생
각하고 있어 문제의식 자체가 없는 경우가 많습니다.

세상에 당연한 게 어디 있겠습니까? 사랑으로 국한해서
보세요. 그 사랑 중 가장 일반적인 부모와 자식 사이를 보
더라도 알 수 있습니다. 부모니까 당연히 해야 하고, 자식
이니까 당연히 해야 하는 일이라는 건 없는데, 하물며 남
과 남이 만나서 당연한 게 있을까요? 내가 더 사랑한다고
해서 당연하게 뭔가를 하는 것도, 상대가 날 더 사랑하는
듯하니까 당연히 이래야 하는 것도 없습니다.

♥ ♥ ♥ ♥

여러 상담 경험에 비추어 생각해 보면 다수의 문제가 이 경우에 발생합니다. 한쪽은 자신의 서운함을 토로하고, 한쪽은 그것을 계속 들어주다 보면 자연스레 '말하는 쪽'과 '듣는 쪽'이 생기게 됩니다. 시간이 흘러도 이 포지션이 유지되면 듣는 쪽은 감정 쓰레기통이 됩니다. 그렇게 관계가 지친다고 느껴 손을 놓는 것입니다. 말하는 쪽도 듣는 쪽도 어느 순간부터 자연스럽게 자리가 고착되는 걸 경계해야 합니다. 연애는 쌍방이니 당연하다 할 만한 게 없습니다. 내가 뭔가를 당연하게 생각하고 있다면, 아마 내 기저에 내가 상대보다 낫다는 알량한 자의식이 자리 잡고 있어서 그럴지도 모릅니다. 날 사랑해 준다고 해서 상대가 당연히 배려해야 하는 것도, 내가 상대를 사랑한다고 해서 상대를 당연히 배려해 줘야 하는 것도 아닙니다.

이런 것들을 하지 않아도 좋은 사람을 놓칠 수 있습니다. 가령 결혼이나 자녀 생각, 부모의 반대나 나/상대의 질병, 해외 파견, 새로운 업무, 이직 등 여러 상황으로 인해 더는 연애를 지속할 수 없는 상황이 생길 수도 있습니다. 그래도 타의에 의해 이별하면 받아들이기가 쉽습니다. 어쩔수 없는 이유 때문이니까요. 그러나 내가 잘못을 저질러서 좋은 사람을 놓치면 다음 연애를 한다고 하더라도 두고두고 후회할 수 있습니다. 그러니 좋은 사람을 만났다면 운이 좋았다고 생각하세요. 자신이 잘나서 만났다는 이기적인 생각은 버리고, 좋은 인연을 소중히 이어 가시길 바랍니다.

여자 가치가 낮을 때 남자가 보이는 연애 패턴

유토피아적으로 생각했을 때 사람의 가치는 측정할 수 없는 것이지만, 현실에서는 전혀 그렇지 않습니다. 연애하는 당사자 간에 비교했을 때 상대보다 본인의 가치가 더 낮다는 생각을 하면 다음과 같은 일이 생깁니다. 남자가 자신의 가치가 더 높고 여자의 가치가 낮다고 생각하면 이런 연애 패턴을 보이게 됩니다.

'인성이 좋지 않은 거 아니야?'라고 생각할 수도 있습니다. 맞습니다. 자기가 만나기 힘들고 높은 가치의 여자라면 하지 않을 행동들이니까요. 그런데 현실에는 착한 사람만 존재하는 건 아니기에, 그가 어떤 사람인지는 그의 행동으로 유추하고 파악하는 방법밖에 없겠습니다.

① 자기 마음대로 데이트

데이트할 날짜, 장소, 시간을 자신의 상황만 고려하여

일방적으로 정합니다. 그의 몸 상태나 자신의 일정에 따라 결정되며, 데이트 시간 또한 30분일 수도 있고 2시간일 수도 있습니다. 정말 제멋대로죠. 남성이 자신의 가치를 더 높게 평가하고 상대 여성의 가치를 낮게 보기 때문입니다. 결과적으로 여성은 남성의 조건에 맞춰야 하고, 그렇지 않으면 만나지 못하게 됩니다. "어차피 넌 내가 이렇게 해도 만날 거잖아? 아니야? 아니면 말고."와 같은 태도를 가지고 있습니다. 자신의 가치가 높다고 판단한 남자는 데이트를 자기 마음대로 진행하며, 여자가 원하는 데이트 장소나 방식은 고려하지 않습니다.

② 자기가 원하는 여자가 아닌 데도 사귀기

보통은 자기가 사귀고 싶은 여자여야 사귑니다만, 끌리지도 않는데 사귀는 경우도 있습니다. 이는 여자의 특정 어떤 부분이 궁금하거나 일부만 매력적일 때입니다. 여자가 가지고 있는 외모, 집안, 직업 등에서 자신이 지금까지 만난 여자들에게서 보지 못한 요소가 있을 때겠죠. 그러나 결국 자기보다 가치가 낮은 사람이어야 사귀기 쉽다고 생각합니다. 때문에 전반적으로 본인이 더 우위에 있다고 느끼는 상태입니다. 그런 상태에서 자기가 완전히 원하는 여자가 아닌 데도 사귀니 문제가 되는 겁니다. 상황이 그렇게 연결되면 앞서 말한 것처럼 남자 위주의 데이트를 하게 되고, 여자가 지나치게 배려하게 됩니다. 여자만 마음고생을 많이 하는 연애가 되는 거죠.

③ 자기 마음대로 하는 연락

결혼해서 사는 다년 차 부부처럼 온다, 간다는 연락도 없을 정도입니다. 남성들도 연애할 때 연락의 중요성을 잘 알고 있습니다. 그들이 만나 왔던 여성들을 통해, 연락에 덜 신경 쓰는 경우보다 연락에 집착하는 사람이 더 많았음을 경험적으로 이해하고 있기 때문입니다. 그런데 왜 자기 마음대로 하는 걸까요? 연락을 열심히 할 필요가 없으니까요. 애를 쓰지 않아도 만날 수 있는 상대라고 여기기 때문에 연락에 공을 들일 이유가 없습니다. 그래서 이런 경우는 여자가 메시지를 보내더라도 한참 있다가 답이 오는 게 다반사입니다. 남자가 필요할 때만 연락하는 식이니 안타깝습니다.

④ 전반적으로 예의 없는 태도

이는 여자가 남자의 말이나 스킨십에서 많이 느끼게

됩니다. 애칭은 고사하고 말에 애정을 기대할 수 있는 상황도 당연히 아닙니다. 그냥 오가는 말이 '연애하는 사이가 맞나?', '날 너무 편하게 생각하는 거 아니야?'라고 생각하게끔 합니다. 친구인지 애인인지 분간이 되지 않습니다.

외모를 지적하거나 여성의 생활 방식을 비판하기도 하고, 무엇을 하든지 '그런 걸 왜 하느냐?'는 식의 반응을 보이게 됩니다. 왜냐하면 여자의 가치가 낮다고 판단하기 때문에 그녀의 생각과 선택을 존중하기보다는 자기 생각과 판단이 맞다고 여기며 여자를 업신여기기 때문입니다. 말에는 무시가 담겨 있고, 존중보다는 장난을 빙자한 무례가 담겨 있습니다.

스킨십마저도 자기 마음대로 하게 됩니다. 여자가 원하지 않을 때도 요구하고, 관계를 맺는 동안에도 그저 본인의 욕구 해소에 초점을 둔다는 느낌을 줍니다. 만약 여자가 응하지 않으면 삐치거나 화를 내는 것입니다. 그러고 나면 분위기가 냉랭해지고, 여자는 눈치를 보게 되는 악순환이 반복되는 거죠.

이 밖에도 여러 가지가 있겠습니다만, 기본적으로 이기적이고 배려가 없으며 본인이 이렇게 해도 된다는 느낌이 들면 남자가 여자 가치를 낮게 평가하는 걸지도 모릅니다. 남자가 어떤 이유로 상대를 평가 절하하는지는 알 수 없습니다. 왜냐하면 "내 생각엔 내가 너보다 이런 부분에서 나은 것 같아.", "넌 나보다 가치가 낮아." 이렇게 이야기할 정신 나간 사람은 없을 테니까요. 다만 합리적으로 추측할 수 있는 건 '성격'의 부분은 아닐 가능성이 높습니다. '이 여자는 성격이 좋으니까 가치가 높아.'라고 평가하는 남자는 거의 없으니까요. 남자가 이성을 볼 때 우선하는 게 외모이니, 외적으로 보이는 가치를 많이 평가할 것으로 추측할 수 있습니다.

여자의 얼굴, 몸매, 나이 등의 요소에서 자신이 여자보다 어느 부분이든 더 낫다고 생각하면 평가 절하를 하는 경우가 많습니다. 마치 여자가 남자의 직업, 경제력, 외모 등으로 가치를 매기듯 말입니다. 서글프죠? 사귀기 전에는 이런 판단을 한다고 하더라도, 사귀면서도 이런 점들 때문에 대우가 달라질 수 있다는 게 말입니다. 그런데 어쩌겠습니까. 사랑은 멀리서 보면 경이롭게 느껴지지만, 들여다보면 썩은 나무도 있고 벌레도 있는 숲과 같습니다. 멀리서 보면 좋아 보여도 자세히 확인하면 서로의 이해와 판단이 얽혀 있습니다. 모든 관계가 완벽하게 아름다울 수만은 없으며, 문제가 될 수 있는 '썩은 부위'도 존재합니다. 이러한 부분을 상처로 인식하고 보살펴 줄 때 진정한 사랑이 됩니다. 반면, 이를 경멸하거나 혐오하는 태도를 보이면 좋은 연인이라고 보기는 어렵겠습니다.

내가 어떤 상태여도 날 존중해 주고 존재만으로도 가치 있게 대해 줘야 하지만, 현실은 동화와는 거리가 멀죠. 그래서 싫은 꼴을 보지 않기 위해서라도 최대한 자신의 가치를 끌어올리는 게 유리하고 중요하겠습니다.

남자 때문에 고민하는 경우

이 글은 알량하고 쓸데없는 자존심을 지키느라고, 먼저 연락을 할까 말까, 다가갈까 말까 고민만 하면서 상대가 다가와 주기를 기다리고 있는 여자분들을 위한 내용입니다.

"이 남자의 심리는 뭘까요?"

"날 좋아하기는 했을까요?"

"어장일까요? 그냥 갖고 노는 건가요?"

"나와 헤어진 후에 힘들어하긴 할까요?"

"진짜 사랑한 건 맞을까요?"

이런 아무 쓸모 없고, 결과도 없고, 과정도 없고, 득도 안 되는 생각에 시간 낭비, 감정 낭비하지 말고 그냥 가 보십시오. 만약 내가 다가갔는데 남자가 오지 않는다? 그렇다면 더 이상 하지 않으면 됩니다. 내가 다가갔는데 상대도 오겠다고 하면 같이 가면 그만입니다.

♥ ♥ ♥

'고백은 남자가 해야 한다는데…'

'시작은 남자가 더 좋아해야 오래 간다는데…'

이런 생각을 하면 뭐 하겠습니까. 지금 내 상황이 그렇지 않다면 그 상황을 타개할 방법을 찾는 게 맞지, 내 상황과 맞지 않는 말들을 붙잡고 걱정하면서 변화를 바라기만 해서는 달라질 게 없습니다. 행동을 주저하게 되는 데는 몇 가지 이유가 있습니다. 그중 가장 큰 이유는 '지금 상황도 나쁘지 않은데.' 또는 '지금 상황보다 더 안 좋아지기는 싫은데.' 같은 마음 때문입니다.

하나를 얻으려면 하나를 포기하고 베팅하는 수밖에 없습니다. 오빠 동생, 누나 동생으로 지내는 것도 나쁘지 않은데 이마저도 못 하게 될까 봐 고민하면서 별별 생각을 다 하겠죠. 하지만 잘 생각해 보세요. 어차피 혼자서 전전긍긍하는 상황이라면 가만히 있어서 될 가능성은 굉장히 희박합니다. 그나마 내가 가 보는 게 확률이 더 높습니다.

그럼 또 이때 '나를 쉽게 보지 않을까? 먼저 고백했다가 을이 되지는 않을까?'와 같은 생각이 들 것입니다. 그렇다면 아무런 사이도 아닌 채로 그냥 있을 수밖에 없습니다.

그 관계는 을보다 못한 '병'일 수도 있지만 말입니다. 여자가 먼저 다가가서 안 되는 것이 아니라, 남자가 매력을 못 느끼는 여자가 다가갔기 때문에 안 되는 것일 뿐입니다.

그러니 여자도 다가가야 합니다. 기다리기만 하는 사람의 특징은 매력 자체가 떨어지거나 상대에게 매력이 어필되지 않는다는 것입니다. 어차피 안 되기 때문에 여자인 내가 먼저 하는 게 낫다는 것이기도 하죠. 로또도 사지 않으면 당첨 확률이 0%인데, 사면 0%보다는 확률이 올라가듯 말입니다. 여자가 재미없으면 남자는 관계의 발전을 하고 싶은 생각이 없어집니다. 사귀어도 재미가 없을 테니까요. "왜 연락이 안 올까요?"라고 물으면 역시 할 말이 없고 재미가 없어서입니다. 반응이 없으니까요. 남자가 어떻게 나오는지 시험하고 판단하려 하니까요. 이렇게 답해 드릴 수밖에 없습니다. 그냥 아무것도 하지 않고 잘되기 위해서는 내가 그 남자의 이상형인 경우 말고는 없습니다.

여자가 남자에게 다가가 보면 느끼는 게 생깁니다. 부끄럽고 수치스럽고 자존심이 상할 수도 있지만, 시도하기 전과 후는 달라집니다. 사소한 것에 의미 부여를 많이 하지 마세요.

♥ ♥ ♥

고민 → 생각 많아짐 → 걱정 많아짐 → 의심 많아짐 → 왜곡함 → 생각하고 싶은 대로 생각하고 끝남

이 악순환의 고리를 끊어 버려야 합니다. 나이가 들수록 다가가는 게 더 힘들어지니까요. 나이가 들어도 '난 여잔데…' 하는 수동적인 생각에 발목 잡혀 있으면 잘될 남자와도 안 됩니다.

여자가 다가가 보면 기적이 일어나거나, 속으로만 했던 염려를 두 눈으로 확인하게 되는 두 가지 중 하나를 경험하게 됩니다. 모든 연인이 다 이러한 베팅의 결과입니다. 그러니 상대가 다가오지 않는다고 끙끙대고 있을 바에 "내가 가고 만다!" 하며 직진해 보시길 바랍니다. 소심해서 다가가지 못하는 남자도 많습니다. 혹시 아나요? 내가 좋아하고 있는 상대방이 나한테 관심이 있는데 오지 못하는 중일 수도 있잖아요. 남자도 용기 있는 자가 미인을 얻듯, 여자도 용기가 있어야 본인이 원하는 남자를 만날 가능성이 올라갑니다.

♥ ♥ ♥

결혼을 안 하는 게 아니라
못 하는 여자

결혼을 하지 않는 것은 선택일 수 있지만, 결혼을 할 수 없는 것은 선택의 문제가 아닙니다. 다음에 해당한다면 결혼을 하고 싶어도 할 수 없는 상황이 될 수 있으니 주의가 필요합니다.

① 주변에서 결혼에 대해 부정적인 얘기를 하는 사람이 있으니까

결혼해서 잘 사는 얘기, 남편이 잘해 주는 얘기를 하는 사람들이 많으면 '아, 나도 결혼해서 이렇게 사랑 주고받으며 살고 싶다.'라는 생각이 들겠지만, 아쉽게도 현실에서는 시댁 험담, 남편 욕하는 얘기가 더 잘 들립니다. 이런 건 본인 얼굴에 침 뱉는 격인데 말이죠. 결혼에 대해 부정적인 말을 지속해서 접하면 처음에는 그런가 보다 하다기도, 나중에는 '음… 결혼하면 다 이렇게 되는 건가?'라는 의문이 생기고, 그 의문이 '결혼 안 할래.'라는 결심으로 변하는 건 시간문제입니다. 그러니 결혼 생각이 있는 분이라면 결혼해서 잘 사는 사람들의 경험담을 계속 접하는 게 중요합니다. 좋은 얘기를 계속해서 들어야, 하고 싶다는 생각이 드는 게 결혼이니까요. 이건 비단 오프라인에만 국한된 게 아닙니다. 온라인과 매체를 통해서도 마찬가지입니다. 결혼에 대해 부정적으로 인식하게 되는 글이 많이 올라오는 커뮤니티, 앱, 방송을 너무 가까이하면 결혼이 싫어지고 무서워집니다. 그럼 자연스레 하기가 싫어지게 되겠죠?

② 그 나이에도 그러고 있으니까

나이가 서른이 넘고 마흔이 넘었는데도 현실성이 떨어지는 경우입니다. 한마디로 바라는 게 많은 거죠. 기본적으로 남자의 외모, 성격(가정적이고 다정한지), 직업을 봐야 하고 집안, 남자 부모의 노후 준비, 남자가 효자인지도 봐야 합니다. 거기다 시어머니 될 사람의 성격이 어떨지도 걱정해야 하니 이래저래 고민하고 따질 게 많습니다. 나이 들면서 하도 보고 들은 게 많은 탓입니다. 그러나 시간이 지날수록 그 조건들을 충족하는 사람은 없고, 애당초 그렇게 두루두루 우수한 남자는 현실에서는 굉장히 드문 '인재'입니다. 잘난 남자일수록 같은 상황, 같은 조건이면 어린 여자랑 결혼하려는 게 현실인데 계속 따지면 누굴 만나겠습니까.

결혼은 자신의 것을 포기하는 사람이 할 수 있습니다. 더 이상 20대가 아니라면, 30대가 아니라면 과거의 나와 지금의 나는 완전히 다르기에 기준을 다시 세워야 합니다. 결혼은 냉정하게 말하면 시장에서 나를 필요로 하는 사람이 있어야 성사되기에 수요 없는 공급은 의미가 없습니다.

③ 급발진하는 경향이 있으니까

화낼 부분이 아닌데 갑자기 화를 냅니다. 걸고넘어질 일이 아닌데도 꽂혀서 걸고넘어집니다. 그냥 지나갈 수 있는 것도 긁어 부스럼을 만드는 거죠. 감정 기복이 심한 여자로 여겨지면 남자가 결혼을 피하려고 합니다. 여기에 해당하는 분이라면 큰 울타리를 쳐 놓고 지내는 농장의 주인이라고 생각해 보세요. 그저 그 울타리만 넘지 않으면 되고, 건드리지 않으면 된다는 생각으로 연애하는 게 필요합니다. 내 짜증과 화를 받아 주고 기분을 풀어 주기 위해서 존재하는 게 남자 친구, 남편이 아니잖아요?

④ 아직도 20대인 줄 아니까

대부분 여자는 남자가 다가오기 때문에 웬만큼 수동적으로 있어도 잘되는 연애를 20대에 경험합니다. 하지만 3040임에도 변함없이 수동적이라면, 결혼은 어렵습니다. '난 여자니까' 같은 생각을 버려야 합니다. 이런 생각을 고수하면 고수할수록 고립됩니다. 20대는 남자들이 에너지가 많고 욕구가 강하기 때문에 더 적극적으로 오니, 여자가 덜 적극적이어도 괜찮습니다. 하지만 30, 40대 남자들은 에너지와 연애에 대한 욕구가 줄기 때문에 필요성을 느끼지 못하면 움직이지 않습니다. 그래서 나이가 들수록 남자가 매력을 느끼는 여자는 적극적인 여자가 되는 것입니다.

⑤ 흔치 않은 기회가 와도 온갖 걱정을 하니까

잘 오지 않던 기회가 드디어 찾아왔습니다! 나한테 잘해주는 남자가! 그러나 또 이것저것 따지고 과거로 회귀합니다. '이건 이래서 이런가? 저건 저래서 저런가…?' 혼자 쓸데없이 걱정합니다. 또 남자가 왜 더 다가오지 않을까 싶어서 전전긍긍하기도 합니다. 이런 걱정은 지금 결혼을 고려하는 나이대라면 사치입니다. 그 걱정을 할 시간에 자신이 직접 다가가야 합니다.

대범하게 움직이세요! 20대와는 다릅니다. 안 가면 안 옵니다! 그렇지 않으면 아깝게 온 기회를 놓칩니다. 놓치면 어떻게 됩니까? '하… 이번에도 안 됐네. 난 연애 포기할래… 남자 안 만날래.' 하며 서글프고 자존심 상하고 자존감마저 하락하게 됩니다. 강아지를 붙잡고 "남자 만나기 왜 이렇게 힘드니… 어휴, 내 새끼, 엄마랑 평생 살자!" 이렇게 말하는 자신을 보게 될 수도 있습니다. 그 강아지보다 당신이 더 오래 삽니다.

동물도 수컷이 구애하는 경우가 더 많듯, 인간도 마찬가지입니다. 그러니 여자는 연애든 결혼이든, 하는 것 자체만 놓고 보면 남자보다 유리하고 수월하게 할 수 있습니다. 그 수월함에 약간의 현실 자각과 적극성만이 필요할 뿐입니다. 정말입니다. 조금만 적극적으로 해 보세요! 날 절대 원하지 않는 남자가 아닌 이상은 잘될 수밖에 없습니다.

기승전 잠으로만 끝나서 심란한 상황

연애를 장기간 지속하면서 나이가 들게 되면, 연애를 '편하게'만 하려는 경향이 생기곤 합니다. 특히 연인 간 나이 차가 클 경우, 이러한 편안함을 추구하는 경향이 더욱 강해질 수 있습니다.

초반에는 남성이 데이트 코스를 여러 방식으로 계획하며, 자신이 알고 있는 좋은 장소나 추천받은 곳을 함께 방문하면서 열정적으로 데이트를 진행합니다. 그러나 시간이 지나면 그냥 편하게 만나서 밥 먹고 커피 마시고, 둘이 같이 있자는 식으로 변합니다. 말이 좋아 둘이 같이 있자는 것이지, 잠이나 자자는 뜻입니다. 그럼 여자 입장에서는 이런 생각을 하게 됩니다. '아, 매일 거기서 거기인 데이트… 그래, 거기까지는 좋아. 괜찮아. 나도 편한 게 싫은 건 아니니까. 그렇지만 뭘 해도 잠으로 끝나는 건 싫어.' 혹은 '이 남자가 성욕에 환장한 건가?' 싶을 수도 있고 말입니다. (어느 연인에겐 이게 더 좋을 수도 있습니다.)

맞습니다. 성욕이 없으면 데이트 마지막 무렵에 그것도 없고, 당신이 여자로 보이지 않는다면 하지도 않습니다. 그러므로 이는 권태기에 빠진 최악의 상황보다는 조금 나은, 권태기 직전 단계에 해당합니다.

이런 상황을 겪고 있다면 '여자가 주도하는 데이트'를 하는 수밖에 없습니다. 피로 해소를 목적으로 한 마사지나 스파도 좋고, 비교적 덜 힘든 근교 여행도 좋겠습니다. 둘이 할 수 있는 좀 더 활력 있는 데이트를 찾아서 해야 합니다. 운동을 같이하는 것도 좋고요. 중요한 건 '단조로운 데이트 패턴을 깨기 위한 노력'입니다.

이런 단계에 접어들면 둘 중 아무리 소심한 쪽이라 하더라도 자기 의견을 피력할 수 있을 정도의 관계라고 볼 수 있습니다. 그럼 "이렇게만 하는 데이트는 싫어."라고 직접 말해도 상관이 없습니다. 아니라면 "내가 이렇게 계획해 봤는데, 우리 이렇게 하자."라고 리드하는 편이 관계에 좀 더 신선함을 불러올 수도 있습니다. '잠으로 끝나도 상관없어. 우리는 오히려 그게 더 편하고 나아. 이런 데이트 하는 건 귀찮고 피곤해.'라고 생각하는 연인이라면 아무런 문제가 안 됩니다. 하지만 저 부분이 고민인 연인이라면 데이트 패턴을 무조건 바꿔야 하고, 그런 조짐이 보이면 초장에 방향을 틀어야 합니다. 잠을 자기 위해서 데이트를 하는 것과 데이트에 스킨십이 포함되어 있는 것은 완전히 다릅니다. 전자는 '데이트는 귀찮은 것. 얼른 해치우고 스킨십하러 가야겠다.'라는 마음이 숨어 있기에, 여자의 거절이 있거나 하기 곤란한 날에도 어떻게든 그 목적을 달성하려고 합니다. 여자는 본능적으로 느낄 수 있을 것입니다. '아, 이 사람은 날 잠자리 때문에 만나는구나.' 하는 걸 말입니다.

같이 보낸 시간이 길어지면 익숙하고 편해집니다. 그렇기에 나이가 들면 체력 부족으로 귀찮은 건 덜고 편한 것을 찾기 마련이죠. 그게 잘못된 건 아닙니다. 다만 그런 것만 지속하면 안 된다는 것입니다. 다른 한쪽이 원하지도 않는데 하려는 것도 문제입니다. 그리고 그런 식이 계속되면 그렇게 편하게 쉬고 잠자리 갖는 걸 선호하는 입장도 결국 활력을 잃게 됩니다. 귀찮고 편하다고 매일 침대에 누워만 있으면 근육이 다 빠져서 볼품없어지듯, 둘 사이도 별 볼 일 없는 사이가 될 수 있습니다.

연애하지 않는 게
더 좋은 상태와 상대

사실 연애는 해도 되고 안 해도 괜찮습니다. 결혼 역시도 마찬가지고요. 그런데 차라리 안 하는 게 더 좋은 상태와 상대가 있습니다. 그것은 혼자 잘 있지 못하는 사람, 또는 그런 상태입니다.

연애는 서로 다른 두 사람이 하는 깊은 교감이고, 1:1로 하는 대인 관계입니다. 그래서 매사가 마냥 평온할 수만은 없습니다. 상대의 말과 행동 때문에 내 일상이 행복해질 수도 있고, 스트레스로 가득 찰 수도 있으니까요. 그렇기에 내가 안정된 상태일수록 연애하면서 덜 휘둘리고 일상에 지장을 덜 받을 수 있습니다. 혼자서도 잘 지내는 사람이 연애를 안정적으로 잘할 수 있음은 당연지사입니다.

만약 불안정한 사람과 안정된 사람이 만났다고 가정해 봅시다. 관계 유지는 안정된 사람의 애정 내구성에 달렸고, 불안정한 사람의 의지에 따라 둘의 관계가 판가름 나게 됩니다. 안정된 사람도 사람이다 보니, 아무리 애정이 있는 상태에서 시작한다고 하더라도 불안정한 상대를 받아 주고 이해하는 데는 한계가 있을 수밖에 없습니다. 불안정한 사람도 스스로 자신을 다스려야 한다는 의지를 보이지 않으면, 관계는 결국 파탄으로 가게 됩니다.

가장 안 좋은 상황은 불안정한 사람끼리 만나는 것인데, 이 둘이 만나게 되면 연애가 전쟁이 됩니다. 서로 행복하기 위해 하는 연애인데, 서로 잡아먹지 못해서 안달이 나는 형국을 보입니다. 좋을 때는 서로 죽고 못 살지만, 또 한순간에 서로를 바닥까지 내몰기도 합니다. 또 불안한 사람끼리 만나도 비교적 덜 불안한 쪽이 있기에, 그쪽에서 답답함을 느낄 수 있습니다.

서로 집착하고 구속하고 괴롭히기도 합니다. 떠날까 봐 불안하고, 상대가 날 싫어할까 봐 불안하고, 관계가 좋을 땐 이 좋은 상태가 계속 유지될까 불안합니다. 같이 있지 않을 때는 눈에 보이지 않아서 불안하고 말입니다.

이런 타입의 경우에는 연애하지 않는 게 낫습니다. 냉정하게 말해 연애는 육체적 끌림만 있어도 '시작'은 할 수 있습니다. 정서적으로 안정되어 있고 교양이 있는 사람들끼리 만나면, 그 시작으로부터 긍정적이고 아름답고 고차원적으로 서로의 내면까지 보듬어 주는 '관계의 유지' 차원으로 갈 수도 있습니다. 그래서 내가 불안정한 상태이거나 그런 상대를 만나고 있다면 잘 생각해야 합니다. 연애는 내 세상과 상대 세상이 만나는 것이기 때문에, 다른 관점에서 만남은 부딪히는 것입니다. 충격이 없을 수가 없습니다. 그래서 그 충격을 내가 견딜 수 있을 때 온전히 무탈한 연애를 할 수 있습니다. '성숙한 연애'는 한쪽만 성숙하다고 해서 할 수 있는 일이 아니고, 한쪽만 그런 상태라면 앞서 말한 것처럼 열위에 있는 쪽이 의지를 갖고 스스로 타개해야 가능해집니다.

당신이 불안한 상태라면, 가급적 스스로 그 원인을 제거하려 애를 써야 합니다. 이는 천성 때문일 수도 있고, 어떤 불안 요소를 갖고 있기 때문일 수도 있고, 환경의 문제일 수도 있습니다. 해결을 위해서는 근본적인 원인을 잘 파악해야 합니다.

흔히들 외로우니 연애한다고 하지만, 저는 외로워서 연애한 적이 한 번도 없습니다. 왜냐하면 그건 나에게도 좋지 않고 상대에게도 좋지 않을 걸 알고 있으니까요. 혼자라고 해서 외로움을 느끼지 않는 성격인 덕도 있습니다. 하지만 모두가 저와 같지는 않을 것입니다. 자신이 스스로 외로움과 불안을 다스릴 수 있는 성향인지 잘 판단해 보시길 바랍니다.

　외로움은 평생 함께하는 감정입니다. 나쁜 것도 아니고 자연스러운 감정인데, 외로움이라고 하면 부정적으로 생각하는 경향이 짙습니다. 외로운 상태는 사색할 수 있고 나를 알아 갈 수 있는 시간이 됩니다. 그것들은 자주성을 길러 주기에 연애하더라도 상대에게 휘둘리지 않도록 도움을 줍니다. 인생은 원래 외로운 것이라는 달관의 자세를 가져 보세요. 외롭고 불안해서 상대를 구속하고 집착하는 분들은 그게 관계를 더 망치는 일임을 알아야 하고, 외롭고 불안하고 집착하는 분들은 스스로에게 집중할 때 상대는 더 끌려온다는 진리를 믿어야 합니다. "좋아하니까 불안해지는 건데, 그게 말처럼 쉽나요."라고 할 수 있습니다. 그러나 어차피 갈 사람은 내가 백날 잘해 줘도 갑니다. 그냥 인연이 아닌 것이니 애달파하고 집착할 필요가 없습니다. 도닦는 소리 같지만, 인연은 그냥 다 스쳐 가는 바람 같은 것입니다. 좀 더 오래 머물다 가는 바람이 있고, 태풍처럼 오는 바람이 있고, 민들레 홀씨나 겨우 날릴 정도의 미풍도 있고 그런 것입니다. 의지와는 상관없는 영역이라는 거죠. 이걸 빨리 깨달으면 깨달을수록 연애하면서 쓸데없는 에너지 소비와 감정 낭비를 하지 않게 됩니다.

연애와 결혼은 불안을 덜기 위해서 하는 게 아닙니다. 그런 게 필요하다면 본인 삶의 태도를 바꾸고 육체와 정신을 수양하거나 종교를 믿는 편이 낫습니다. 도피처가 되지도 못하는 연애나 결혼을 했다가는 상대 탓을 하게 될 것입니다.

이 불안은 어디에서 온 것일까요? 앞서 이야기한 것처럼 주로 타고난 성격, 상황 등으로 인해 불안을 느끼게 됩니다. 개인 상담을 진행하며 관찰한 바로는, 현실적으로 자신의 가치가 상대보다 낮다고 판단했을 때 불안을 느끼는 경우가 많은 듯합니다. 외모든 능력이든 물질적인 부분이든 상황적인 부분이든 차이가 크게 날 때 말입니다. 그래서 비슷한 사람끼리 만나야 속 편하다는 말이 있나 봅니다. 그런데 이 모든 건 스스로에게 믿음이 부족해서 생기는 일이라고 할 수 있습니다. 스스로 상대와 관계를 잘 이어 갈 수 있다는 확신이 있어야 하고, 상대를 믿기 전에 자기 자신을 믿을 수 있는 상태여야 합니다. 그래서 자신감 없고 자존감이 낮은 상황에서는 연애하지 않는 게 낫다는 것입니다. 그리고 까놓고 말해서 감당 못 할 것 같으면 안 만나면 됩니다. 감당은 안 될 듯한데 만나고는 싶다면 내 욕심일 뿐이고, 상대에게 부담을 지게 하는 일이 됩니다. 이러면 같이 '하향 평준화'하자는 말밖에 안 됩니다.

자신감이 가장 중요합니다. 스스로를 믿으며 살아가는 겁니다. 상대를 믿기 이전에 나를 믿어야 합니다. "이 연애가 잘 될지 안 될지를 떠나서, 상대와 관계를 맺는 동안에는 잘 지내자, 잘 지낼 수 있다!" 하는 용기를 가져야 합니다. 그 자신감으로 남이 뭐라 해도 부서지지 않는 자존감을 만들어 지키는 것입니다.

빈부의 격차는 돈에만 존재하는 게 아니고 감정에도 존재하는 듯합니다. 시간이 갈수록 안정적인 사람은 더 안정되고, 불안한 사람은 더 불안해집니다. 그래서 안정적인 사람은 계속 안정을 키워 가고 지키기 위해 노력할 때, 불안한 사람은 불안해지지 않기 위해 상대를 갈구하게 됩니다. 내가 나한테 해야 하는 것을 상대한테 바라는 그림이 그려지는 거죠.

　내가 콘크리트처럼 단단한 상태가 되어야 좋은 집을 그 위에 지을 수 있습니다. 모래와 같은 상태로는 아무리 좋은 집을 지어 봐야 모래성일 뿐입니다.

**이런 감정이 베이스면
경계해야 합니다**

　일반적으로도 누군가를 만나기 시작할 때 가장 경계해야 할 감정이 있습니다. 연애할 때 물심양면으로 주는 편이고, 마음이 여려서 정을 쉽게 주는 타입이라면 더욱 조심해야 합니다. 편의상 여성 입장에서 설명하지만, 남자도 마찬가지로 해당하는 부분입니다.

　그 감정은 '연민'입니다. 이 연민을 왜 경계해야 하는가 하면, 희생을 동반하기 때문입니다. 사랑의 제일가는 가치는 아마 '희생'일 것인데, 연민은 착각에 빠지게 해서 사랑하지 않아도 희생하도록 만들기도 합니다. 그런데 사람은 정도의 차이만 있을 뿐이지, 결국은 자기감정을 최우선으로 하게 됩니다. '타인이 좋아하고 즐거워하는 것이 좋다.' 같은 감정도, 그것으로 만족감을 얻기 위한 것입니다. 궁극적으로는 자신의 감정이 가장 중요한 것이죠.

　상대에게 연민을 느끼면 희생하게 되고, 희생하니 에너지와 감정, 시간, 돈을 쓰게 됩니다. 상대를 위해 주니 뭔가 좋은 일을 하는 것 같기도 하겠죠. 상대에 대한 마음도 더 애틋해지고, 특별한 사이가 된 것 같다고 느끼기도 합니다. 그런데 내가 상대에게 연민을 느껴 잘해 준다 해서 상대가 나를 사랑하는 건 아닙니다. 연민은 친구를 데리고 오는데, 바로 '동정심'이라는 것입니다. 내 상황이 좋을수록, 상대 상황이 좋지 않을수록 이 동정심은 더 크게 발현됩니다. 여자의 경우에는 연민과 동정을 더더욱 경계해야 합니다. 감정이 동하는 순간 동정심이 생기고, 동시에 몸과 마음을 다 주며 정성을 다하기 때문입니다. 쉽게 말해 여자가 남자에게 동정심을 느끼는 상태에서 남자가 돈이 없다고 하면 돈을 주게 되고, 병을 앓고 있다고 하면 곁에서 품어 주려고 하게 됩니다. 착각하면 안 됩니다. 연민과 동정은 사랑을 시작할 때의 감정이 아니라, 둘 사이가 깊어진 다음에 시간을 더해 가다 보니 생기는 것이어야 합니다. 우여곡절을 겪으며 그것을 극복하는 과정에서 생기는 훈장 같은 개념입니다.

이 감정을 각별히 경계해야 하는 이유는, 연애를 많이 해본 남자 중 성격이 약은 남자는 여자의 이런 마음을 이용하기 때문입니다. 이 동정심은 굉장히 강한 자기희생과 관계의 결박을 만들어 냅니다. 동시에 '이 남자가 날 특별하게 생각해 주고 있구나.'라고 생각하게끔 하죠. 애초에 마음이 다른데 결과가 좋을 수 있겠습니까? 그래서 '헌신하면 헌신짝 된다.'라는 말이 나오는 것입니다.

남자 역시 마찬가지입니다. 보통 결혼까지 가는 경우는 남자가 조건과 상황이 더 좋은 경우가 많습니다. 그리고 이 격차가 많이 나면 날수록 둘이 결혼까지 가는 데 있어 남자에게 필요한 것이 연민과 동정입니다. 사전 뜻풀이 그대로 동정은 '상대의 일과 상황을 내 일처럼 느끼고 마음이 동해서 물질적으로나 정신적으로나 베풀게 되는 것'입니다. 그래서 둘의 연결 고리가 강하면 강할수록 결혼까지 갈 확률이 높고, 헤어지기 힘들며, 그 연결 고리 중에서도 이 동정심은 가히 최고라고 할 수 있습니다. 왜냐하면 그 연민, 동정이 기반이 되어 사랑의 제일가는 가치인 희생을 할 수 있게 되기 때문입니다. 기본적으로 이기적인 인간을 이타적으로 만드는 게 감정입니다. 그래서 남자든 여자든 할 것 없이 연민을 경계해야 합니다. 연민이 동정을 불러오고, 동정이 희생을 불러옵니다. 그리고 희생은 반드시 언젠가 현실을 자각하게 하는 순간을 데려오는데, 그때 상대에게 연민을 느낀 사람이 '이건 잘못됐다…' 라고 생각하면 관계가 하루아침에 깨져 버리는 것이고, '잘했다.'라는 판단이 서면 더 깊은 관계가 되어 결혼으로 이어지게 됩니다.

인간의 모든 감정은 딱딱 끊어 구분 지을 수가 없습니다. 좋은 감정, 싫은 감정은 극과 극이지만 그것들이 서로 완전히 척을 지지는 않습니다. 미우면서도 좋고, 좋으면서도 싫은 감정처럼 말입니다. 이런 다양한 감정이 유기적으로 얽혀 있습니다. 그 개별 감정은 정도의 차이가 있을 뿐이지, 다 유기체이기 때문에 하나의 감정이 다른 감정을 줄줄이 데려올 수도 있고, 줄줄이 차단할 수도 있습니다. 그래서 특히나 자신이 사람 보는 눈이 없다거나, 정을 쉽게 주거나, 사람을 잘 믿는 성격이라고 생각될수록 연민을 경계하시길 바랍니다. 자칫 잘못하면 일방의 희생으로 시간만 소모할 수 있으니까요!

권태기인지 아닌지
알 수 있는 법

연애에는 시간, 돈, 감정, 체력이 필요합니다. 그렇기에 권태기인지 아닌지 알기 위해서는 이 네 가지에 어떤 변화가 있는지를 살펴보면 됩니다.

우선 '권태'는 싫증이나 나태 같은 것으로, 반복되고 지속되며 변화가 없는 상황에서 느끼게 될 확률이 높아집니다. 그래서 사귄 기간이 길면 권태감을 느끼는 것이 자연스러운 일이지만, 지나치면 관계가 깨질 수도 있으니 주의해야겠습니다. 연애에 필요한 네 가지 중에서 시간과 돈의 관계를 보면 보통 시간이 많으면 돈이 적고, 시간이 적으면 돈이 많습니다. 시간을 투자하여 돈을 버는 경우가 많으니까요. 고소득자들이 대부분 더 바쁘듯이 말입니다. 돈의 경우, 잘 버는 사람이 아무래도 더 잘 쓸 겁니다. 그런데 돈이 많아도 수전노일 수도 있고, 지출처가 많아서 가용 자금이 적을 수도 있습니다. 또한 소비는 어린 시절 가정 환경과 교육에서 영향을 많이 받습니다. 부모가 부유하더라도 절약하는 가치관을 가진 가정에서 자란 자녀는, 부유하지 않은 가정에서 자랐지만 돈을 자유롭게 사용하는 집안에서 자란 자녀보다 소비를 더 적게 하게 됩니다. 그래서 상대의 소비에 대한 개념이 어떤지에 따라 판단이 갈리게 되겠습니다.

관계 초반에는 시간이 없는 사람도 시간을 최대한 쓰고, 돈이 없는 사람도 최대한 돈을 씁니다. 상대의 호감을 사기 위해서 말입니다. 그러나 권태기가 오면 이 두 가지에 대한 투자가 줄어들면서 데이트 질이 나빠지고, 횟수가 확 줄어드는 현상이 나타납니다. 밥 같은 밥을 먹은 지가 언제더라? 맛집을 가 본 지가 언제지? 근교로라도 여행을 간 게…? 매일 만나도 둘 중 한 사람 동네에서 데이트네? 아니면 집에서 배달이거나? 식사의 질은 칼질(스테이크) → 포크질(파스타) → 젓가락질(일반식) → 맨손(햄버거) → 빨대(카페)의 순서로 점점 떨어집니다. 밥 먹는 데 쓰는 시간과 비용도 아깝다는 거죠. 데이트 코스를 생각하는 것도 귀찮고요.

결정적으로 감정이 줄기 때문에 연락도 줄고, 연인 사이의 특권인 스킨십도 줄어듭니다. 손도 잡지 않고요, 애정 표현도 당연히 없습니다. 체력 역시 최대한 아끼는 데이트를 하게 됩니다. 그래서 데이트 횟수가 줄고 범위도 좁아지죠. 마음이 권태기가 아닌 상태라면, 돈과 시간이 없다 해도 애정 표현 정도는 많이 하려고 노력합니다. 자기에게 부족한 것을 채우려 하기보다는 상대적으로 다른 걸 더 쓰게 되니까요. 가령 시간이 부족하다면 돈을 더 쓰려고 하는 식으로 말입니다.

네 가지 중 한두 가지가 줄어든다면 그건 자연스러운 일입니다. 초반에는 미지의 영역에 대한 호기심이 있고, 상대의 마음을 사야 하기에 페이스를 오버합니다. 그러다 관계가 안정 단계로 들어가면 한두 가지는 줄어들게 됩니다.

그런데 권태기가 오면 네 가지 중 하나만 줄어드는 게 아니라 전반적으로 모든 게 줄어들게 됩니다. 돈, 시간, 감정, 체력 등을 전혀 소모하지 않으려 합니다. '이래도 만날 거면 만나고, 찰 거면 차라.' 이런 마음이겠죠. 권태기가 안 오면 가장 좋겠지만, 연애하다 보면 겪지 않을 수는 없습니다. 권태기는 나에게 올 수도 있고, 상대에게 올 수도 있고, 둘 다에게 올 수도 있습니다. 그래서 이를 최대한 피하려면 서두에 말했던 내용을 떠올리는 게 좋습니다.

♥ ♥ ♥

싫증, 나태 같은 것이 반복되고 지속되며 변화가 없는 상황에서 권태기를 느끼게 될 확률이 높아진다고 설명했습니다. 그래서 사귄 기간이 길어질수록 새로운 것을 일부러 해야 합니다. 억지로라도 하지 않던 걸 하고, 가지 않던 곳에 가서 흥미가 떨어지는 걸 경계해야 합니다. 그래야 관계가 편안함에 이르는 걸 넘어 지겹고 귀찮아지는 지경으로 가는 서글픈 일을 막을 수 있습니다.

자기만 편하게
연애하려는 사람

자신만을 위한 편안한 연애를 추구하는 사람들이 보이는 특징 중 하나는, 자신에게 잘 맞춰 줄 것 같은 상대를 선택하거나 성격이 유순한 사람을 만나려는 경향이 있다는 것입니다. 또한 상대방의 가치가 낮다고 판단하여 자신이 우위에서 연애를 진행할 수 있다고 생각하는 경우도 많습니다. 이러한 특징들은 자기중심적인 연애 태도를 반영합니다. 그중에서도 "원래 그래."라는 말을 자주 하는 사람에 대해 알아보려 합니다.

상대가 원래 그렇다고 말하면, 듣는 사람은 속이 답답해지고 할 말이 없습니다. 성격이 원래 그렇다는 사람한테 "당신 성격은 왜 그런 건데?"라고 묻게 되면 싸움이 나니까요. "난 원래 이런데 어쩔 거야. 당신이 맞춰." 이런 식으로 나오는 상대를 만나면 속이 막힐 수밖에 없죠. 그런 사람은 역지사지가 안 됩니다. 내가 만약 본인과 같은 행동을 하거나 지적을 받았을 때 자기가 하던 대로 "나 원래 그런데?"라고

♥ ♥ ♥

하면 길길이 날뜁니다. '원래'라는 말은 자기만 쓸 수 있는 것처럼요.

그 말은 자기 행동에 면죄부를 주는 것이기도 합니다. 어떻게 보면 무적의 방패인 것이죠. 연애하면서 상대가 더 잘되길 바라는 마음에 조언해 줄 수도 있고, 관계를 더 좋게 만들기 위해 고쳐 줬으면 하는 부분을 말할 수도 있습니다. 그런데 자기만 편하게 연애하려는 사람은 '원래'라는 말을 써서 무적이 됩니다. '난 원래 이러니까 당신이 이해해.'라니, 굉장히 이기적이지요. 그러면서 상대를 이해하려고는 하지 않습니다. 역지사지가 안 되니까요. 결과에 있어서 책임을 회피하기도 쉽습니다. 자기가 잘못해도 원래 그렇다고 해 버리니 어쩌겠습니까? 원래 태어나길 그렇다는데 말입니다. 그 부모를 찾아가도 "우리 애가 원래 좀 그래." 이렇게 말할지도 모릅니다. 살아 보니 '원래 그렇다'는 핑계를 대는 게 편하다는 걸 깨달은 겁니다. 또한 당신보다 우위에 있다고 생각하니 그런 행동을 하는 것이죠. '원래'를 달고 사는 사람도 자기 이상형을 만나면 언제 그랬냐는 듯 잘 맞춰 주고 배려해 주는 사람이 될 것입니다.

그래서 이런 스타일과는 최대한 엮이지 않는 게 가장

좋겠지만, 어쩔 수 없이 만나고 있거나 엮였다면 더 깊은 관계가 되기 전에 한 번 더 생각해 보시길 바랍니다. 이 사람들은 자기반성을 하지 않고 남 탓을 하는 유형이기 때문에 누굴 만나더라도 결국 자기 위주의 연애를 합니다. 그 안에서의 자기 잘못은 없고요. 웃기게도 이런 사람과는 헤어지더라도 당신만 나쁜 사람이 될 수 있습니다. 왜냐하면 잘못하고도 적반하장으로 뻔뻔하게 나올 사람들이니까요.

자신이 만약 '원래'라는 핑계를 달고 사는 입장이라면 한번 잘 생각해 보세요. 상대방이 원래 그런 당신을 만나야 할 이유가 있을까요? 원래 그런 당신을 왜 좋아해야 할까요? 결국 본인이 스스로 자기 매력을 반감하는 행동입니다.

따지고 보면 '원래'라는 것은 언제를 말하는 걸까요? 태어났을 때부터, 응애 하고 울던 아기 때부터 그러지는 않았을 것입니다. 정자, 난자 때부터 그랬던 것도 아닐 것입니다. 결국 자신이 편해지고자 하는 말일 뿐입니다. 얼굴이나 키처럼 노력으로 바꾸기 어려운 것이 아니라 '상대를 대하는 마음가짐'에 달린 부분이기 때문에 노력하면 개선할 수 있는 영역입니다. 그러니 원래 그렇다고 하는 말은 "원래 나는 이런 걸 하는 사람이 아니었는데, 당신을 만나서

이렇게 변화했네." 같은 좋은 의미가 아니라면 굳이 쓰지
않는 것이 좋겠습니다.

애태우고 싶어 밀당하려다
나만 애가 타는 경우

밀고 당기기(밀당)가 필요하다고 생각하는 사람들은 관계에서 밀당을 전략적으로 사용하지만, 불필요하다고 여기는 사람들은 시간 낭비로 여기며 이를 피하려 합니다. 그러나 확실히 밀당이 필요한 상황도 존재합니다. 그중 하나는 상대방이 먼저 밀당을 할 때이며, 이 경우에는 상호 대응하는 것이 효과적일 수 있습니다. 밀당을 하는 사람은 관계의 주도권을 중요하게 생각하는 사람이고, 밀당을 하면서 오는 재미와 긴장이 필요하다고 생각하기 때문입니다. 상대가 그런 사람이라면 그런 면을 자극해 주는 편이 좋습니다.

밀당에서 가장 중요한 건 세 가지인데, 상대가 밀당하는 타입인지와 밀당의 타이밍, 그리고 내가 밀당을 해도 되는 위치인지 파악하는 것입니다.

상대가 밀당을 하지 않거나 싫어하는 사람이라면 당연하게도 밀당을 하면 안 되겠습니다. 그런 사람을 상대로 밀당했다가는 밀기도 전에 상대가 발을 빼 버리거나, 조금만 밀어도 "그래, 밀어라." 하고 날아가 버립니다. 싫어하거나 하지 않는 타입은 속으로 '하… 밀당하네. 어휴….' 이런 생각을 하며 당신에게 매력을 느끼지 못하게 됩니다.

상대가 밀당을 어떻게 생각하는지에 대한 파악이 끝났다면, 이제 밀당하는 타이밍을 잡아야 합니다. 밀당의 목적은 결국 나에게 좀 더 매력을 느끼게 하기 위함이거나 관계에 긴장감을 주기 위한 것이기 때문에, 이상한 타이밍에 사용하면 관계에 진심이 아닌 것처럼 느껴질 수 있습니다. 더 나아가 상대가 나를 계산적인 사람으로 보거나 본인에게 관심 없는 사람으로 오해할 수도 있습니다. 그러니 밀당은 자신에게 유리한 타이밍에 하는 게 효과적입니다. 상대방이 당신에게 눈에 띄는 관심을 보일 때, 상대방이 당신을 쉽게 보고 있다고 느껴질 때, 상대방의 감정이 어느 정도 고조되었을 때, 그리고 서로의 신뢰가 형성된 이후에 상대의 반응과 관계의 흐름을 잘 읽으며 시도하는 것이 좋습니다. 조심할 점은 상대가 부탁하거나 제안하는 상황에서는 밀당을 하지 말아야 한다는 것입니다. 상대방의 자존심을 다치게 하여 관계에 악영향을 줄 확률이 높기 때문입니다.

밀당에서 가장 중요한 부분은 자신의 위치 파악으로, 자신의 입지가 상대에게 우위에 있지 않으면 밀당은 성립할 수 없습니다. 이는 마치 하청이 원청에 갑질을 할 수 없는 것과 같은 원리입니다. 밀당은 사실상 내 요구를 상대가 들어주는 상황이어야 하며, 주로 "나 그렇게 호락호락한 사람 아니야."라는 이미지를 주기 위해 '데이트 약속 거절 또는 연기', '연락 빈도 조절' 등을 사용합니다. 다만 이런 행동은 상대가 확실히 나에게 호감을 갖고 있거나 나를 더 좋아하고 있을 때만 가능하지, 그런 입지가 아닌 상태에서 밀당을 시도하면 상대는 '뭔데?' 혹은 '얼씨구.' 하는 반응을 보이게 됩니다. 만약 상대가 같은 태도로 대응하거나 내 밀당에 응하지 않을 경우, 관계의 답을 찾기 어려워질 수 있습니다.

당기기 위해 민 건데, 상대는 내가 당길 수 없을 만큼 밀려 버렸으니 어쩌겠습니까? 예를 들어 데이트 약속을 거절하거나 지연시켰을 때 상대가 응해 주지 않는다면 내가 다시 약속을 잡을 수 있을까요? 없습니다. 보통 밀당을 하는 사람들은 기싸움으로 생각하기 때문에 내가 다시 약속을 제안하면 밀당에서 졌다고 느껴 약속을 다시 잡지 못합니다.

　연락 빈도도 마찬가지입니다. 카카오톡으로 서로 대화를 잘하던 와중에 밀당한다고 내가 2시간 뒤에 답을 했는데, 상대가 그 후로 4시간에 한 번씩 답한다면 어떻게 되는 걸까요? 상황이 꼬이기 시작한 것입니다. 내가 확고한 위치가 아니라면 밀당을 시도하다가 오히려 관계가 틀어질 수 있습니다. 특히 요즘엔 남자들이 밀당을 싫어하는 경향이 있습니다. 그 이유는 여자에게 강한 호감을 느끼는 경우나 연애에 적극성을 보이는 남자들이 많이 줄었기 때문입니다. 그래서 남자도 여자가 밀당을 하는지, 적극성은 얼마나 보이는지, 반응이 얼마나 있는지 이런 것들을 확인하곤 합니다. 그러니 괜히 애매한 상태에서 밀었다가는 당길 수 없게 됩니다. 여자들도 보통 적극적으로 직진하는 남자를 좋아하는 경우가 많으니, 역시나 재미만을 추구하려는 게 아니면 딱히 밀당을 할 필요가 없습니다. 밀당은 채찍과 당근이고, 채찍 한 번에 당근을 두세 개는 줘야 합니다. 그러니 내가 줄 당근이 두세 개가 안 된다 싶으면 밀당은 하지 않는 게 낫습니다.

　애초에 이 부분은 눈치가 빠른 여우 같은 남자, 여자라면 배워서 하는 게 아니라 그냥 본능적으로 해도 될 때와 하면 안 될 때를 판단합니다. 상대는 관계에 별로 개의치 않고 있는데 본인이 눈치가 느리거나 없는 타입일 경우, 안 그래도 없는 눈치에 밀당까지 하려는 것은 안대를 쓰고 상대를 쓰러트리려는 것과 마찬가지죠. 밀당은 잘하면 득이지만 되레 독이 될 수 있으므로 상대 타입, 타이밍, 위치 파악을 잘해야겠습니다. 하지 않으면 적어도 독이 될 일은 없으니 안 하는 게 나을 수 있습니다. 밀당을 할 바에는 차라리 '보상'을 하세요. 그게 더 골치 아플 일이 없고 상대로 하여금 더 잘하고 싶게 만드는 방법이거든요. 그 보상은 말로 하는 칭찬이 될 수도 있고, 상대 행동의 인정이 될 수도 있고, 물질적 선물이 될 수도 있습니다. 자신에게 보상을 주는 사람을 밀어낼 사람은 드무니까요.

관계의 위기 단계에서
해야 할 것

본인이 느끼기에 관계가 '위기' 단계까지 왔다면 이제는 '모' 아니면 '도'라고 생각해야 합니다. 지금부터는 연애 중 겪게 되는 위기에 대해 논하려 합니다. 많은 이들이 오해 하는 부분과 위기 단계에서 흔히 취하는 잘못된 태도에 대 해 다룰 예정입니다.

우리는 연애 과정에서 이별의 종점으로 가기 전에 보통 다 투거나 여러 가지 징조를 겪게 됩니다. 이런 '이별 전 위기 단 계'에서 많은 사람이 잘못 생각하는 부분이 뭘까요? 여러 사 례를 상담해 본 결과, 관계의 위기에 처한 분들이 많이 하는 실수는 크게 두 가지입니다. 하나는 반성하는 타이밍과 내 용이 잘못되었거나 구체적이지 않은 것, 또 하나는 직설적 으로 바른말을 하는 것이 좋다는 걸 알면서도 상대의 심기 를 생각하거나 상황 악화를 걱정해 말하지 못하는 것입니다. 관계의 위기 단계에서 해야 할 행동은 하나입니다. 지금 헤 어질 위기에 처해 있으니 이 상황까지 오게 된 과정에서의 자신을 반성하는 것입니다. 그런데 많은 사람이 헤어지고 나서야 이걸 하거나, 당장 어떻게든 잡아야겠다 싶은 마음에 미봉책 같은 반성을 합니다. 버스가 떠난 뒤에 제시간에 타지 못한 이유를 나열한들, 그 버스는 돌아오지 않습니다.

하루아침에 이별을 겪는 경우도 물론 있지만, 그런 경우는 '아, 내가 재수가 없구나.' 생각하는 것이 제일 좋습니다. 대다수는 이별 사유를 차곡차곡 쌓아 두었다가 빵 터져서 이별을 맞이합니다. 그러니 그전에 이별로 가지 않을 기회를 알아차려야 합니다. 대부분은 그 기회를 날려 버리죠. 연인 사이의 최고 위기 단계에서 겪게 되는 것은 "시간을 갖자."라는 말이나, 상대의 표정과 반응이 냉랭해지는 것 등입니다. 이런 순간이 와야만 반성을 하게 되고, 그 반성의 내용은 "내가 앞으로 이렇게 저렇게 할게.", "내가 이런 식으로 너를 힘들게 했던 것 같아."라는 식의 임시방편에 불과한 말들입니다. 그 단계까지 간 상대의 마음은 보통 돌아오지 않을 가능성이 높고요.

위기 단계에서의 반성은 굉장히 구체적이어야 하며, 상황과 사건을 통해 상대가 느꼈을 감정도 헤아려야 합니다. 그리고 앞으로 반복되지 않도록 내가 어떻게 할 것인지도 상세히 설명해야 하고, 다짐도 담아야 합니다. 그것을 지키지 못했을 때의 각오도 물론 있어야 하고요. 또한 이런 행동은 상대가 시간을 갖자고 한 기한 동안에 해야 하며, 그걸 잘 전하는 타이밍을 반드시 기다려야 합니다. 중간중간 보채듯 연락하거나 조급함 때문에 기한 내에 계속 연락을 취하면 '이것도 기다리질 못하는구나.' 하는 이미지를 주니 절대 해서는 안 됩니다. 서두에 말했듯, 이 단계까지 왔으면 이제 관계는 모 아니면 도이기 때문에 기다리는 게 상책입니다. 이렇게 노력했음에도 불구하고 상대의 마음이 바뀌지 않는다면 이별하는 수밖에 없습니다. 힘들어하고 매달리는 모습을 보이면 상대의 마음이 약해져 관계를 좀 더 끌 수는 있겠지만, 그렇다고 해서 나와의 관계에 회의를 느끼던 상대가 "이렇게까지 하니까 차마 헤어지지 못하겠네. 다시 생각해 봐야겠다."라고 하지는 않습니다. 설령 그렇게 된다고 해도, 이전과 같은 눈빛으로 당신을 사랑해 주지는 못합니다.

위기 단계에서 많이 하는 또 하나의 실수는 상대의 신기를 생각하거나 상황이 악화될까 봐 걱정해 직설적으로 문제 상황에 대해 말하지 못하는 것입니다. 아직 상대와 이별한 것도 아닌데, 내가 솔직하게 말해서 그 말이 쐐기가 되어 관계가 마무리되는 건 아닐까 하는 걱정에 겁을 내는 것입니다. 그러나 이것 역시도 관계가 모 아니면 도인 상황에서는 과감하게 해야 하는 부분입니다. 예를 들어 위기가 극으로 치달아 상대가 나에게 이별 얘기를 꺼내거나, "이런 식이면 앞으로 우리 관계가 곤란하다."라는 말을 한다면 그때는 감정이 아니라 이성적인 반응을 보여야 합니다. "그래, 맞아. 네가 말을 잘 꺼냈어. 나도 우리 사이에 이런 문제가 있다고 생각해. 그런데 지금 이런 상황이 왔으니, 우리 그 부분에 대해 이야기해 봤으면 좋겠어." 이런 식으로, 이 문제가 해결되지 않는다면 이별해도 상관없다는 마인드로 대응해야 합니다. 마치 외교에서 한 발만 더 물러나면 부당 거래를 맺게 되는 상황에서 그럴 바에는 이 협상을 엎어 버리겠다는 마음으로 말입니다. 저런 말을 한 상대는 '내가 이렇게 나오면 그래도 방어 태세를 취하겠지?'라고 예상하기 마련입니다. 그런데 생각해 보세요. 상대가 헤어지자고 했을 때 "그래, 좋아."라고 대답한다면, 헤어지자고 말을 꺼낸 사람도 순간 멍해질 수밖에 없습니다.

위기 단계에서는 조급해하고 호들갑을 떨면 문제를 더

키우게 됩니다. 어떻게 하면 이 상황을 진정시킬 수 있을지 차분히 생각해 보고, 자신이 할 수 있는 것을 모두 실행한 뒤에는 상대와의 관계를 운에 맡기는 수밖에 없습니다. 가장 냉정한 사고를 해야 할 때입니다. 마치 불이 난 상황에서 불을 끄기 위해 차분하고 신속히 소화기를 찾아야지, 이것저것 던지고 뿌리다가는 잘못해서 더 큰불로 키워 버리게 되는 것과 같습니다. 차분히 이 상황에서 내가 할 수 있는 것들과 내가 원하는 걸 상대가 할 수 있을지 생각하고, 나도 상대가 원하는 걸 해 줄 수 있는지 고민해 봐야 합니다.

Part IV

이별과 성장의
알고리즘

이별은 반드시 옵니다

　인생에는 상반된 것들이 공존합니다. 살아간다는 건 죽어 가고 있다는 것이고, 기쁨 뒤에는 슬픔이 있습니다. 그와 같은 원리로 연애에는 만남과 이별이 있습니다.

　연애를 한다는 건 만남을 갖겠다는 것이고, 그런 만남의 끝에는 반드시 이별이 있습니다. 갖가지 이유로 인한 이별이든 피할 수 없는 사별이든 종류는 다르지만, 만남에는 언제나 이별이 기다리고 있습니다. 그 시기의 차이만 있을 뿐입니다.

　그러나 우리 대부분은 이를 망각하는 듯합니다. 그건 젊기 때문일 수도 있고, 삶의 경험이 짧아서일 수도 있습니다. 어쩌면 만남을 시작하려고 시도하는 사람은 그렇지 않은 이들보다 더 용기가 있는 셈인지도 모릅니다. 만남을 많이 할수록 이별도 많이 하게 될 테고, 이별은 즐거운 일이라고 볼 수만은 없는데 그것을 감내하겠다는 거니까요. 이런 맥락에서, 연애하는 게 연애하지 않는 것보다 더 낫다고 생각하는 입장으로서 더 나은 연애를 위해 가져야 할 마인드를 하나 제안하고자 합니다. '모든 만남은 고유하며 유한하다.'라는 것을 인지하며 타인과 연을 맺어 보는 것입니다. 이미 끝나 버린 만남이 아쉽다고 한들 끝나기 전으로 온전히 돌이킬 수는 없습니다. 다른 누군가로 그 존재를 대신 채울 수 없다는 뜻입니다. 이렇게 하나뿐, 한 번뿐이라는 생각을 하는 사람과 그렇지 않은 사람 사이에는 상대를 대하는 태도에서 차이가 생길 수밖에 없습니다.

그러니 연애하는 동안 마주하게 되는 수많은 순간 속에서, 사소한 감정과 상황에 마음과 시간을 낭비해서는 안 됩니다. 사랑의 말과 눈빛, 칭찬과 격려를 하며 보내기에도 짧은 젊은 날의 연애 시간을 사소한 서운함과 이기심으로 채우는 건 좋지 않습니다. 자주 다투고, 상대에게 상처를 주는 말로 관계의 끝을 좋지 않게 맞이하는 모습을 보면 비록 타인의 시간일지라도 그 시간이 너무나 아깝게 느껴집니다.

우리가 한 번밖에 살지 못하듯, 그 상대방과 연인으로의 인연은 결과적으로는 한 번뿐입니다. 어떤 관계든 이별로 갈 수밖에 없다는 것을 인지하면 좋겠습니다. 인연을 맺는다는 건 한 번밖에 살지 못하는 삶을 열심히 사는 것과 맥락을 같이하는 것입니다. 우리에게 남은 삶이 수치로 눈앞에 보인다고 하면 그 시간이 얼마나 귀하고 아까운지 알 수 있지 않을까요? 지금 당장 알 수 없을 뿐이지, 어쩌면 내일이 끝일 수도 있습니다. 마찬가지로, 언젠가 반드시 마주하게 될 상대와 나의 이별이 언제, 어떤 모습일지 알 수 없기에 최대한 서로에게 좋은 모습을 보이려고 애써야 후회가 남지 않을 것입니다. 그렇게 만나다 보면 어느 순간, 나와 이런 연을 맺은 상대가 참 귀한 사람이라는 생각이 들게 됩니다. 그럼 더 아껴 주게 되고, 그 마음은 상대에게도 전해져 두 사람의 관계에 선순환을 가져올 것입니다.

♥ ♥ ♥

곧 이별할 징조

이런 말과 행동이 나타나면 이별이 가까워졌다는 신호일 수 있으니, 마음의 준비를 하거나 관계 개선을 위한 깊이 있는 대화가 필요합니다. 이러한 상황들은 대부분 연인들이 이별을 앞두고 겪는 일들이기도 합니다.

① 먹는 게 보기 싫어지는 경우

먹는 것을 두고 뭐라고 하는 상황입니다. 예전에는 내가 먹는 모습을 보고 "잘 먹어서 좋아. 귀엽다!"라고 하던 상대가 어느 순간부터 그 모습을 '보기 싫은 꼴'로 받아들이는 것입니다. 먹을 때는 개도 안 건드린다고 하는데, 이제는 먹는 것조차 트집 잡습니다. 밥을 먹으면서 한숨을 쉰다든지, 먹는 양이나 메뉴를 가지고 뭐라고 한다든지 말이죠. 이 경우는 정말 상대가 보기 싫어하는 상태가 되었다는 뜻이기에 서로 각자의 길을 가는 게 좋습니다.

② 외모 지적이 늘어나는 경우

처음에는 예뻐서, 귀여워서, 잘생겨서 좋다고 합니다. 눈도, 입도, 얼굴형까지 그냥 자기 눈에 예쁘고 잘생겨서 좋다고요. 하지만 어느 순간부터 옷차림, 머리, 화장에 대한 지적이 늘어나고, 살이 찌거나 빠진 것에 대해 "운동 좀 해."라는 식의 말이 잦아지기 시작하면, 이는 곧 이별 신호입니다. 말하는 사람은 "운동하면 더 좋으니까 알려 주는 거지." 또는 "너 예전에는 안 그랬으니까." 같은 반응을 보일 수도 있습니다. 그러나 말은 사람의 마음이 투영되는 것이라 그런 생각을 가졌다고 해도 '청유'로 말하는 것과 '지적'하는 것에는 큰 차이가 납니다. 정말로 살이 쪄서 외모가 예전만 못해졌다고 하면 상대는 살이 찌기 전의 모습을 그리워할 수도 있습니다. 그렇다면 듣는 사람의 기분을 생각해서 "같이 운동할래?", "통통해진 것도 귀엽고 좋은데 데이트하면서 가려 먹질 못해서 그런가? 나도 살이 찐 것 같으니 같이 식단 좀 해 볼까?" 하는 식의 부드러운 말을 하는 사람도 있습니다. 반면 "예전에는 종아리가 종아리 같았는데 이젠 종아리인지 허벅지인지 모르겠네?", "얼굴이 빵빵하네. 터지겠다.", "왜 이렇게 뚱뚱하냐(혹은 말랐냐)?" 같은 말을 하면 싸우자는 것밖에 안 되겠습니다.

♥ ♥ ♥

③ 타인과 비교가 늘어나는 경우

자기 주변의 이성과 자신의 연인을 비교하는 것입니다. "어떤 사람은 자기 애인한테 이런저런 거 해 줬다더라.", "당신도 누구처럼 다이어트하고 운동 좀 해 봐."라고 남과 비교하며 나무라는 거죠. 타인과 나의 외모, 능력, 성격 등을 비교하며 이래라저래라 하는 상대라면, 그런 사람을 만나기를 바라며 관계를 관두시길 바랍니다. 서로가 서로에게 최고이자 최선이 아니라면 인연을 맺어 갈 이유가 없습니다. 비교를 일삼는 사람의 저의는 앞선 경우와 같이 '자기 입장'에서만 생각하는 이기심이지, 당신을 위한 말을 하는 것이 아닙니다.

다만, 이런 상황에서 상대가 먼저 모범을 보인 후 비교를 한다면 개선하려 노력하는 것이 좋습니다. 이런 사람은 표현하는 게 서툴 뿐입니다. "다른 커플들은 이런다더라. 나도 앞으로 이런 걸 해 볼 테니, 당신도 저런 건 해 줬으면 한다."처럼 본인이 고쳐야 할 것을 먼저 한 다음에 상대에게 말을 꺼내는 거죠. 타인을 언급하며 이야기하는 건 기분 나쁠 수 있지만, 그 표현 방식에 문제가 있을 뿐 당신을 비난하기 위해 꺼낸 말은 아닐 것입니다.

④ 대화가 줄어드는 경우

마음이 줄어들면 대화도 줄어들 수밖에 없습니다. 사람 마음은 하루아침에 단박에 커질 수도 있고 작아질 수도 있지만, 대개는 서서히 늘어나고 줄어들기 마련입니다. 조만간 이별을 염두에 두고 있는 상대 입장에서는 점점 마음이 식어 가는 상태라, 대화에도 에너지를 쓰기 싫어합니다. 물론 평상시에 감정을 토로하기만 하고 상대의 감정은 읽지 않은 건 아닌지도 생각해 봐야 합니다. 그런 상황이라면 대화하는 걸 싫어하는 게 당연하기 때문입니다. 예전과 달리 모든 부분에서 대화가 없다면 이미 나에게 흥미를 많이 잃은 상태겠습니다. 다만 말하지 않아도 한 번의 시선으로 서로의 감정과 상태를 알아차릴 정도이거나, 침묵이 전혀 불편하지 않은 평온함에 이른 연인이라고 하면 상관없겠지만요.

⑤ 연락과 만남의 빈도가 줄어드는 경우

당연한 소리입니다. 연락할 필요도, 만날 필요도 없으니 줄어드는 거죠. 그런데 이 경우에도 늘 상대가 먼저 연락하고 만나자는 약속도 잡았다면 해당하지 않습니다. 어느 순간부터 관계가 삐걱거리기 시작하고 나를 대하는 태도가 달라졌다고 느껴진다면 이미 이별을 앞둔 상황일 수 있습니다. 데면데면해지고 연락도 기계적이며 의무적으로 만나는 기분이 들겠죠. 서로에게 특별한 상황이 생겨서가 아닌 감정의 축소 때문에 줄어든 거라면 권태기 또는 이별이 가까워졌다는 예고와도 같습니다.

⑥ 데이트에 집중하지 않고 피곤하다는 말이 늘어나는 경우

곧 이별할 연인이라면 데이트가 절대 즐거울 리 없습니다. 간혹 정말 잘 만나다가 갑자기 "헤어지자."라고 하는 경우가 있는데, 이럴 때는 상대가 오랫동안 고민한 끝에 말했을 겁니다. 끝까지 티 내지 않고 좋게 마무리하려고 마음을 다잡아 왔거나, 그 사람 성격 자체가 괜찮기에 생기는 일입니다. 보통은 데이트의 활력과 성의가 떨어지고 동네에서만 보게 됩니다. 또한 막상 만나도 별 대화 없이 본인 이야기만 하거나 내 이야기를 듣기만 합니다. 그러면서 피곤하다는 말을 점점 입에 달고 살죠. 물론 일이 바쁘면 피곤하다는 말을 할 수 있습니다만, 이 경우에는 나와 데이트하는 행위 자체를 피곤해하는 겁니다. 이때 보이는 모습이 자기 위주의 약속과 데이트입니다. 만나는 날짜, 시간, 장소를 정할 때 상대를 고려하지 않고 본인 위주로 맞춥니다.

"맞춰 줄 수 없어? 그럼 안 만나면 돼. 다음에 보자." 만남은 이렇게 흐지부지되어 버립니다. 나와의 관계가 아쉽지 않은 상대의 전형적인 모습이겠습니다.

⑦ 다른 이성 얘기를 아무렇지 않게 하는 경우

주변의 이성 얘기를 서슴없이 하는 경우는 학생이든 사회인이든 할 것 없이 상대에 대한 배려가 없는 행동입니다. 상식적으로 남자 친구 앞에서 다른 남자 얘기를, 여자 친구 앞에서 다른 여자 얘기를 하는 게 관계에 이롭다고 생각하는 사람은 없습니다. 그럼에도 불구하고 어느 순간부터 다른 이성 얘기를 계속한다면, 그 이성이 그 사람의 일상과 생각에서 큰 비중을 차지하고 있다는 뜻입니다. 나에 대한 흥미보다 그 이성에 대한 흥미가 더 커진 상태이기 때문에 나한테까지 그런 모습을 보여 주는 거죠. 더불어 그 이성을 언급하며 나와 비교하기까지 한다면 더 최악입니다. 당신을 그런 스타일로 바꾸고 싶은 마음이 반영된 것일지도 모릅니다. 친구든 동료든 지인이든 꾸준히 언급되는 이성이 있다면, 그 인연을 마무리할 때가 되었다고 생각하세요. 더 이상 연인을 배려할 마음이 없고, 다른 대상에게 눈길이 간다고밖에 생각되지 않습니다.

♥ ♥ ♥ ♥

⑧ 돈을 아끼는 경우

연애하면 반드시 소모되는 세 가지는 시간, 에너지, 돈입니다. 이 세 가지는 관계 초반에는 많이 쓰이지만, 관계가 안정되면 줄기도 하고 상황에 따라 다시 늘기도 합니다.

남자든 여자든 상관없이, 상대에게 정이 떨어지는 이유 중 하나는 '인색함'입니다. 물론 상대가 절약 정신이 너무 강해 연애할 때 돈을 최소한으로 쓰고 싶어 하는 경우일 수도 있습니다. 상대의 경제 상황을 다 알지는 못하니 그쪽도 사정이 있다고 생각할 수는 있죠. 이런 부분은 사귀는 당사자가 제일 잘 느낄 수 있습니다. 상대가 이전에 보였던 모습과 많이 달라졌는지를 떠올려 보면 쉽습니다. 애정이 식었는지 아닌지를 말이죠. 이럴 수는 있습니다. 상대가 시간과 에너지가 없어 돈을 조금 더 쓰거나, 시간과 에너지가 생겨 돈을 덜 쓰는 경우 같은 건 이별의 징조가 아닙니다. 데이트 횟수가 적다면 잦게 만날 때보다 아무래도 한 번 만날 때 시간과 비용을 더 많이 쓸 것입니다. 이러한 상황이 아님에도 인색하게 군다면 이별에 한 걸음 가까워졌다고 생각하시는 게 편하겠습니다.

⑨ 미래 지향적인 얘기가 없는 경우

관계가 곧 끝날 사람과 무슨 미래 지향적인 이야기를 할 수 있을까요? 만약 둘의 나이가 적지 않고 사귄 기간이 2년 이상인데도 결혼 얘기가 없다면, 시간이 걸릴 뿐 기다리고 있는 건 이별입니다. 비단 결혼뿐 아니라 둘의 관계에 있어 피상적인 이야기만 오간다면, 사귀고도 헤어지고도 남는 게 없는 그런 만남에 그치게 될 겁니다. 그 또한 이별로 가는 길이겠죠. 연애하다 보면 무겁고 진지한 대화의 순간을 마주할 수밖에 없습니다. 근육을 키우기 위해 무거운 물건을 들어야 하는 고통을 감내해야 하는 것과 비슷합니다. 무겁고 진지한 이야기는 이 관계에 무게를 더하는 과정이 됩니다. 이런 과정이 없다면, 상대가 나와의 관계를 지속할 생각이 없다고 봐도 무방할 것입니다. 만약 상대가 현재만을 중요시하고 그렇게 살며 미래 대비가 없는 욜로 타입이라면 먼저 헤어지자고 하는 게 낫습니다. 당장에 자기 인생만 생각하고 사는 사람이니까요.

남자가
헤어지고 싶은 여자

여자 입장에서 답답함을 느끼고 헤어지고 싶은 생각이 드는 남자로 '말이 통하지 않는 남자'를 꼽는 경우가 있습니다. 상대의 외모가 아무리 취향이고 성격이 유순하고 착하다고 하더라도, 말이 통하지 않는 사람을 겪어 본 적이 있다면 헤어지고 싶은 1순위로 꼽게 됩니다. 관계를 이어 갈수록 정서적으로 교감이 잘되고 있구나, 우리 관계가 더 돈독해지고 있구나 하고 느끼는 부분은 평상시 주고받는 말과 어떤 주제에 대해 서로 생각을 나누는 시간이 만들어 냅니다. 그런데 말이 통하지 않는 남자와는 이런 교류가 불가능하니 답답함을 느낄 수밖에 없습니다.

반대의 경우도 마찬가지입니다. 남자가 헤어지고 싶은 여자의 특징 첫 번째는 말이 통하지 않는 여자입니다. 남자와 대화가 재미없으면 싫어하는 여자가 많듯, 남자도 여자와 대화가 통하지 않는다고 느끼면 긴 만남은 어렵다고 생각합니다. 보통 남자들이 이런 생각을 할 때는 대화 주제의 폭이 굉장히 협소한 경우입니다. 상식적인 내용이나 널리 알려진 교양, 화제가 되는 사회 문제나 뉴스 같은 것에 전혀 관심이 없거나, 남자의 상황과 여자의 상황에서 오는 괴리감 때문에(사회인/학생, 사업/회사원) 대화가 되지 않음을 깨닫는 거죠. 최대한 다양한 주제에 대해 얘기할 수 있는 편이 좋고, 최소한 남자가 관심 있는 분야라면 조금이라도 관심을 가지는 것이 좋습니다.

두 번째는 소극적이고 수동적인 태도에 머릿속은 복잡한데 그것을 표현하지 않고 쌓아 두는 여자입니다. 연애할 때 적극적으로 말하고 행동하며 자기 마음을 표현하는 여자는 적고, 자신의 모습이 상대에게 어떻게 비칠지, 이런 말을 했을 때 상대가 어떤 생각을 할지 걱정하는 여자가 많습니다. 표현하지 못하는 만큼 생각이 쌓여 머릿속은 복잡해질 수밖에 없습니다. 배출하지 못한 탓이죠. 센스 있는 남자와 연애를 한다면 이런 부분은 좀 나아질 수도 있습니다. 먼저 말을 걸어 주고 대화할 수 있게끔 판을 깔아 주는 현명한 남자죠. 그런데 이것도 한두 번이지, 지속된다면 남자는 여자를 답답하고 속 터진다고 여기게 될 뿐입니다.

그러니 표현하세요. 쌓아 두면 안 됩니다. 표현하지 않겠다고 마음먹었다면 내가 그것을 완전히 속에서 '소멸시킬 정도'가 되어야 합니다. 뒤끝처럼 남겨 두면 그것은 반드시 관계에 갈등으로 표출됩니다. 이런 여자와 만나는 남자는 모든 것을 적극적으로 주도해 관계를 끌어가야 합니다. 여자의 머릿속에 이것저것 쌓여 있다면 그것을 풀어 줄 장을 만들어 주기도 해야 합니다. 만약 이런 것들을 남자가 해내지 못한다면 가만있다가 뒤통수 맞는 격이지요. '왜 이런 얘기를 이제야 하는 거지? 지금까지 이걸 쌓아 뒀다는 건가? 대체 어디서부터 얼마나 쌓인 거야. 속으로 이런 생각을 하면서 행동은 그렇게 했었다고?' 남자는 남자 대로 여러 생각에 휩싸이지 않을까 싶습니다. '좋은 게 좋은 거지'라 생각해서 맞춰 주는 여자와 이 경우는 차원이 다릅니다. 연애에서도 자신의 권리는 스스로 찾는 것입니다.

세 번째는 미래가 없는 여자입니다. 이는 남자여도 마찬가지지만, 이성적이거나 계획적인 성향의 사람이라면 분명 중요하게 생각할 겁니다. 미래가 보이지 않는 데에는 분명 이유가 있을 것입니다. 과거에 무책임하게 살아온 탓일 수도 있고, 과거나 현재의 특정 문제가 발목을 잡아 미래가 어둡고 불확실해 보일 수도 있습니다. 그래서 현재 상황이 좋지 않더라도 열심히 바르게 살고 있다면 함께하기를 택할 수도 있습니다. 그러나 과거에도 지금처럼 살았고 지금도 엉망이거나, 오늘만 사는 듯 굴면 당연히 미래도 없을 테니 택하지 않습니다. 이런 사람과 만나면 본인 인생만 더 힘들어진다는 걸 알 테니까요. 대책 없이 사는 사람들은 같은 유형을 만나면 상관이 없지만, 그게 아니라면 짐짝 취급을 받습니다. 현재가 모여 미래가 되기 때문에, 현재를 함께하는 것도 꺼리게 됩니다.

미래가 없다고 느껴지게 하는 요소 중 또 하나는 굉장히 추상적이고 뜬구름 잡는 말을 하거나 막연히 낙천적인 분위기를 풍기는 겁니다. 매사에 "어떻게든 되겠지."의 느낌인 거죠. "너는 참 순진하고 때로는 사차원 같아." 이런 말을 자주 듣는다면 긴장하고 조심하세요. 관계 위기의 신호니까요.

어떤 이별도 극복하는 방법

이별을 겪었을 때 어떻게 극복하면 좋을지에 대해 네 가지를 말씀드리겠습니다. 연애한다는 것은 다른 이성과 세상을 공유하겠다는 뜻이기도 합니다. 서로 다른 세상의 둘이 만나 하나의 세상이 되는 것이 연애고, 이별은 함께했던 세상에서 다시 나를 데려와야 하는 일입니다. 그래서 서로 좋아했던 마음이 클수록, 서로에게 더 애틋했을수록 후폭풍의 크기도 클 수밖에 없습니다. 이런 이별로 힘들어할 때 가장 염두에 두어야 할 것은 '자의든 타의든 이별은 반드시 한다.'라는 사실입니다.

① 헤어지면 끝이라는 사실을 받아들이기

고마움이든 미안함이든 어떤 형태로든 미련과 후회가 남습니다. 이렇게 하면 그래도 다시 만날 수 있지 않을까? 혹여라도 연락이 오지 않을까? 재회할 방법이 있지 않을까? 생각하면 할수록 이별에서 벗어나는 시간은 더 오래 걸리고 더 힘듭니다. 이별을 맞이한 지금 필요한 건, 매우 힘들더라도 이별을 정면으로 마주하는 것입니다. 이제 우리는 없고 나는 혼자라는 사실을 슬프지만 받아들여야 합니다. 그래야 이전의 인연을 정리하고 새로운 인연을 받아들일 수 있습니다. 완전히 혼자가 되어야 다시 온전한 둘이 될 수 있으니까요!

② 이별을 반추하지 말기

반추할수록 혼자 하는 이별의 기간이 길어집니다. 단기 기억을 장기 기억으로 전환할 때는 '반복'이 필요합니다. 상대에 대한 기억을 반복해서 떠올린다면 그것은 단기 기억에서 장기 기억으로 전환되어 잊는 데 굉장히 긴 시간이 들게 됩니다. 상대와의 기억을 다시 떠올리면 지금 옆에 없는 상대가 더욱 각인될 뿐입니다. 일부러 떠올리지 않더라도 문득문득 여기저기서 상대의 흔적이 발견되고 추억이 생각나겠죠. 상대의 말투, 행동, 버릇 등이 오감으로 생생히 상기되는 마당에 메시지, SNS, 사진첩, 편지, 선물, 데이트 장소, 같이 듣던 노래 등을 접하면 그 사람은 절대 잊히지 않습니다. 이별이라는 산을 올라야 하는데 더 깊은 골로 빠져 버리니 극복은 물 건너가게 됩니다. 상대를 들여다

보면 볼수록 힘들어집니다. 상대의 메신저 프로필 사진이 바뀔 때마다 눌러서 확인하고, 표정이나 장소를 살피며 이 런저런 의미를 부여하면 그만큼 온전한 이별과는 더 멀어 지게 됩니다. 만나지 못하니 감정이 앞서게 되고, 아쉬움을 그리움과 사랑으로 착각하게 되는 것이죠.

③ 섣불리 새로운 연애를 하려 하지 말기

새로운 인연으로 아직 아물지 않은 상처를 덮는 것은 환 승 연애를 하는 사람이나 가능합니다. 본인이 이별을 당했 거나 어쩔 수 없이 이별을 이겨 내야 하는 상황이라면 안 하느니만 못한 게 됩니다. 온전히 이별을 마주해 혼자인 걸 받아들여야 하는데 그러지 못한 상황에서 새로운 사람 을 만나면, 이별한 상대에 대한 그리움이 훨씬 더 커지게 될 것입니다. 이는 스스로를 걸고 하는 도박이 되기도 하 고요. 그리고 타인을 이별의 아픔을 달래는 수단으로 이용 하게 되니 찜찜할 수밖에 없습니다. 마치 퇴거하지 않은 세 입자가 있는데 새로운 세입자를 들이는 꼴사나운 집주인 의 모양새입니다. 내가 원해서 했던 속 시원한 이별이 아니 라면, 마음의 아픔으로 인해 가라앉아 있는 나를 새로운 상대가 끌어올리면서 만나야 합니다. 그러니 설령 괜찮은 상대를 만난다 해도 받아들일 준비가 되어 있지 않아 그 사람을 좋은 상태로 맞이할 수 없습니다. 만약 떠난 사람을 잊겠다고 다른 사람을 만나면 당연히 이전 사람과 새로운 사람을 비교하게 됩니다. 새로운 사람을 만나도 떠난 사람이 생각나는데 마음 편히 만날 수 있겠습니까?

④ 다 지우기

아쉬움과 그리움을 뒤로해야 하는 마당에 이런 걸 남겨두면 기억이 추억으로 변하는 데 오래 걸립니다. 어떻게 보면 미래의 도전과 행복의 방해물이 됩니다. 그 사람과 만나는 동안에는 행복하고 좋았던 부분이 새로운 시도를 해야 할 때는 오히려 방해물이 되는 게 사랑의 양면성입니다. 그 사람과 관련된 걸 다 지워도 기억 속에는 계속 남아 있을 수밖에 없습니다. 그러니 모든 걸 지워 버려야 합니다. 눈으로 보면 더욱 잊기 힘들어집니다. 이제 그것은 실체가 없는 흔적일 뿐임을 상기해야 합니다.

뻔한 애기지만, 이별하면 기댈 건 시간밖에 없고 세상에 시간보다 강한 건 없습니다. 이별을 한 번이라도 겪어 본 사람이라면 공감하실 겁니다. 시간은 당신을 분명 낫게 해 줍니다. 생각이 나면 나는 대로 생각하세요. 상대 생각이

나는 만큼 상대를 보내는 것입니다. 처음 사귀는 단계로 갈 때는 생각나는 만큼 상대와 가까워지지만, 반대로 이별 후 떠오르면 그만큼 상대가 멀어진다고 생각하세요. 생각하고 보내고, 또 생각하고 보내다 보면 어느 순간 그 사람이 떠올라도 괜찮은 날이 옵니다.

또 천붕지통天崩之痛, 단장지애斷腸之哀와 같은 부모와 자식과의 이별에 비하면 큰 이별이 아닌 경우가 대부분입니다. 내가 하는 연애는 남들과 다르게 더 애틋했고, 그랬기에 특별했다고 느낍니다. 사실 이별은 누구나 하고, 누구나 겪는 아픔입니다. 그러니 이별 후 슬픔에 빠져 여기저기 티내고 유난 떨 필요는 없습니다. 이별할 수 있습니다. 만나면 헤어지는 것입니다. 형태만 다를 뿐, 무조건 하는 게 이별입니다. 그냥 당연한 일을 겪은 거죠. 만나면 헤어지고, 그 헤어짐은 언제 어떻게 올지 모르기에 사랑하는 동안 최선을 다하는 것입니다.

또 이별을 받아들이는 과정을 '반복'하면 당신은 전보다 어떤 이별에서든 더 빠르게 회복할 수 있을 것입니다. 이별 후 그 사람과 만났던 동안의 오답 노트를 만들어 보세요. 그것을 잘 받아들인다면 당신은 더 좋은 인연을 만나게 될 것입니다. 강한 이별의 경험은 당신을 더 단단하게 해 준다는 걸 잊지 마세요!

**내가 잘나서
상대가 잘해 주는 게 아닙니다**

연애 상담을 하다 보면 관계 진전에 대한 사연만큼 이별과 관련된 고민 상담도 많이 하게 됩니다. 이별하고 나서 더 후회하는 쪽은 사귈 때 더 노력한 쪽일까요? 아니면 노력을 덜 한 쪽일까요? 겪어 본 사람이라면 알겠지만, 덜 노력한 쪽이 더 많이 후회합니다. 그래서 재회를 원하는 경우도 아쉬움이 남은 쪽이 다 쏟아부어 미련이 남지 않은 쪽보다 압도적으로 많습니다. 왜냐하면 그렇게 애써서 사랑해 주는 사람을 만나는 일은 흔치가 않으니까요. 지나고 나서야 아는 것이지요. 그 사람과 있을 때는 몰랐지만 헤어지고 나니 상대가 써 준 마음의 빈자리가 크게 느껴지는 것입니다. 그만큼 날 위해 주는 사람을 만나는 건 굉장한 운이 따라야 하고, 좋은 사람을 만나야만 가능한 일이겠습니다.

연인에게 많은 애를 써 주는 상대를 만나는 것은 운 없이는 불가능합니다. 본인이 정말 잘나고 우위에 있어서 상대가 잘해 주는 게 아니란 말입니다. 상대는 연인이 행복해하는 모습을 보는 게 좋고, 둘이 함께 좋은 추억을 쌓고 그림을 그려 나가고자 노력하는 것입니다. 받기만 하던 쪽에서는 그 순간만큼은 편하겠지만, 노력과 애정을 쏟아 주던 상대가 떠나고 나면 그 빈자리를 미련과 아쉬움, 후회로 채울 수밖에 없습니다. 뒤늦게 상대의 소중함을 깨닫고 SNS를 들여다보거나 재회 상담을 한들 이미 깨져 버린 관계를 이전으로 돌릴 수는 없습니다.

재회가 된다고 하더라도 상대 머릿속의 나는 이전의 내가 아니게 되고요. 만남을 갖는 동안 최선을 다한 쪽에게는 적어도 아쉬움과 미련은 없습니다. 최선을 다한 쪽에게는 그 순간에 열심히 사랑한 모습만 남습니다. 물론 이별하자마자 이렇게 후련해지지는 않습니다. 많은 애를 썼으니 회복 역시 필요합니다. 그렇지만 시간은 애를 쓴 사람의 편이기에 어느 순간이 되면 상대에게 아무런 감정이 없는 상태가 오고야 맙니다. 상대방을 전혀 의식하지 않을 수 있는 무의식, 무관심에 닿는 것입니다.

또 그 사람과의 연애에서 비록 상처받았을지언정, 자신을 다독이고 추슬러서 더 예리해진 눈과 충만한 마음으로 더 나은 인연을 찾아 나설 수 있습니다. 물론 쉽지 않습니다.

간혹 너무 애쓴 쪽은 진이 빠져 지쳐 있거나 마음의 문을 오래 닫아 두기도 합니다.

그러나 평생 혼자 살아갈 것이 아니라면 관계에 노력하는 만큼 좋은 사람을 만날 수 있습니다. 이상적이고 뜬구름 잡는 말이 아닙니다. 만남의 오답 노트를 만들고 그 오답을 반복하지 않는다면 가능합니다. 여러 상담을 통해서도 봐 왔고, 저 자신 또한 겪은 바입니다. 그런 경험들을 반복하다 보면 결국에는 '고기도 먹어 본 사람이 잘 먹는다.'라는 속담처럼 사랑도 열심히 잘하는 사람을, 나와 같은 마음으로 서로를 위해 줄 사람을 만날 것입니다.

이상하면 단호히 헤어지자

내가 아무리 좋은 사람이고 애를 써 가며 연애했다고 하더라도, 상대가 나에게 똑같이 잘해 준다는 보장은 없습니다. 내가 그렇게 잘해 주고 애썼음에도 불구하고 상처를 받는 경우도 겪을 수 있습니다. 비유하자면, 보통은 옷을 입을 때 첫 단추를 잘못 채웠다면 풀고 다시 채우는데, 간혹 그대로 다음 단추를 채워 옷을 이상하게 입거나 단추 푸는 데 더 많은 시간을 쓰는 상황과도 같습니다. 만나는 상대가 이상하면 헤어져야 하는데 그대로 만남을 이어 가는 경우가 여기에 해당합니다.

상담을 통해 접한 여러 사례를 보다 보면, 도무지 이해되지 않는 만남을 이어 가는 경우도 정말 많았습니다. 헤어지지 못하는 이유도 가양각색이었습니다. 누구는 본인 평판 때문에, 가족 때문에, 외로워서, 혹은 이 사람 아니면 다시 연애를 못 할 것 같아서 등의 이유였습니다. 나이가 적지 않으니 새로운 사람을 만나 다시 연을 맺는 데에서

오는 걱정과 부담을 가진다는 사례도 있었습니다. 이해도
되고 서글프기도 하지만, 그렇다고 해서 잘못된 관계임을
알면서도 계속 이어 나가는 것은 분명 어리석은 일입니다.

물론 예측할 수 없는 앞날에 불안할 수는 있습니다. 이
별로 인해 평판이 나빠지거나 가족과 사이가 틀어질 수도,
상대방이 사라져 외로움에 몸서리치며 슬퍼질 수도 있습니
다. 그러나 불명확한 앞으로의 상황과 달리, 지금 헤어지
지 못하고 불행한 모습은 명확합니다. 현재는 과거의 연장
이고, 미래는 현재의 연장입니다. 현재 잘못된 관계를 통해
고난을 느끼고 있다면, 더군다나 그것을 인지했음에도 그
곳으로 자신을 밀어 넣고 있다면 다가올 미래는 내가 원하
는 아름다운 그림은 아닐 것이 자명합니다.

그러므로 아니라는 걸 느끼고 있는 분이라면 그 관계에
서 빠져나오는 게 더 낫고, 반드시 그럴 수 있다는 격려의
말을 드리고 싶습니다. '호미로 막을 것을 가래로 막는다.'
라는 속담처럼, 미루다가 일을 키우지 않길 바랍니다. 결정
은 빠를수록 더 나은 결과를 가져옵니다.

현재의 힘듦 때문에 미래의 당신마저 저당 잡히기에는

시간, 비용 등 모든 면에서 너무나 아깝습니다. 따라서 본인을 갉아먹는 관계에 있다면 속히 끊어 내시길 바랍니다. 연애해서 내가 힘이 들거나 부정적으로 변한다면 안 하는 게 백번 낫습니다.

반드시 당신을 위해 줄 사람이 있습니다. 순간순간 과거가 되는 현재만을 생각하지 말고, 미래에 더 행복할 당신을 위해 조금 용기를 내어 상대의 곁에서 한 발 떨어져 보시길 바랍니다. 현재는 과거의 연장이고, 미래는 현재의 연장임을 명심하시기 바랍니다.

운동할 때를 떠올려 봅시다. 처음 달리기를 시작하면 1km만 뛰어도 숨이 차기 마련입니다. 그러나 꾸준히 달리다 보면 점차 2km, 3km, 나아가 5km까지도 달릴 수 있게 됩니다. 근육 운동도 마찬가지입니다. 초반에는 가벼운 아령만으로도 근육통이 생겼는데, 지속하다 보면 그때보다 수십 배 더 무거운 걸 들더라도 근육통이 생기지 않습니다. 이는 몸이 통증에 적응해서 더 큰 자극도 견딜 수 있게 되었기 때문입니다. '연인과 헤어져도 타격을 덜 받는 성격'도 마찬가지입니다.

사람의 성격은 선천적으로 주어지는 게 7할이라는 과학적인 의견이 있습니다. 사람의 성격을 운동할 때 쓰이는 근육이라고 칩시다. 여리고 상처를 잘 받는 예민한 성격의 소유자라면 단거리만 뛰어도 숨이 헐떡거리고 5kg도 부들거리며 드는 몸과 같다고 볼 수 있습니다. 자극에 약하니 더 큰 자극에서도 견디려면 그만큼 더 단련하고 애를 써야 하죠. 반대로 타고난 신체 능력이 좋아서 대충 뛰어도 남들이 전력 질주하는 것보다 더 빠른 기록을 내는 사람도 있고, 보통 사람은 몇 년 걸려서 든 무게를 운동 한 번 하지 않은 몸으로 1초의 망설임 없이 드는 사람도 있습니다. 이렇듯 타고난 부분은 어쩔 수가 없기에 자신이 어떤 성격을 지녔는지 일단 스스로 판단하는 게 중요합니다.

정이 많아 이별에서 상처를 크게 받고 그 영향이 오래가는 성격이라면, 연애를 쉽게 시작해서는 안 됩니다. 마치 각자의 체력에 맞춰 운동을 하듯, 정서적인 회복력이 부족한 상태라면 연애도 신중히 가려서 해야 합니다. 자신의 타고난 성격을 알았다면 그것을 단련해야 합니다. 운동을 하면 할수록 통증에 적응하고 더 높은 부하도 견디게 되듯이 자신의 성격도 강해질 수 있도록이요. 그런데 이건 혼자서 할 수가 없죠. 연애니까요. 그래서 반드시 수반되어야 하는 게 '당연히 이별할 수 있다.', '언젠가 이별할 것이다.'라는 생각입니다. 이런 생각이 있어야 만남을 도전하고, 상처받아도 이겨 낼 수 있는 원동력이 됩니다. 그러한 반복이 정서적 굳은살을 만들어 주는 거죠. "나는 30km를 뛸 거야!", "100kg을 들 거야!" 같은 목표를 가지고 계속

훈련하는 과정에서도 피로가 생기고 회복하는 과정을 거듭합니다. 그것을 할 수 있어야만 상처받고 회복하는 과정에서 타격을 덜 받는 성격이 되는 것입니다.

그런데 아무리 이렇게 한들, 살다 보면 견딜 만한 타격만 받을 수 있는 것은 아닙니다. 견디기 힘든, 지금까지와는 차원이 다른 이별의 고통을 겪을 수도 있습니다. 하지만 그게 인생입니다. 운동하지 않으면 다칠 일도 없습니다. 대신 건강한 몸을 가질 수도 없습니다. 이별의 고통을 겪기 싫다면 만나지 않으면 됩니다. 대신 서로 사랑해서 나오는 감정의 행복을 맛볼 수도 없습니다. 반복은 무디게도 하지만 견디게도 해 줍니다. 무슨 일이든 반복하는 과정에서 얻는 것과 잃는 게 자연히 생기지요. 연애에서도, 이별에서도 그런 부분이 존재할 수밖에 없습니다. 다만 많은 이별을 겪어 볼 필요는 없습니다. 1kg짜리 아령을 아무리 들어 봐야 강하고 건강한 몸을 만들기 어려운 것처럼, 내가 경험할 수 있는 최대의 이별을 만나 보아야 역치가 길러지니까요. 살다가 정말 견디기 힘든 이별을 마주했다는 생각이 들 때는 더 많은 회복에 시간을 들여 정리하고 애도하세요. 근육통이 심하게 와 움직이지도 못하겠더라도 더 많은 휴식을 갖고 더 잘 먹으면 이전보다 건강한 몸을 가지게 됩니다. 이와 마찬가지로, 이별의 슬픔을 충분히 애도하고 견뎌 낸다면 결국 더 좋은 인연을 맞이할 준비가 된 당신이 될 것입니다.

헤어진 연인을 후회하게 만들기 위해서는 전제 조건이 필요합니다. 그건 바로 '아쉬움'인데, 이게 없다면 나와 헤어진 연인은 당신과의 이별을 후회하지 않습니다. 외모를 많이 보는 상대를 만났다면 내가 만났던 사람 중 제일 잘생기고 예뻤던 사람과 헤어지면 후회하고, 성격을 많이 보는 상대를 만났다면 자기에게 얼마나 다정하고 잘해 줬는지를 깨닫게 될 때 후회합니다. 진취적인 면모를 보는 상대를 만났다면 헤어지고도 자기 계발을 열심히 하는 모습을 볼 때 후회하고, 경제적인 능력을 중요하게 보는 경우라면 내가 만났던 사람 중 가장 돈을 잘 벌고 잘 쓰던 사람과 헤어졌을 때 후회합니다. 그러니까 내가 상대방에게 뭐라도 아쉬움을 갖게 할 만한 요소를 갖고 있어야 합니다. 상대가 나보다 더 잘났고, 이성 자원이 더 많고, 사귈 때도 상대가 더 애를 썼다면 그 사람은 후회하지 않습니다. 무엇이든 끝까지 하면 후회가 남지 않으니 사귈 때 잘하라는 말이 있는 것입니다.

그럼에도 불구하고 헤어진 연인에게 후회를 느끼게 하고 싶다면, 결국 핵심은 '내가 그 사람에게 얼마나 잘해 주었는가?'에 달려 있습니다. 상대가 당신을 떠올리며 "정말 나에게 잘해 줬었지." 혹은 "그 같은 사람은 다시 만나기 어렵더라."와 같은 생각을 하게 된다면 후회의 감정을 느낄 것입니다. 따라서 지난 연인에게 그러한 후회를 불러일으키고 싶다면, 그 마음을 상기시킬 수 있는 메시지를 전달해 보는 것도 하나의 방법이 될 수 있습니다. 메시지든 SNS에든, 자신이 잘해 줬던 일을 상기할 만한 글, 사진 등을 상대가 볼 수 있도록 하면 됩니다. 그러나 이런 작위적인 행위는 상대가 스스로 후회하는 것과는 본질적으로 다르기 때문에 그다지 권하지는 않습니다. 단순한 수작일 뿐이고, 그렇게까지 했음에도 상대가 반응이 없다면 그것대로 허탈할 테니까요.

그럼 결국 할 수 있는 일은 사귀는 동안 상대에게 잘해 주는 것뿐입니다. 아무에게나 무턱대고 잘해 줄 수만은 없으니, 상대를 봐 가면서 하는 게 중요하겠습니다. 내가 해 주는 모든 것에 대해 상대가 감사함을 표현하고, 상대 또한 무언가 보답하려는 노력을 보인다면 계속 잘해 주는 것이 좋습니다. 만약 이별을 맞이하게 되더라도 이러한 진심 어린 행동들이 상대방에게 당신을 그리워하게 만드는 가장 강력한 요소가 될 수 있습니다. 하지만 무엇인가를 기대하며 주거나, 그에 대한 보답이 없다고 아쉬워하고 돌아선다면 결국 좋은 사람을 만날 기회를 놓치게 될 뿐입니다. 그러니 상대방을 보고 결심한 것이라면 망설임 없이 진심으로 행동하는 것이 바람직합니다.

또 하나 현실적인 방법으로는 '잘난 사람이 되는 것'입니다. 시간이 오래 걸리더라도 확실한 방법이며, 그렇게 신경 끄고 사는 것입니다. 내가 더 잘나지면 오히려 내가 그 상대로는 성에 차지 않을 수도 있습니다.

마무리하자면, 사실 대부분 헤어짐을 고한 상대는 딱히 후회하지 않고 다른 상대를 만납니다. 다른 상대를 만나면서 이전 연인을 떠올리지도, 그 사람이 더 잘나지든 말든 상관하지 않는 경우가 많습니다. 헤어진 사람을 못 잊어 후회 속에서 사는 사람도 있지만, 많은 수는 다른 사람과 연애하고 결혼합니다. 그러니까 그저 본인의 시간을 보내시길 바랍니다. '상대가 후회했으면 하니까 더 잘 살아야지!'

이런 생각도 말고, 그냥 자신의 인생을 위해 시간과 에너지를 쓰며 사는 것입니다. 본질을 확인했으면 합니다. 내가 후회하지 않기 위해 열심히 연애하는 것이고, 더 나은 삶을 위해 노력하는 것입니다. 그 사람의 기준에서 내가 가진 어떤 면이 최고로 각인될 때 후회가 생깁니다. 그러니 만날 때는 최선을 다해 만나시고, 이별했다면 받아들인 후 사귀는 동안 상대에게 최선을 다했던 자신을 믿으면서 또 열심히 사는 것입니다.

다음에 해당하면 재회를 위해 노력하기보다 이별을 인정하고 받아들이세요. 마음을 잘 정리해서 새로운 인연을 만날 준비를 하는 게 좋습니다.

① 현실적인 문제가 해소되지 않았을 경우

취업 준비 기간이거나 결혼 적령기에 가장 많이들 겪는 이별 유형입니다. 개인 상담을 할 때도 이별한 경우를 보면 이런 상황에 처한 사람들이 절반 정도로 많은 비중을 차지합니다.

감정이 만든 상황 문제는 비교적 수습이 가능합니다. 그 일을 반복하지 않고 서로 이해하게 되면 넘어갈 수 있는 문제고, 비교적 욱해서 뱉은 말로 인한 충동적인 이별이기 때문에 갑작스러운 재회가 가능하기도 합니다. 그런데 이런 경우가 아니라 거듭되는 상황, 현실적인 부분으로 헤어지는 경우는 재회가 거의 불가능에 가깝습니다. 현실적으로 문제가 되는 상황이 단박에 해결될 수는 없기 때문입니다. 취업을 시켜 줄 수도 없고, 돈 때문에 헤어지는 거라면 돈이 단박에 생길 일도 없습니다. 그래서 현실적인 문제 때문에 이별을 겪게 된 분들은 그 문제가 해결 가능한지, 그리고 그 문제 외에는 다른 문제가 없었는지를 잘 생각해 보셔야 합니다.

이 경우는 경제적인 것뿐만 아니라 현실적인 문제 전부가 여기에 해당합니다. 이 문제는 남자에게 더 해당하는 부분입니다. 남자에 비해 여자는 상황을 보다 감성적, 감정적으로 받아들이는 경향이 있는 듯합니다. "여자는 자기가 경제적으로 힘든 상황에서는 연애를 안 하나요?", "여자는 자기 일 때문에 스트레스 많이 받는 상황에서는 연애를 안 하려고 하나요?", "여자는 자기보다 좋은 여자 만나라고 하면서 보내 주기도 하나요?" 이런 질문은 단 한 번도 받은 적이 없었고, "남자는 자기가 경제적으로 힘든 상황이면 연애를 안 하려고 하나요?", "자기보다 좋은 남자 만나라고 하면서 보내 주기도 하나요?"와 같은 질문과 고민은 많이 있었습니다. 그만큼 남자는 현실적이고 이성적으로 판단하려는 경우가 더 많다는 말이겠습니다. 관계에 있어서 현실적인 일을 배제하고 '마음'만으로 인연을 이어 가려는 움직임이 여자보다는 적은 듯합니다. 이는 여자가 관계에서 책임감이 없다는 의미가 아니라, 본능적으로 남자가 관계에 더 큰 현실적인 책임감을 느낀다는 것입니다. 이런 상황에서도 여자가 붙잡아 다시 연애를 시작하는 경우도 봤지만, 우스우면서 슬프게도 잡은 여자가 다시 헤어짐을 고하는 결과가 만들어졌습니다. 그때만큼 감정이 뜨겁지 않기 때문에 차차 현실이 보이기 때문일 것입니다.

② 이별이 반복되는 경우

만남과 헤어짐을 반복하는 커플들이 있습니다. 보통 감정적인 유형이 이런 이별과 재회를 하는데, 한쪽은 받아 주고 한쪽은 계속 이별을 고하는 식으로 지루한 인연이 이어집니다.

또는 연애를 하지 않고는 견딜 수 없는 경우일 수도 있습니다. 상대가 정말 아쉬워서일 수도 있으나, 상대라도 없으면 불안하니 누구라도 곁에 있어 주길 원하는 때에도 이별을 반복하게 됩니다. 상대방이 나와 잘 맞고, 정말 사랑하기에 헤어지는 걸 아쉬워하는 상황이 아닌, 그냥 없으니까 안 되겠는 겁니다. 이런 포스트잇 같은 연애를 하는 분들은 재회가 힘듭니다. 자꾸 그러면 상대는 "또 헤어졌네? 또 울고불고하다가 다시 붙겠지? 이번에도 정말 끝은 아니겠지?"라는 생각을 하게 될 수밖에 없습니다. 반복되는 이별은 처음엔 슬프지만 시간이 흐를수록 점차 무뎌지고, 결국 "없어도 괜찮네. 이제는 끝이구나."라는 단계에 이르게 될 수도 있습니다. 그러니 욱해서 헤어지자는 소리 하시지 마시고 신중하게 이별을 말하길 바랍니다. 특히 성격이 진중한 상대를 만나고 있다면 이런 발언은 정을 떨어지게 만듭니다. 이별을 반복했다는 건 결정을 여러 번 번복했다는 것입니다. 그런 상대에게는 신의를 상실하게 됩니다.

③ 헤어진 기간이 길고 그사이에 상대가 다른 연애를 한 경우

한마디로 당신 없어도 잘 산다는 것입니다. 헤어진 기간이 길다는 것은 그만큼 감정이 많이 희석된 상태라는 뜻이고, 상대가 계속 연애를 했다는 건 당신 말고도 이성 자원이 많아 아쉬울 게 없는 사람이라는 뜻이죠. '다른 사람 만나서 연애해 보니까 할 만하네?', '헤어지고 나니까 더 좋은 사람을 만날 수 있구나.' 이런 생각을 가진 경우에는 재회가 안 됩니다. 그랜저를 타던 사람이 모닝을 타면 후회하고 미련을 갖지만, 그랜저 다음으로 G80, S클래스, 벤틀리 같은 차를 타 보면 그랜저는 기억도 안 나겠죠. '아, 그래. 그런 차를 내가 탔었지. 나쁘지는 않았는데 오랜만에 추억 삼아 한 번 타 볼까?' 이런 생각이 들 수는 있어도 다시 돌아가 그 차를 사고 싶지는 않습니다.

④ 이미 과거가 됐고 내 가치를 현재 어필할 수 없는 경우

매력이 있으니 연애하고 싶은 생각이 들고 애정이 생기는 것이지만, 따지고 보면 연인 관계도 만날 가치가 있으니까 만나는 것입니다. 내 외로움을 상쇄해 주거나, 만나면 내가 즐겁거나, 같이 있으면 좋거나 뭐가 됐든 나의 요구를 상대가 충족시켜 줄 가치가 있어야 만날 수 있습니다. 그런데 헤어진 경우라면, 엄밀히 말해 이제 내 가치가 상대에게 더는 어필되지 않는다는 것과 같습니다. 한마디로 더 만날 가치가 없으니 헤어지는 게 냉정한 사실입니다. 그래서 이 경우도 3번과 유사하게 상대가 연애를 지속했다면 가능성은 더 떨어지고, 그사이 나와 연락이 닿지도 않았다면 관계 지속의 가치가 없다고 봐도 될 정도입니다. 특히 내가

20대 초반에 만났다가 20대 후반이나 30대가 되어서 다시 만나려 한다면 사람에게 가장 강력한 무기인 '나이'에 메리트가 없습니다. 그러니 나이를 커버할 수 있는 다른 뭔가가 필요합니다. 과거의 추억에 기대어 '그리움을 잘 표현하면 재회가 가능하지 않을까? 그땐 걔가 날 많이 좋아했었으니까…?' 하는 알량한 마음만 가지고는 부족합니다.

⑤ 연애하면서 감정 기복이 너무 컸을 경우

상대방이 재회를 생각할 수 없는 또 다른 이유가 있습니다. 사귀는 동안 감정 기복이 너무 큰 모습을 봐 왔을 경우입니다. 이런 상황을 겪고 이별한 상대방은 나에게 학을 뗐을 가능성이 있습니다. 나와의 관계에 진이 다 빠진 상태라, 시간이 지난다고 하더라도 "그래, 너 좋은 사람이야… 그렇지만 다시 사귀고 싶은 생각은 전혀 들지 않아." 이런 말을 할지도 모릅니다. 보통 감정 기복이 큰 쪽은 자기가 기분이 좋을 때는 관계가 더할 나위 없이 좋고 무탈하게 흘러갑니다. 그러나 자기 기분이 좋지 않을 때는 언제 그랬냐는 듯이 관계를 바닥으로 끌고 갑니다. 심한 경우에는 욕설도 하고 난폭한 행동을 하기도 합니다. 상대에게 그런 모습을 보이고 나서 재회를 바란다면 당연하게도 상대는 거부감이 들지 않을까요? 이 상황에 해당한다면 지금 상대와 재회하고 싶은 마음을 차분히 다시 생각해 보시길 바랍니다. 단순히 순간의 감정이 앞서서일 수 있습니다.

종합하면, 재회는 단기간에 해결될 문제가 아닙니다. 연애를 이어 오며 지친 상대나, 이런저런 모습을 밑바닥까지 다 보인 상태라고 하면 상대는 더 이상 아쉬워하지 않습니다. 당신과는 새로운 장을 그리고 싶은 생각을 하지 않는 거죠. 상대에게 당신은 이미 너무나도 익숙하며 어떻게 행동할지가 훤히 보이는, 자주 봐서 닳고 닳아 버린 영화 같은 사람이니까요. 심지어 그리 재밌지도, 작품성이 썩 뛰어나지도 않은 그저 그런 영화. 상대방을 진정으로 사랑한다면, 그를 떠올릴 때 내가 재회를 바라지 않는 지점에 도달하는 것 또한 그를 사랑하는 내 몫일 것입니다. 이는 상대의 행복과 선택을 존중하는 성숙한 사랑의 일환일 것입니다.

⑥ 상대방 자존심을 건드린 경우

마지막인 이 경우는 재회 가능성이 가장 낮습니다. 그리고 재회를 바라는 것 자체가 너무나 이기적이며 다시 한번 상대에게 상처를 주는 행위가 됩니다. 왜 말이 칼보다 무섭다고 하겠습니까? 연인 사이에 '이런 얘기를 한다고?' 싶은 말이나 행동을 한 경우라면 재회는 바랄 수 없습니다. 상대방의 자존심을 건드리는 말을 하면 듣는 사람은 단순히 정만 떨어지는 게 아닙니다. '내가 여태 이것밖에 안 되는 사람을 만났나?', '내가 왜 이런 사람이랑 연애했지?' 하고 생각하며 헤어질 결심을 하게 됩니다. 자존심에 상처받는 요소들은 제각각입니다. 누구에게는 외모가 될 수 있고, 누구에게는 돈이 될 수 있고, 누군가에게는 가족이나 학력이 될 수도 있습니다. 요소는 다양하고 뭐든지 될 수 있죠. 이런 부분을 건드렸다면 재회는 바라지 못할 것입니다.

이 여섯 가지 경우는 다시 만날 강력한 명분이 생기지 않고서는 재회가 힘든 상황들입니다. 결국 내 가치가 '휴게소'밖에 되지 않는다면 상대방은 나와의 재회를 진정으로 원하지 않을 겁니다. 고속도로를 달릴 때 휴게소를 최종 목적지로 삼는 사람은 없듯이 말입니다. 그냥 스쳐 가는 곳일 뿐이죠. 남녀 관계도 마찬가지입니다. 내가 목적지가 될 사람이 아니라 휴게소 같은 사람이라면 재회를 하더라도 일시적이며 상대가 관계 유지에 힘을 쏟지 않습니다.

냉정하게 숙고해야 합니다. 자신이 상대에게 휴게소 같은 사람이었는지를 말이죠. 상대와 어떤 연애를 했는지는 당사자인 내가 제일 잘 압니다. 상대와 깊이 나눈 게 전혀 없고 그쪽이 아쉬움을 느낄 만한 게 없을 듯하다면 다른 사람을 찾는 게 맞습니다.

이런 모습이 보인다면 더 이상 연인으로 보지 않는다는 것입니다

사귀고 있는 상대가 이런 모습을 보인다면 더 이상 나를 귀한 연인으로 생각하지 않는다는 뜻입니다. 이별을 준비하거나 진지하게 대화를 해 봐야 합니다.

① 무시

모든 연인의 관계 초반에는 '긍정', '동감' 두 가지를 바탕으로 대화하게 됩니다. 그럴 수밖에 없는 이유는 초반에 호감을 끌어내는 데 이 두 가지가 효과적이기 때문입니다. 그래서 내가 관심 없는 분야라 하더라도 상대가 좋아하고 관심 있는 거라면 "나도 그거 좋아한다.", "나도 그런 경험 있다!"와 같은 긍정적인 동조를 하게 됩니다.

그러나 관계가 끝을 향해 가는 상황에서는 나를 무시하는 일을 겪을 수 있습니다. 이는 상대의 인성 문제이기도 하여, 관계를 더 이어 간다고 해서 긍정적인 결과를 기대하기 어렵습니다. 애초에 개선 가능한 사람이라면 연인을 무시하지 않을 테니까요. 또한 무시의 근저에는 상대가 본인을 최고로 여기고 타인을 아래로 보는 자기애 과잉이나, 자신의 상황이 나보다 우위에 있다는 생각이 깔려 있을 수 있습니다. 아니면 내가 더 좋아한다는 상황에서 생긴 자만심도 작용했을지 모릅니다.

어떤 이유에서든 나를 무시한다는 것은 만만하게 생각함과 동시에 관계의 주도권이 자신에게 있다는 확신에 차 있는 상태라는 뜻입니다. 이러한 행동은 관계가 끝나더라도 상관없다고 생각할 때나 할 수 있는 것입니다.

② 미래 없음

더 이상 나를 연인으로 보지 않는 상대는 나와의 미래를 그리지 않습니다. 미래에 대한 이야기, 각자의 진로처럼 둘 사이에서 중요한 부분에 관심이 없고 귀찮아하는 모습을 보이게 됩니다. 이 부분은 나이가 어린 연인에게는 해당하지 않는 내용입니다. 만약 20대 초중반이라면 비교적 가볍게 만날 수 있고 진지하게 생각할 필요가 없습니다. 진지하게 생각한다 하더라도 모든 계획을 실현하기는 힘든 시기이기 때문입니다. 그런데 20대 후반 이상의 연인과 미래가 없는 대화나 상황을 이어 가고 있다면 이후 상대 곁에 내가 없을 가능성이 큽니다. 상대는 자신의 미래 옆에 나를 염두에 두고 있지 않기에 그 주제로 대화를 하지 않는 것입니다. 그쪽 입장에서는 나와 그런 대화를 할 필요가 없으니까요.

너무 뜬구름 잡는 소리로 먼 미래의 바람만 가득 든 말을 전하는 상대도 문제가 되겠습니다. 그러나 현실적인 미래를 나누려 하지 않는다면 상대는 더 이상 나를 연인으로 보지 않는 것입니다.

③ 만나는 횟수가 감소하고, 스킨십이 급격히 줄거나 아예 없는 상태

사랑하면 스킨십을 하고 싶은 게 당연합니다. 특히나 관계 초반에 스킨십이 잦았다가 시간이 지날수록 자연스럽게 줄어드는 경우가 아니라 급격하고 부자연스러운 상황을 말합니다. 가령 예전에는 주 2회 정도 만나고 1~2번 관계를 했다고 칩시다. 그런데 이제는 한 달에 1~2번 정도 만나 관계를 할 때도 있고 하지 않을 때도 있는 것입니다. 이 경우는 스킨십에 있어 내가 상대에게 매력이 반감될 요소를 지녀서가 아닌 상대가 나에게 마음이 떠서 줄었다고 보는 게 맞겠습니다. 만약 처음부터 내가 스킨십 면에서 매력적이지 않았다면 애초에 스킨십 때문에 문제가 될 가능성은 적기에 이 상황에는 해당하지 않습니다. 이때는 특정 스킨십만 줄어드는 게 아니라 손잡기, 포옹, 키스, 잠자리 등등 모든 부분에서 줄어들게 됩니다. 전반적으로 접촉 자체가 감소하면서 연락도 뜸해지는 양상을 보입니다. 만약 상대방이 처음부터 연락을 잘하고 좋아하는 타입이 아니라면 마음이 떠났을 가능성이 있겠습니다. 상대방과 마지막으로 언제 스킨십을 했는지 체크해 보면 생각보다 더 관계가 없었다는 사실을 알게 될 수도 있습니다.

연애 다 부질없다

가급적 많은 사람이 연애했으면 바라면서도, 한편으로는 거기에 너무 많은 에너지를 써서 힘들어하는 모습을 보면 '저럴 필요까지는 없는데…' 하는 생각을 하곤 합니다. 이 번에는 연애 중 지나치게 애를 쓰거나 집착과 질투심이 과 도할 때, 이러한 생각을 한번 가져 보는 게 어떨지에 대해 이야기해 보겠습니다.

연애에 에너지를 많이 쓰는 분들은 좀 더 예민할 가능성 이 있습니다. 높은 예민함은 결국 스트레스를 더 많이 받 게 합니다. 그렇지 않은 사람에 비해 지나친 반응을 보이 기도 하고요. 예를 들어 햇빛 알레르기가 없으면 볕을 봐 도 무탈하지만, 알레르기가 있는 경우라면 조금만 노출되 더라두 피부 발진이 생깁니다. 그와 같이 성격이 예민한 사 람도 연애할 때 생기는 작은 문제에 더 민감히, 크게 반응 하고 또 실제보다 과하게 받아들여 반응하는 일이 생기게 됩니다. 질투, 집착 역시도 예민함의 측면에서 보면 하나로

묶어 생각할 수 있습니다.

이를 내려놓는 방법은 상대를 있는 그대로 받아들이는 것입니다. 그리고 내가 상대와의 연인 관계를 유지할 수 있음에 감사하는 마음을 가지면, 자연히 집착과 과도한 질투에서 벗어날 수 있을 것입니다. 극단적으로는 자신을 하찮게 생각하면 그 많던 문제가 별거 아닌 것처럼 느껴집니다. 여기서 하찮게 생각한다는 것은 '내 주제에 어떻게 이런 사람을…' 하는 자책과 비관의 관점이 아니라 보다 멀리서 바라보자는 겁니다. 사람이 오래 살아도 80~90년 정도일 텐데 이미 20년 이상이 지나갔습니다. 그중 건강한 육체와 정신으로 '연애'를 할 수 있는 시기만 놓고 보면 그리 길지도, 많이 남지도 않았습니다. 이런 마당에 내가 상대와의 관계에 너무 예민하게 반응하고 집착하고 질투한다는 게 얼마나 부질없는 짓인지를 알아야 합니다. 더욱이 남편, 아내여도 그럴진대 결혼하지 않은 연인이라면 얼마나 더 의미가 약해지겠습니까? 3년, 아니 불과 3개월, 3주 뒤라고만 생각하더라도 지금 힘들다고 느끼는 일이 더 힘들게 나를 괴롭히지는 않을 것입니다. 적어도 연애에서는 말입니다. 멀리 두고 봅시다. 그 먼 시점에서 지금의 모습을 본다면 별일 아닌 데 집착하고 에너지를 쓰고 있는 모습이 너무나 하찮게 보일 테니까요.

제 손에 박힌 가시가 제일 아픈 법입니다. 우리가 별일 아닌 일을 문제 삼고 있었다고 깨닫기도 합니다. 또 예민하거나 집착하거나 질투하는 나를 만나는 상대가 고맙기도 하고, 그쪽도 힘들겠다고 생각하게 됩니다. 그러다 보면 '이 사람 대단하네?' 같은 생각이 들지 않을까요? 상대에 대한 애정이 있다면 말입니다. 그리 대단한 것도 아닌데 연애에 너무 많은 에너지를 써서 후회로 남기기에는 시간이 아깝습니다.

더 만나 봐야 의미 없는 사람

결혼할 상대인지, 혹은 오래 만날 수 있는 상대인지를 알기 위해서는 그 사람이 '그러려니' 하는 마음가짐을 가지고 있는지를 봐야 합니다. 그 마음가짐이 없으면 관계가 지속될수록 힘들어지기 마련입니다. 이런 태도를 가지고 있다는 것은 사고와 행동이 유연하다는 뜻이기도 합니다. 게다가 상대에 대한 이해심도 필요하기에 다소 어려운 일이기도 하죠. 이런 사고가 가능해지려면 정서적으로 여유가 있어야만 합니다. 정서적으로 여력이 없으면 절대 그런 유연함을 가질 수 없습니다.

비슷한 말로는 '그럴 수도 있지.'가 있습니다. 아무리 좋아하는 상대와 연애해도 서로의 마음과 생각이 일치하지 않는 순간이 옵니다. 그때는 절대 한 사람의 생각대로, 한 사람의 마음대로만 할 수 없습니다. 이때 둘 중 하나라도 유연하게 생각할 수 있어야 합니다. 그러지 못한다고 생각해 보세요. 아마 작은 트러블이 깊은 골을 파고들어

서로가 원치 않는 결말을 맞이할 수도 있습니다. 그리고 나는 항상 배려하고 이해하려는 입장인데 상대가 그렇지 않다면 상상만 해도 속이 답답해집니다. 상대는 자기 생각을 관철하려고 할 테니까요. 이런 사람은 자기 생각과 마음만 중요한 사람들이기에 더 만나 봐야 의미가 없습니다. 만나다 보면 생기는 문제들을 현명하고 유하게 대처하려면 '그러려니.', '그럴 수도 있지.'라는 마음가짐이 필요합니다. 그러니 이런 생각을 지닌 사람과 아닌 사람은 천지 차이가 날 수밖에 없습니다. 자기 입장만 계속 주장하니 대화는 이어지지 않고, 중심이 본인에게만 꽂혀 있으니 상대가 왜 저런 말과 행동을 하는지 생각할 여력이 없습니다. 결국 서로의 간격을 좁히는 데 필요한 대화를 하지 못하는 것입니다. 소음 같은 말만 뱉으니 통할 리가요. '그러려니'가 안 되는 건 이기적이고, 시야가 좁고, 사고의 폭이 좁고, 공감 능력이 떨어지는 것과 같습니다. 사람은 성장 환경과 생활 환경이 다르기에 보고 들으면서 느낀 점이 다를 수밖에 없습니다. 그 결과로 만들어지는 사고와 시야의 폭, 깊이도 달라지죠. 그렇기에 '그러려니' 하는 이해와 관용의 자세가 없다면 관계를 지속하기 힘듭니다.

♥ ♥ ♥

자기 자신이 중요한 건 맞습니다. 인생을 살아가는 데 있어서 자주적으로 소신 있게 살기 위해서는 말입니다. 그러나 연애에서 내가 중요한 만큼 상대도 중요합니다. 연애는 나와 상대가 함께하는 것이기에 균형을 잘 맞춰야 안정된 관계를 유지할 수 있습니다. 인간은 누구나 완전할 수 없으며, 모두 크고 작은 결점을 가지고 있습니다. 세상에 완벽한 사람은 없고, 우리는 모두 상대적이고 불완전한 존재이기에 서로에 대한 이해와 배려가 필요합니다. 한 사람만 좋은 연애는 오래가지 못합니다. 다른 한쪽은 분명 인내하고 희생하고 있을 테니까요. '그러려니' 하는 여유가 있는 상대를 만나세요. 만약 그런 면이 보이지 않는다면 더 깊은 정을 쌓기 전에 이별을 숙고해 보시길 바랍니다.

연애하면서 '아… 이 여자 정말 피곤하다.'라는 느낌을 한 번이라도 받아 본 남자라면 공감할 수밖에 없는 내용일 것입니다.

① 잘 우는 여자

말 그대로, 작은 일에도 울어 버리는 것입니다. 울 만한 이유라도 있으면 모르겠지만, 그런 이유조차 없이 우는 경우가 많습니다. 처음에는 "어…? 왜 우는 거지?" 하며 당황스러워하겠지만, 나중에는 이런 상황이 자꾸 반복되니 "또 울겠지? 역시나 또 우는구나."라는 식으로 반응이 바뀌게 됩니다. 어린아이가 생떼를 쓰듯 계속 우는 사람을 좋아할 수는 없겠죠. 이런 사람과는 재회는커녕 다시 엮이고 싶지도 않게 됩니다. 결국 "아, 뭐만 하면 그냥 울고 보던 사람이었지."라는 이미지로 남아 버리니까요.

② 짧게 사귀었는데 싸운 기억이 더 많은 연애

남자 입장에서 솔직히 말해, 얼굴이 예쁘면 좀 더 오래 갈 뿐이지 계속 싸우면 정이 떨어지는 건 똑같습니다. 정이 떨어지면 다시는 보기 싫어지죠. 아무리 좋아했어도 자주 다투면 어느 순간부터는 이제 그만해야겠다는 생각만 듭니다. 싸우고 화해하는 행동도 반복되면 정신 나간 짓이라고 느껴지게 됩니다.

③ 서운한 게 한 트럭

사귀고 나면 갑자기 서운한 게 많아지는 여자들이 있습니다. 남자 친구는 당신을 만족시키기 위해 존재하는 사람이 아닌데 말입니다. "오빠, 나 서운해.", "○○ 씨, 서운해요." 과연 상대는 당신에게 서운한 부분이 없을까요? 어지간한 일은 그냥 넘기세요! 종이에 살짝 베였다고 "아아악! 아파! 빨리, 후시딘!" 하는 식으로 과장되게 반응하면 좋지 않습니다. "음… 베였군." 하고 덤덤히 넘어가는 것이 더 나은 태도입니다.

사소한 일에 서운함을 쏟아 내면 연애를 지속하기 어렵습니다. 이런 행동을 자주 하는 여자는 이전에 공주 대접을 받으며 연애했거나, 남자가 너무 잘 받아 주다 보니 자신도 모르게 점점 예민해진 경우입니다. 우리나라에 공주는 없다는 사실을 잊지 마세요!

④ 이기적인 여자

남자가 불현듯 '이 사람은 받기만 하고, 난 뭐 하나 받은 게 없네?' 이런 생각을 하는 순간이 옵니다. 그럼 상대가 이기적이라는 생각에 마음이 차갑게 식어 버립니다. 그러니까 잘해 준다 싶은 남자가 있다면 같이 잘해야 합니다. 돈과 시간을 아낄 생각하지 마세요. 상대가 쓰는 만큼 내가 못 쓰더라도 상대가 받은 게 없다고 느끼게 해서는 안 됩니다!

이러한 특징은 보통 한 사람이 전부 가지고 있는 경우가 많습니다. 장담하건대, 이러한 성향을 고치지 않는다면 절대 옆에 남아 있을 남자는 없습니다. 정상적인 남자 중에서 이런 걸 받아 주며 옆에 있어 줄 사람은 찾기 힘들죠. 간단하고 기본적인 '연애는 즐겁기 위해서 하는 것'이라는 사실을 생각해 보세요. 당연히 앞서 말한 부분을 숨이는 게 맞단 생각이 드실 것입니다.

헤어질 때 하는 말의 의미

헤어지는 상황에서 하는 말에 의미를 부여하는 사람들이 많습니다. 보통은 한쪽이 이별을 고하는 상황이기 때문에 상대방은 그 마지막 순간을 기억하려고 합니다. 상대의 말과 그때의 눈빛, 표정, 말의 뉘앙스까지 생생히요. 왜냐하면 마지막이기 때문에 그것들이 의미하는 바가 있을까 싶어서입니다.

이별할 때 자주 하는 말은 "그동안 고마웠다.", "잘 지내!", "그동안 못 해 준 거 미안해…" 같은 것들입니다. 긍정적으로 정리하려고 뱉는 언어일 것입니다. 한때 서로에게 애정을 쏟고 열과 성을 다해 사랑한 상대가 잘 살았으면 하는 바람, 고마움, 그리고 행복을 바라 주는 인간적인 마음에서 비롯됩니다. 애정은 식었어도 정은 있는 상태인 거죠.

상황을 이유로 이별을 말하는 경우도 있습니다. 이때 하는 말은 "내가 지금 연애할 상황이 아니야.", "요즘 일이 바빠서 연애는 힘들 것 같다.", "내 상황이 이래. 넌 좋은 사람이지만…" 등등이죠. 좋게 보면 완곡히 돌려서 이별을 말하는 것이고, 달리 보면 자신의 감정을 솔직히 표현하기보다 상황을 핑계로 이별을 고하는 것입니다. 이렇게 하면 본인이 조금은 덜 나쁜 사람으로 보일 거라는 생각에서 그러는 거죠.

분노에 차서 하는 말은 볼 것도 없이 듣고 잊어버리는 게 낫습니다. 그렇게 화를 낼 만큼 불만이 많았다면 이별이 당연한 결과 아니겠습니까.

이별할 때 하는 모든 말들은 엄밀히 따지면 아무 의미가 없습니다. 상대가 나와 이별하는 것이 더 낫다고 판단하고, 이별을 원하고 있다는 사실이 중요한 것입니다. 이별할 때의 부드러운 말들은 이별을 고하는 쪽에서 느끼는 죄책감이나 미안함에서 비롯될 수 있습니다. 아니면 자신이 실수했더라도 떠날 때는 좋은 말을 하고 싶은 심리일지도 모릅니다. 함께했던 시간이 무탈하고 좋았는데 마지막에 비수를 꽂기보다는 겉으로라도 좋게 마무리하고 싶어서 그렇게 말한 것일 수도 있습니다. 그 말을 어떤 의미로 했는지는 말을 한 그 사람만 알겠죠. 그렇기에 마지막 말은 의미가 없다고 보는 게 낫습니다.

　이별을 받아들이기 힘드니 그 말에서 의미를 찾으려고 하지만, 대부분은 그저 하는 말일 뿐입니다. 말의 의미를 찾는 것은 당신이 그 상황을 받아들이지 못했기 때문일 수 있습니다. 포장은 좋게 했을 뿐, 내용은 헤어지고 싶다는 것뿐이니까요. 그러니 이별할 때 나오는 말에 의미를 부여하지 말고, 그 사람이 연애하는 동안 보여 준 모습과 말을 떠올려 전반적으로 판단하시길 바랍니다.

　다시 한번 말하지만, 그 말의 진정한 뜻은 당사자만 알 수 있습니다. 어떤 의미가 있을지 생각하는 건 큰 의미가 없습니다. 궁금해도 정답이 없으니 유추할 수밖에 없죠. 문장을 어떻게 쓰고 어떤 문장 부호를 사용하는지가 중요한 게 아닙니다. 그 문장이 어떤 의미를 담고 있느냐가 중요합니다. 그 사람의 마지막 말에 초점을 맞추기보다는, 함께했던 시간을 생각해 보세요. 그 사람이 보여 준 말과 행동이 진정으로 당신을 대하던 마음과 태도라고 생각하시길 바랍니다.

상처를 덜 받기 위해서

살면서 사람과 이런저런 인연을 맺다 보면 상처받지 않을 수 없습니다. 비단 연애에 국한된 이야기는 아닙니다. 내가 정말 호인이라 배려심 넘치고 베푸는 삶을 살아도 나를 질투하고 증오하는 사람이 생길 수 있습니다. 심하게는 배신당하고 괴롭힘도 당할 수 있고요. 이는 타인에게서도, 가족에게서도 느끼고 겪을 수 있습니다. 심적으로 괴롭고 외로워서 상처를 받기도 합니다. 연애도 마찬가지로 이런 삶의 일부이기에 밝고 좋은 면만 있기는 어렵습니다. 그래서 자연스레 상처받게 되죠. 그러니 이 상처를 어떻게 덜 받고 빠르게 회복할 수 있을지 생각하는 게 더 올바른 시각이 아닐까 합니다.

삶이 평온할수록 연애를 잘하는 것입니다. 비유하자면, 인연과 시련은 파도와 같아서 왔다 갔다를 반복합니다. 당장에 치는 높은 파도도 언젠가는 부서지기 마련이죠. 그러니 파도가 아닌 그것을 만드는 바람을 봐야 합니다. 또 자존감이 높고, 혼자서도 잘 이겨 내고, 잘 지내고, 외로움을 덜 느끼는 사람이 연애를 잘할 거라고 말합니다. 흔히 자립심이 강한 사람이라고 하죠. 이런 사람은 연애하는 상태가 아니더라도 안정되어 있을 테니 누굴 만나더라도 기복이 덜할 것입니다.

그럼 어떻게 하면 이렇게 될 수 있을까요? 살다 보면 육체적으로나 정신적으로 지치면 쉬거나 위로가 필요합니다. 이걸 혼자 잘 달랠 수 있느냐 없느냐의 차이에 달렸습니다. 한 가지 제안하자면, 사람에게 기대는 것보다 추억에 기대는 게 좋습니다. 내가 좋았던 때, 싫었던 때를 떠올리면서 그때보다는 낫다고 생각하는 것이죠. 그 추억은 식당이 될 수도 있고, 다른 장소가 될 수도 있습니다. 물건이든 노래든 특정한 것이라면 다 좋습니다. 그중 가장 추천하는 것은 '속이 편해지는 장소 찾기'입니다. 찾아보면 어딘가에 있습니다. 날을 잡아서 가야 하고 사람이 많은 곳은 안 되니, 가급적 왕복 3시간 이내가 좋겠습니다. 사람은 쉬어야 다시 나아갈 수 있습니다. 내 마음이 편해지는 걸 만들면 됩니다. 추억은 아무런 힘이 없다고 하지만, 잠시 쉬었다 가게 할 정도의 발판은 되어 주니까요.

♥ ♥ ♥

사람에게 기대면 안 되는 이유는 그들이 내 생각대로 나를 대해 주지 않을 뿐만 아니라, 나 또한 누군가에게는 좋은 사람이 아닐 수 있기 때문입니다. 누군가에게 기대는 행위는 그 상대가 가족 또는 그 정도의 사이일 때나 해 볼 법하지, 남자 친구나 여자 친구에게 할 만한 건 아닙니다. 왜냐하면 상대에게도 부담이 되니까요. 상대가 의지할 수 있게 버텨야 하는 일은 스트레스입니다. 내가 기댈 곳은 내가 만드는 것입니다. 부모도 죽고, 배우자와도 사별할 수 있습니다. 친구와 형제는 각자의 인생을 더 우선시합니다. 그러니 내가 기댈 곳은 변하기 힘든 자연으로 정합시다. 돈이나 물질에 기대면 나 자신이 괴물이 되거나 허무감을 느낄 가능성이 있습니다. 이동하는 게 불편하고 많은 시간을 투자하지 못할 수도 있습니다. 그러니 더 빠르고 짧게 쉬어 가길 원한다면, 이동하기 힘들고 시간 투자가 어렵다면 이 페이지를 찾아오세요.

고생했습니다. 잘했고요. 자책과 원망이 앞서기도 하겠지만, 어쨌거나 이런 책을 읽을 여력은 남아 있으니 다행이지 않습니까? 불행에는 관대하고 행복에는 엄격하다는 말이 있습니다. 잘되지 않았을 때를 걱정하는 것보다 잘됐을 때가 어떨지 생각해 보라는 거죠. 내가 부정에 더 무게를 싣지는 않았는지요. 큰 슬픔을 담담하게 말하기까지는 많은 슬픔을 견뎌야 합니다. 받아들이지 못하는 건 없는 듯합니다. 그 순간 그때의 의식이 받아들이지 못했을 뿐입니다. 같은 책, 같은 영화를 봐도 시간이 지나 다시 보면 그때 보지 못했던 부분을 보고, 듣고, 느끼게 됩니다. 지금의 내가 그때와 어떻게 달라졌는지, 현재의 내 상태가 그런 생각을 하게 만들 뿐입니다. 긍정적으로 생각하는 것이 중요합니다. 내가 바닥에 있다고 느끼면 더 내려갈 곳이 없으니, 올라갈 일만 생각하며 다시 올라갈 긍정의 힘을 끌어올 수 있습니다. 살다 보면 이보다 더한 날이 오기도 합니다만, 오늘까지의 저점은 여기까지입니다.

외로움은 편히 받아들이세요. 외로움을 너무 나쁘게만 보지 마세요. 외로움은 살면서 죽기 전까지 자연스레 느끼는 감정이며, 결코 불필요한 감정이 아닙니다. 외롭기에 그만큼 사색할 시간을 가지게 됩니다. 스스로와 대화할 시간이 더 주어지고, 나를 더 알아 가는 시간을 갖는 것이죠. 외로움을 더 깊고 폭넓은 사고를 할 수 있는 나로 만드는데 사용하면 됩니다. 사람은 괴로워서 사람과 멀어지려고 하지만, 결국 외로움 때문에 사람을 가까이하려 합니다. 사람으로 받은 상처는 사람으로 달랜다는 말이 있습니다. 끝내 사람을 찾게 되고, 사람 때문에 외롭지만 그 감정을 덜게 해 주기도 한다는 거죠. 나이가 들수록 눈물이 많아지는 사람은 어린 시절에 많이 참았을 가능성이 있습니다. 만약 당신이 나이가 들어 눈물이 많아졌다면, 과학적으로는 신체적 변화라고 볼 수 있습니다. 하지만 그보다는 지난 인내의 시간이 다 차서 더는 저장할 여력이 없는 게 아닐까 싶습니다. 그러니 추억에 기대어 쉬어주세요. 휴식을 취하면 당신은 상처를 덜 받고, 받더라도 잘 회복할 수 있을 테니까요.

기술이 아니라
마음이 사랑을 완성한다

　연애에도 이런저런 잔기술이 있을 것입니다. 예를 들어 성별에 따른 심리적 차이, 장소와 상황을 활용한 심리 기술 등으로 상대방과의 관계에서 우위를 점하는 것 말입니다. 하지만 그런 방법으로 마음을 움직이는 건 피상적이고 순간적인 것들입니다. 본질적이고 장기적으로는 인간 대 인간으로서 매력을 느껴야 하고, 그 매력에는 '일상적인 매력'과 '성적인 매력' 두 가지가 필요합니다. 이런 매력을 갖추지 않고 기술로만 연애를 하겠다는 것은 마치 자동차의 옵션으로 판매 승부를 보겠다는 것과 같습니다. 자동차를 구매할 때 브랜드, 디자인, 안정성 등 전반적인 성능을 보고 구매를 결정하지, 특정한 옵션이 있다고 해서 구매하는 경우는 드물죠. 아반떼에 있는 옵션이 그랜저에 없다고 해서 그랜저를 살 사람이 아반떼를 사지 않듯이 연애에서의 '일상적인 매력'과 '성적인 매력'은 마치 '브랜드'와 '차급'과 같습니다.

이런저런 장점이 있어도 구매도가 떨어지는 브랜드와 차가 존재하듯, 당신의 매력을 몰라주는 상대가 있을 것입니다. 당연한 이치이니 이런 사람을 만나도 실망하지 마세요. 계속해서 묵묵히 내가 더 갖출 수 있는 매력을 찾아가다 보면 반드시 나를 알아봐 줄 상대가 나타납니다. 한마디로 상대가 끌려 할 만한 무엇이든 가지고 있으면 된다는 뜻입니다. 브랜드만 보고 차를 구매하는 사람이 있고, 디자인만 보고 차를 구매하는 사람이 있습니다. 이처럼 이성에게도 상대가 끌릴 만한 요소를 갖추는 게 중요하고 필요합니다. 그렇게 되면 상대가 나에게 끌리고, 그런 상대와는 이런저런 부분에서 차이가 나더라도 좋은 관계를 유지할 수 있습니다. 이 영역에서는 피상적인 잔기술을 알면 더 도움은 될 수 있으나, 이 부분 역시도 내가 '대화'를 할 수 있는 사람이라면 대화를 통해 풀어 갈 수 있습니다. 말로써 상대의 마음을 들여다보고 어루만져 준다면 피상적인 잔기술을 모르더라도 관계를 잘 지켜 나갈 수 있을 테니까요.

일부의 작은 것들로 인해 연애를 못 하는 경우는 많지 않습니다. 그런 작은 것들이 모여 커진 상태라 연애를 못 하거나, 본질적인 매력 자체가 떨어져서 못 하는 경우뿐입니다. 이런 부분이 연애 전반에 작용하니 여기에 힘을 싣고 시간을 쓰는 것이 옳겠습니다.

연애든 결혼이든 모든 관계는 만남, 유지, 이별 세 가지로 이루어져 있습니다. 사람이 태어나서 살고 죽는 것과 마찬가지로 다를 게 없습니다. 그저 때가 맞고 인연이 닿아 서로가 같은 순간, 시간을 얼마 동안 함께 보내는 것뿐입니다. 어찌 보면 거룩한 일이지만, 달리 보면 하찮거나 짧은 순간에 불과하기도 합니다. '내가 있고 상대가 있고 우리가 있다가 없어지는' 지극히 자연스럽고 당연한 것에 너무 많은 에너지를 쓰며 괴로워하지 마세요.

'인연'을 하나의 '연극'이라고 생각하면 편합니다. 연극이 끝나면 내가 맡았던 배역도 없고, 같이 호흡을 맞췄던 배우도, 이 연극을 봐 주던 청중도 사라집니다. 다만 기억으로 남을 뿐입니다. 인생은 짧고도 긴 연극이니, 끝나면 추억으로 남는 것은 당연합니다. 당신이 아직 인생의 연극을 시작하지 않았다면 최대한 좋은 연극을 연출하기를 바랍니다. 만약 좋지 않은 연극을 연출했거나 현재 진행 중이라면, 잘 수습하고 다듬어 가며 기다리세요. 언젠가 다시 좋은 연극을 연출할 날이 올 것입니다. 모두가 꿈같은 연극을 만들어 가길 바랍니다.

문맹으로 살다 한글을 뒤늦게 배워 심금을 울리는 시를 쓰는 노인처럼, 기술을 몰라도 얼마든지 좋은 연애를 하고 좋은 사람을 만날 수 있습니다. 좋아하는 건 맛있는 걸 같이 먹고 싶은 마음이고, 사랑하는 건 맛있는 걸 먹이고 싶은 마음이라는 말처럼 내가 가진 삶의 태도, 가치관, 상대에 대한 진정성 같은 게 더 중요하겠습니다.

마지막으로, 어떤 복잡한 문제도 결국 핵심은 단순합니다. 세상이 아무리 복잡하고 다양해져도, 남녀가 어떻고 연애와 결혼이 이렇다저렇다 해도 결국 '행복하고 싶다.'라는 단순한 핵심은 변하지 않습니다. 누군가와의 만남을 더 행복하다고 보는 당신이라면, 당신이 행복해지는 데 제 글이 조금이나마 도움이 되었길 바랍니다. 읽어 주셔서 감사합니다.

연애 알고리즘

1판 1쇄 인쇄 2025년 12월 26일
1판 1쇄 발행 2025년 12월 30일

지 은 이 디에이치

발 행 인 정영욱
편 집 총 괄 정해나
기 획 편 집 박주선
편 집 검 토 오휘명 박주선 이정아
마 케 팅 정지은 원희성 함유진 김형준 박설빈
출 판 영 업 강도원

펴낸곳 (주)부크럼
전 화 070-5138-9971~3 (도서기획제작팀)
홈페이지 www.bookrum.co.kr
이메일 editor@bookrum.co.kr
인스타그램 @bookrum.official
블로그 blog.naver.com/s2mfairy
포스트 post.naver.com/s2mfairy

ⓒ 디에이치, 2025
ISBN 979-11-6214-584-5 (03800)